극으로 읽는 고전문학

조엘렌 K. 블랜드 Joellen K. Bland

미국 인디아나 주 인디애나폴리스 출신으로 지난 20년간 버지니아 주 렉싱튼의 세난도 벨리에 살고 있다. 현재 버지니아 육군학교(Virginia Military Institute)의 극장장과 조지 C. 마샬 재단의 부편집장을 맡고 있다. 퍼듀 대학에서 연극을 공부한 그녀는 주민을 위한 극장을 비롯하여 아동, 교회, 대학 등의 무대에서 연출, 의상, 연기 등 다양한 연극 활동을 하고 있으며, 세난도 벨리 극작가 상과 극작경연축제 상을 수상한 바 있다.

송 옥

서울 출생. 고려대학교에서 영문학을 공부하고, 미국 센트럴 워싱턴 대학과 오리건 대학에서 아동드라마와 극문학으로 각각 석사와 박사 학위를 받았다. 한국현대영미드라마학회장과 고전르네상스영문학회장을 역임했으며, 고려대학교 영어교육과 교수를 지낸 후 현재 고려대학교 영어교육과 명예교수로 있다. 저술로는 「『제2목동극』의 희극관」, 「Teaching Shakespeare: 텍스트와 무대」, 「*The Ghost Sonata*에 나타난 소나타 형식의 영향」 등 여러 편의 논문과 『영국 르네상스 드라마의 세계』(공저), 창작 시화집 『참새들의 연가』, 『메데이아』, 『어린이와 어른이 함께 읽는 영시』, 『셰익스피어: 독백과 대사』 등의 저서들이 있다.

극으로 읽는 고전문학
Playing Scenes from Classic Literature

편극 조엘렌 K. 블랜드
번역 및 편집 송 옥

발행일 • 2015년 10월 15일
발행인 • 이성모
발행처 • 도서출판 동인 / 주소 • 서울시 종로구 혜화로3길 5 118호
등 록 • 제1-1599호
TEL • (02) 765-7145, 55 / FAX • (02) 765-7165
E-mail • dongin60@chol.com
ISBN   978-89-5506-675-3
정가   18,000원

※ 잘못 만들어진 책은 바꾸어 드립니다.

극으로 읽는 고전문학

Playing Scenes from Classic Literature

편극 조엘렌 K. 블랜드 | 번역 및 편집 송 옥

도서출판 동인

이 한 권의 역서를

유희준*송혜숙*박종기*박혜숙*이동근*박종혜*송미경*김삼규*한재호*나형수
박혜자*송영자*Don Boileau*박영숙*Kathy Boileau
박용순*우경옥*송일*박종언*민경희

나의 스물 형제자매들에게
바치면서

에밀리 디킨슨의 시 한 수를 곁들입니다.

이곳저곳 우리를 싣고 다니는
책만 한 쾌속선은 없지요.
페이지 위를 달리는 시처럼
도약하는 준마도 없고요―
아무리 가난한 사람도
통행세 없이 여행할 수 있으니―
인간의 영혼을 날라주는 이 꽃수레는
얼마나 소박한가요.

책을 내면서

이 책을 편집하고 번역하게 된 데는 두 가지 동기가 있다. 하나는 일반인과 청소년들에게 고전문학을 알려주고 싶은 바람이고, 또 하나는 교실에서 청소년들이 문학작품을 통한 영어연극연습 자료로 활용할 수 있기를 바라는 뜻에서 영어-우리말 대역본으로 꾸몄다. 교실에서 무대화 하는 것이 번거롭다면, 시낭송처럼 대본을 읽는 낭송극(Reader's Theatre) 공연형태의 방법도 있다. 혼자 읽는 것과 달리 실제로 극중 인물이 되어 청중/관객 앞에서 읽는 공연은, 특히 참여자에게는, 작품을 온전히 이해할 수 있는 하나의 좋은 길이다. 우리는 연극을 "구경 간다"는 표현을 쓰지만, 셰익스피어 시대에는 연극을 "들으러간다"는 표현을 함께 썼음을 상기하면 이해될 것이다.

여기 발췌된 장면들의 원작은 원래 드라마가 아니고, 소설, 이야기, 시로 쓰인 작품들을 극화한 것이다. 드라마는 문학의 한 장르이지만 시나 소설과 달리 연기/공연을 전제로 하는 예술형태이다. 서로 논쟁하고 투쟁하는 힘겨루기를 통해 전개되고 빚어지는 극적 양식은 드라마에 활력과 생명을 준다. 이처럼 생명을 불어넣고 독자/관객에게 감동과 영향을 주는 문학 언어는 다분히 마술적이다. "말과 마술은 태초에 하나였고 오늘날도 말의 마술적 효력이 유지되고" 있음을 프로이트는 지적한 바 있거니와, 천지창조에서 하나님이 언어를 사용하여 나타낸 첫 번째 마술은 "이르시되 빛이 있으라 하매" 빛이 창조되었다. 믿음으로 기도하는 말의 선포가 기적을 가져오는 경우를 우리는 본다. "말이 씨가 된다"는 우리말은 그만큼 말의 위력을 증명해 주는 셈이다.

이 책의 저자/편극자 조엘렌 K. 블랜드는 70개 장면을 극화하여 수록하였으나, 이 역서에는 그 가운데 20개 장면만을 선택했다. 각 장면의 설명에 앞서, 독자들의 이해를 돕기 위한 작품전체의 줄거리 요약과 해설을 첨가하였다. 앞 페이지의 헌사에서 역자가 빌려 쓴 에밀리 디킨슨의 시어처럼, 이 "책"이 독자들을 싣고 이곳저곳을 여행하면서 새로운 감정과 지성의 정신세계로 인도해주는 안내서가 되었으면 좋겠다.

두 가지를 밝힌다. 하나는, 필경 이 책을 스무 명의 형제자매들에게 헌정한다는 말에 독자들 눈이 휘둥그레지리라 짐작된다. 역자에게는, 지금은 모두 하늘나라로 옮겨가셨지만, 친부모님 이외에 두 쌍의 양부모님이 계셨다. 형제자매는 세 쌍의 부모자녀들과 그 배우자들의 수를 가리킨다. 그리고 표지에 담긴 (얼핏, 소파처럼 보이는) 무대이미지는 1984년 학생영어연극『햄릿』을 지도하던 당시 역자가 만든 미니어처 모형이다.

역문을 읽고 조언을 아끼지 않은 김일환 교수께 감사하고, 영문텍스트의 컴퓨터 입력을 맡아준 이승아 선생께 고마움을 전한다. 그리고 표지를 꾸며주신 이영순 선생님께 충심으로 감사드리고, 이 책이 나올 수 있도록 도와주신 동인의 이성모 사장님께 감사한다.

송 옥

| 차 례 |

SCENES FOR THREE PERFORMERS 3인극

『레미제라블』(*Les Miserables*)

빅토르 위고 Victor Hugo, 1802~85

■ **줄거리 요약**

1815년 장발장은 19년의 수감생활 후 출소한다. 그는 굶주린 가족을 위해 빵 한 조각을 훔친 벌로 5년형을 받았으나 탈옥을 시도하여 형기가 늘어났다. 사람들은 그의 비범한 육체적 힘을 놀라워한다. 출감 후 사람들이 전과자인 그를 기피하던 중, 문을 열어준 미리엘 주교 집에서 하룻밤을 지낸 그는 주교의 은 식기를 훔친다. 경찰에 붙들렸으나 주교는 그의 죄를 덮어준다. 그 자리에 동행한 보조헌병 자베르는 주교의 말을 믿지 않고 장발장을 의심한다. 주교는 은 식기뿐만 아니라 은촛대까지 장발장에게 주면서, 그를 파멸에서 건지기 위해 하나님께 그의 영혼을 샀노라며, 은 제품들을 정직한 삶에 쓰도록 부탁한다. 장발장은 도둑의 혐의를 벗긴 했지만 수치심과 절망감에 덤불 그늘에 주저앉는다. 그때 한 소년이 동전을 던져 손등으로 받는 놀이를 하면서 지나가다가 40수짜리 은화(1 sou는

5 centimes이므로 40 sous는 2 Francs 정도)를 떨어트린다. 이 주화는 장발장이 있는 곳으로 굴러가고 장발장은 우연히 그 위에 발을 얹는다. 소년은 은전을 돌려달라고 애원하지만 영문을 모르는 장발장은 그에게 소리치고 소년은 겁에 질려 도망간다. 몸을 일으키면서 반짝이는 은화를 발견한 장발장은 소년을 쫓아갔으나 이미 그는 사라진 후이다. 소년의 신고를 받은 자베르는 인상착의를 통해 범인이 장발장이라고 기억해 둔다.

1817년 파리에 사는 아름다운 여인 빵틴느는 사생아 코제트를 낳아 테나르디에 부부에게 맡기고 코제트의 양육비를 벌기 위하여 마들렌느 신부가 운영하는 유리공장에서 일한다. 마들렌느 신부는 정체를 숨긴 장발장이다. 가난한 사람들에게 너그러운 이 신부의 과거에 대해 아는 사람은 아무도 없다. 신부는 그곳 시장이 되고 자베르 경감은 유난히 강한 신부의 육체적 힘을 눈여겨본다. 감옥에서 출생한 자베르는 이것이 콤플렉스가 되어 광적으로 임무에 집착하고 사람들을 두렵게 만든다. 마차 밑에 깔린 한 노인을 구하려고 마차를 들어 올리는 마들렌느 신부의 괴력을 본 경감은 그를 장발장으로 의심한다. 가석방 선서를 어기고 신분을 바꾸어 잠적해 버린 장발장을 자베르 경감은 끈질기게 추적한다.

사생아가 있음이 알려진 빵틴느는 마들렌느 신부도 모르게 공장에서 쫓겨나고 딸의 양육비를 감당키 위해 창녀가 된다. 자베르가 그녀를 체포했으나 폐병에 걸린 그녀를 신부는 병원에 입원시키고 코제트를 데려다 주겠다고 약속한다. 코제트를 데려다주기 직전에 자베르 경감은 그를 장발장으로 의심하여 고발했으나 실제 장발장이 잡힌 사실을 마들렌느 신부에게 고백한다. 장발장의 누명을 쓰고 체포된 샹마티유라는 남자는 이틀 뒤 재판을 받게 되어있었다. 양심상 무고한 사람을 억울하게 할 수 없었던 장발장은 재판정으로 가서 그의 정체를 밝힌다. 이에 빵틴느는 충격을 받아 죽고, 감옥에서 하루를 보낸 장발장은 자베르 경감에게 잡혔으나 또 탈옥한다. 여덟 살 된 코제트를 무척 사랑한 장발장은 파리 근교에서 어린 소녀와 함께 행복한 시간을 보내지만, 자베르 경감의 추적을 받고 수도원으로 도망한다. 전에 마차에 깔린 노인을 살려주었을 때의 그 노인이 수도원 정원사이므로 장발장은 그를 돕는 일을 하고 코제트는 수도원학교에서 교육을 받는다.

노인이 된 장발장은 수도원을 나와 파리에서 살아간다. 불량한 테나르디에도 존 드레트라는 가명으로 같은 곳에 살고 있다. 옆방에는 젊은 변호사 마리우스 뽕메르시가 살고 있는데, 코제트를 사랑하는 그는 항상 같이 다니는 노인을 그녀의 아버지인줄로 안다. 노인을 해치려는 존 드레트의 음모를 엿들은 마리우스는 자베르 경감에게 이를 고한다. 경감이 도착했을 때 재빨리 도망한 장발장을 제외한 남은 사람들은 모두 체포된다.

마리우스의 혁명 친구들은 행동에 들어가고 바리케이드에서 스파이로 몰린 자베르 경감은 그곳에 붙들려 있다. 마리우스를 짝사랑하는 에포닌느는 마리우스를 쏘려는 정부군의 총구를 막아 대신 죽는다. 죽으면서 그녀는 코제트가 마리우스에게 전해달라고 했던 주소를 준다. 마리우스의 귀족 할아버지는 손자가 코제트와 결혼하는 것을 반대한다. 마리우스가 코제트에게 그가 바리케이드에서 죽게 될 것이라는 글을 보내자, 이 메모를 본 장발장은 바리케이드로 가서 묶여있는 자베르 경감을 구하고, 부상당한 마리우스를 업고 파리의 하수구로 도망간다.

하수구에서 몇 시간을 헤맨 끝에 밖으로 나온 그는 자베르의 감시 아래 놓이게 된다. 장발장은 자베르 경감에게 마리우스를 그의 할아버지에게 데려다 줄 수 있도록 청을 한다. 문 앞에서 기다리겠노라고 한 자베르는 갑자기 센 강에 뛰어 든다. 임무에 대한 강한 중압감과 장발장이 과연 벌을 받아야 마땅한지, 그의 생명을 구해준 자를 감옥에 보내는 것이 옳은 일인지 갈등과 고민 속에 센 강에 투신한 것이다.

마리우스는 회복하고 코제트와 결혼한다. 마리우스는 바리케이드에서 그를 구해준 사람이 장발장임을 테나르디에를 통해 알게 된다. 장발장은 마리우스와 코제트가 그를 사랑한다는 사실을 알고 행복해 하고, 얽힌 그의 과거 이야기는 모두 풀린다. 그는 은촛대를 코제트에게 주면서 미리엘 주교가 보여준 신앙처럼 자신도 가치 있는 삶을 살려고 노력했다는 말을 하고 죽는다. 그의 묘비에는 아무 이름도 새겨 있지 않다.

■ 해설

프랑스 낭만주의 운동의 기수인 빅토르 위고는 작품을 통해 작가로서의 사회적 임무를 의식했다. 1862년 출판된 그의 위대한 소설 『레미제라블』은 나폴레옹 이후 프랑스의 사회상을 선명하게 보여준다. 나폴레옹 1세의 몰락에서 한 세대의 반란까지 20년에 걸친, 극적 서스펜스와 속도감 넘치는 이 소설의 플롯은 근본적으로 도덕성이 강한 탐정 이야기다. 인간의 끊임없는 선악투쟁을 보여주는 이 작품은 인생의 성쇠를 극적으로 보여준다. 있을 법 하지 않은 우연한 일이 많고 감정의 폭도 지나치게 과장된 이야기지만 독자의 심금을 울리기에는 충분하다. 런던의 디킨스(1812-70)나 모스크바의 도스토예프스키(1821-81) 소설처럼 파리 시민의 서사가 가득하다.

장발장이 주교를 통해 선을 배우는 도입부는 이 소설의 주제를 말해준다. 죄수 장발장은 불행한 과거로부터 벗어나기 위해 힘쓰고, 가난과 불명예를 벗고 자비로운 삶을 살려고 노력한다. 후에 장발장은 타인들에게 엄청난 자비를 이름 없이 베푼다. 돈도 별로 벌지 못하는 마리우스도

작게나마 못된 테나르디에 가족에게 선을 베푼다. 위고에게 사랑은 낭만적 사랑만이 아니라 참된 용서와 자비심의 인간애를 의미한다. 위고의 표현에 따르면, 장발장에게 주교는 덕을 알게 해주고 코제트는 사랑을 일깨워 준 존재이다. 위고는 인간은 사랑 없이 존재할 수 없고 사랑 없는 삶은 인간 이하의 삐뚤어진 삶이라고 분명히 말한다. 의지할 곳 없는 어린 소녀를 보호하면서 사랑에 눈을 뜬 장발장은 선하고 명예로운 사람으로 변한다. 소녀에게 헌신함으로써 삶의 의미를 깨닫고, 소녀가 그를 의지하기 때문에 자신의 존재가치를 더 알게 된다. 장발장은 코제트에게서 부녀관계의 가족애를 깨닫고 잃어버린 하나님의 형상을 그녀를 통해 회복한다. 작가는 하나님은 사랑이라는 기독교 정신을 보여준다.

아마도 이 소설에서 독자를 가장 놀라게 하는 인물은 동정심, 자비심, 이해심이 전무한, 이기적이고 무지하고 시야가 좁은 경감 자베르일 것이다. 감옥에서 태어난 콤플렉스를 극복하지 못하고 성장한 경감은 장발장과 대조되는 인물이다. 장발장이 원수나 다름없는 자기를 구해준 사실을 자베르 경감은 도저히 납득할 수 없어 한다. 법의 굴레, 법 지상주의를 맹종하고 살아온 자베르는 인간의 법 위에 하나님의 법이 있음을 감지한다. 그로서는 전혀 뜻하지 않은 새로운 세계에 대한 깨달음이다.

이 소설은 선악 문제 못지않게 서양문화에 뿌리 깊은 또 다른 이슈인 운명의 주제를 담고 있다. 인간이 아무리 노력해도 인생의 신비, "운명의 검은 핏줄"을 알 수 없다고 빅토르 위고는 쓰고 있다. 이는 "우리가 행복했다고 말할 수 있는 것은 오직 눈 감기 전 임종의 침상에서"라는 소포클레스(496?-406? B.C.)의 『오이디푸스 왕』마지막 코러스 대사를 연상시킨다.

여기 발췌한 장면은 자기 방어를 못하는 한 우둔한 남자가, 장발장과 외모가 비슷하여 장발장으로 오인 받고 갤리선의 노예로 붙잡혀 갈 형편이다. 진짜 장발장은 이런 일이 일어나게 해서는 안 된다고 믿는다. 그는 법정에 나타나 자신의 정체를 밝혀 그곳에 모인 청중에게 충격을 준다.

JEAN VALJEAN

(*Stands straight and tall before the judge, jury, members of the court, and some convicts who have been brought in. His voice is strong.*) Gentlemen of the jury, release the accused. Your honor, order my arrest. He is not the man whom you seek; it is I. I am Jean Valjean. (*Pause*) I am not mad. You shall see. You were on the point of committing a great mistake; release that man. I am accomplishing a duty. I am the unhappy convict. I am the only one who sees clearly here, and I tell you the truth. What I do at this moment, God beholds from on high, and that is sufficient. You can take me, since I am here.

Nevertheless, I have done my best. I have disguised myself under another name. I have become rich. I have become a mayor. I have desired to enter again among honest men. It seems that this cannot be. In short, there are many things which I cannot tell. I shall not relate to you the story of my life; some day you will know it. I did rob Monseigneur the Bishop, that is true; I did rob Petitt-Gervais, that is true. They

장발장

(*판사, 배심원, 법조인, 그리고 그곳에 끌려온 몇몇 죄수들 앞에 꼿꼿이 서 있다. 그의 목소리는 강렬하다.*) 배심원 여러분, 피고인을 풀어주십시오. 판사님, 나를 체포하도록 명령하십시오. 저 사람은 당신이 찾는 죄수가 아닙니다. 당신이 찾는 죄수는 바로 여기 서있는 이 사람, 내가 장발장이요. (*휴지*) 난 정신 나간 게 아니요. 곧 알게 되겠지만. 판사님은 엄청난 실수를 할 뻔 했습니다. 저 사람을 놓아주십시오. 이 일은 내가 해야 할 일을 하는 것뿐이요. 내가 바로 그 불행한 죄수입니다. 여기서는 오직 나만이 분명하게 아는 사실이지요. 내가 하는 이 말은 진실이요. 지금 이 순간 내 행동을 저 높은 곳에 계신 하나님이 지켜보십니다. 그것으로 충분합니다. 내가 여기 있으니, 나를 잡아가면 됩니다.

지금까지 나는 최선을 다하고 살았소이다. 다른 이름으로 변장하여 부자가 되었고 시장도 되었고. 다시금 정직한 사람들 사이에 살기를 원했는데, 이제 그렇게는 되지 않을 것 같군요. 한마디로, 내게는 말 못할 사정이 많습니다. 내 인생 이야기에 여러분을 끌어드리지는 않겠소. 언젠가는 다 알게 되겠지만. 나는 주교의 물건을 훔쳤어요. 사실입니다. 어린 소년 쁘띠−제르베의 돈을 훔쳤는데, 이것도 사실입니다. 장발장은

were right in telling you that Jean Valjean was a wicked wretch. But all the blame may not belong to him. Listen, your honors; a man so abased as I has no remonstrance to make with Providence, nor advice to give to society; but, mark you, the infamy from which I have sought to rise is pernicious to men. The galleys make the galley slave. Receive this in kindness, if you will. Before the galleys, I was a poor peasant, unintelligent, a species of idiot. The galley changed me. I was stupid, I became wicked; I was a log, I became a firebrand. Later, I was saved by indulgence and kindness, as I had been lost by severity.

But, pardon, you cannot comprehend what I say. You will find in my house among the ashes of the fireplace, the forty-sous piece of which, seven years ago, I robbed Petit Gervais. I have nothing more to add. Take me. (*Pause*) Great God! The prosecuting attorney shakes his head. You say, "Monsieur Madeleine has gone mad."

You do not believe me. This is hard to be borne. Do not condemn that man, at least. (*Looks to one side.*) What! These men here do not know me! (*He steps to one side.*) You must see clearly that I am Jean Valjean! See, I recognize these three convicts here! Brevet, do you remember those checkered, knit suspenders that you had in the galleys? Yes, you do! And you,

못된 놈이라고 하는 사람들 말은 다 맞아요. 그러나 모든 비난이 장발장 탓만은 아닙니다. 높으신 여러분, 들어보십시오. 나처럼 밑바닥에 떨어진 인생은 신의 섭리에 항거할 수도, 사회를 향해 충고할 수도 없습니다. 그러나 잘 들으십시오. 내가 벗어나기를 그렇게 바랐던 오명은 인간을 악하게 만듭니다. 갤리선은 갤리 노예를 만들어내지요. 내 말이 이해가 되면 따뜻하게 받아주십시오. 죄수 시절 이전에 나는 가난한 농부로 무식한 멍청이 부류에 속했지만, 죄수생활은 나를 무지하고 악한 사람으로 변화시켰어요. 불쏘시개 나무토막에 불과한 내가 반항의 선동자가 되었고, 그 후 가혹한 고통 속에 방황하다 친절과 관대함으로 구원을 받게 되었습니다.

그러나 죄송하지만, 내가 하는 얘기를 여러분은 이해하지 못합니다. 여러분은 내 집 벽난로 잿더미 속에 7년 전 어린 소년 쁘띠−제르베에게 훔친 40전짜리 은화를 발견할 수 있습니다. 이제 더 보탤 죄목이 없으니, 나를 잡아가세요. (휴지) 전능하신 하나님! 검사가 머리를 가로젓는군요. 당신들은 지금 "마들렌느 시장이 미쳤다"고 합니다.

여러분은 내 말을 믿지 않는군요. 믿기 어렵겠지요. 최소한 저 사람을 매도하지는 말아주십시오. (한 쪽 편을 바라본다.) 아니! 여기 이 사람들은 나를 모르지요! (그는 한 쪽으로 발걸음을 옮긴다.) 여기 여러분은 내가 장발장인 것을 분명히 알아 볼 것입니다! 보세요. 나는 이 세 사람이 누군지 알 수 있어요! 브레베, 갤리선에서 체크무늬의 뜨개질 한 멜빵을 기억하나? 그래, 자넨 기억하고 있지! 그리고 자네, 슈닐

Chenildieu, the whole of your left shoulder has been burned deeply from laying it one day on a chafing dish full of embers, to efface the three letters T. F. P., which yet are still to be seen there. Answer me, is this true? Of course, it is true! And you, Cochepaille, you have on your left arm, near where you have been bled, a date put in blue letters with burnt powder. It is the date of the landing of the emperor at Cannes, March 1st, 1815. Lift up your sleeve! Do you see? I know these men, and they know me, for we were together in the galleys!

(*He turns forward again.*) I will not disturb the proceedings further. I am going, since I am not arrested now. I have many things to do. Monsieur the Prosecuting Attorney knows where I am going and will have me arrested when he chooses. (*He looks around the room.*) You all, all who are here, think me worthy of pity, do you not? Great God! When I think of what I have been on the point of doing, I think myself worthy of envy. Still, would that all this had not happened! (*He strides out of the room.*)

디오, 자네는 왼쪽 어깨에 새겨진 티 에프 피, 세 글자를 풍로냄비에 가득한 잿물로 지우려다 어깨를 온통 데었어. 대답해 보게. 그게 맞지? 물론 사실이지! 그리고 자네, 코슈빠이으, 자네는 화인 자국 있는 왼쪽 팔 언저리에 화약으로 퍼렇게 새겨진 날짜가 있어. 칸느에 황제가 도착하던 1815년 3월 1일이라고 새겨져 있을 걸세. 팔을 걷어 보게나! 보이는가? 난 여기 이 세 사람을 압니다. 이들도 나를 알아봅니다. 우린 갤리선에 끌려가서 같이 일했으니까요!

(그는 *다시 앞쪽으로 몸을 돌린다*.) 더 이상 재판 진행을 방해하지 않겠습니다. 난 지금 체포된 게 아니니, 일단 가보겠습니다. 할 일이 많거든요. 검사님은 내가 있는 곳을 알고 있으니, 결정되면 체포하도록 하십시오. (그는 *재판정을 둘러본다*.) 여기 계신 여러분들은 모두 나를 측은하게 생각합니다. 그렇지 않습니까? 전능하신 하나님이시여! 내가 지금 하는 일을 생각해 보면 나 자신이 잘했다는, 부러워해도 될 만한 존재라는 기분이 듭니다. 그러나 이 일이 일어나지 않았더라면 더 좋았겠지요! (그는 *재판정을 큰 걸음걸이로 나간다*.)

『레미제라블』의 가장 중요한 인물은 주인공 장발장이다. 그러나 장발장이 겪어야 하는 고초는 그를 체포하려고 작심한 그의 적, 자베르 경감 때문에 발생한다. 자베르 경감은 가석방을 어기고 사라진 장발장을 붙잡아 다시 투옥시키겠다고 맹세한다. 그는 장발장을 수년간 온 힘을 기울여 추적하였으나 실패한다.

JAVERT

(*Standing on a bridge, he leans upon the railing.*) I see two roads before me, both equally straight, and I am terrified! I have never in my life known but one straight line. These two roads are contradictory! One excludes the other. Which is the true one? How can it be that Jean Valjean has spared me, and I have spared Jean Valjean?

What do I do now? Give up Jean Valjean? No! That is wrong! Leave Valjean free? No! That is wrong! I, the man of authority, cannot fall lower than the galley slave. A convict cannot rise higher than the law and set his foot upon it! In either case, it is dishonor to Javert.

I must have him arrested. But I cannot. Something bars the way. Something. What? There is nothing else in the world but tribunals, sentences, police, and authority. But something is penetrating my soul. Admiration for a convict? Respect for a galley slave? How can that be possible? (*He shudders.*) Favor accepted

바리케이드에서 자베르 경감이 혁명대에 붙잡혔을 때 장발장은 그의 생명을 구해준다. 후에 장발장이 다시 한 번 경감의 손에 붙잡혔을 때는 자베르가 그를 살려준다. 발췌된 장면은 이런 일이 어떻게 가능한지 이해할 수 없어하는 자베르의 모습이다.

자베르

(*다리 위 난간에 기대 서있다.*) 내 앞에 두 개의 길이 있다. 두 길 모두 똑같이 옳은 길이다. 그런데 두렵다! 내 평생 오직 한 길만 옳은 줄 알고 살았는데. 이 두 개의 길은 서로 모순된 길이다! 한 길은 다른 길을 배척하니, 어느 쪽이 진실된 길인가? 어떻게 장발장은 나를 살려주고 나는 또 그를 살려줄 수 있단 말인가?

이제 나는 어떻게 해야 하나? 장발장을 포기하고 잡지 말라고? 그건 아니지! 그건 잘못이야! 장발장을 자유롭게 놓아주라고? 안 되지. 그것도 잘못이지! 권위 있는 내가 갤리선 노예보다 낮아질 수는 없어. 죄수가 법보다 우위에 서서 법을 짓밟는 그런 일은 있을 수 없는 일이야! 어느 쪽을 택하든 나 자베르에게는 불명예로구나.

난 그의 체포를 명령해야한다. 그런데 할 수가 없다니. 무언가가 체포를 못하게 하는 게 있어. 무언가가 있어. 그게 무엇인가? 세상에는 오로지 법, 판결, 경찰, 권위만 있는 것인데. 그런데 내 영혼을 꿰뚫는 무언가 다른 게 있단 말이다. 죄수에 대한 찬사? 갤리선 노예에 대한 존경? 어찌 이런 일이 가능하단 말인가? (*그는 몸을 떤다.*) 호의를 받고,

and returned, respect of persons — no more final condemnation, no more damnation; a mysterious justice according to God going counter to justice according to men!

This convict whom I have relentlessly pursued and who has had me beneath his feet and could have avenged himself, and who ought to have done so, granted me life! And what has he done? His duty? No. Something more. And I, in sparing him, what have I done? My duty? No. Something more. There is something more than duty.

All my life, since I have been the age of a man, and an official, I have been a spy. My superior has always been Monsieur Gisquet. But today — I wonder — if there is another superior. God. God! Unyielding! The true Conscience! I cannot comprehend this. I cannot penetrate it. I cannot form any idea of it! My head will burst!

I am no longer certain of anything. I am uprooted! The code I have always lived by is now but a stump in my hand. I have to do with scruples of an unknown species!

This is unendurable! There are but two ways to get out of this. I can go to Jean Valjean, arrest him, and return him to the galleys. Or . . . (*He looks about him.*)

The darkness is complete. The clouds conceal the stars. The houses of the city no longer show a single light. Nobody is passing by. All that I can see of the streets and quays are de-

받은 호의를 갚고, 인간을 존중하고 — 더 이상 최후의 선고도 파멸도 없다. 인간의 정의와는 반대로 가는 하나님의 이 신비한 정의!

내가 혹독하게 추적한 죄수, 그자가 나를 그의 발밑에서 복수할 수도 있었는데. 그렇게 나에게 복수했어야 마땅한 그 죄수가 내 생명을 구해주다니! 이 무슨 일인가? 그의 임무? 그건 아니다. 그것 이상의 무엇이 있다. 그를 살려준 나는 또 어찌 된 일인가? 나의 임무? 아니다. 그 이상이 있다. 임무, 그 이상의 무엇인가가 있다.

내 평생, 내가 성인이 된 후, 공직자가 된 후, 나는 정찰 수사관이었고 나의 상관은 언제나 지스께 씨였다. 그런데 오늘은 — 이상한 일이다 — 내게 또 다른 상관이 있는 것은 아닐까. 하나님. 하나님 말이다! 굽히지 않는 단호하신 분! 진정한 양심가 하나님! 난 이해할 수가 없구나. 나로선 도무지 알 수가 없으니. 도저히 알 길이 없으니! 머리가 터질 것 같다!

더 이상 아무 것도 확신할 수 없구나. 내가 뿌리 채 뽑힌 거야! 내가 지금까지 살아 온 규범이 내 손 안에 있는 나무 조각에 불과하다니. 이제 난 내가 도무지 알 수 없는 그런 도덕관념을 상대해야 하는 건가?

견딜 수가 없구나! 이걸 벗어나는 데는 두 길이 있다. 장발장을 체포해서 감옥에 보내는 길, 아니면 . . . (*그는 주변을 둘러본다.*)

완전히 어두워졌어. 구름은 별을 가리고 도시의 창문엔 불빛이 모두 꺼졌는데. 지나가는 사람 하나 없고. 거리와 강가에서 내 눈에 들

serted. The rains have swelled the river. Here I stand, above the rapids of the Seine, the formidable whirlpool which knots and unknots itself like an endless screw.

All is black. (*He takes off his hat and lays it at his feet.*)

Let it be known, if anyone should wish to know it, that Javert, Inspector of the First Class, on June the 7th, eighteen-hundred and thirty-two, at about one o'clock in the morning, chose the road he would take, and ended his pursuit of the galley slave, Jean Valjean. (*He looks down into the water, leans forward, spreads his arms and is about to jump as the lights black out on him.*)

어오는 광경은 황량함뿐이구나. 비가 와서 강물은 넘치고, 나사처럼 조이고 풀기를 반복하는 저 만만찮은 센 강 물결을 내려다보며 나는 이렇게 서있구나.

세상은 온통 캄캄하다. (*그는 모자를 벗어서 발 옆에 둔다.*)

세상에 알고 싶어 하는 자가 있다면, 일급 검찰 자베르가 1832년 6월 7일 새벽 1시경, 그가 결정한 길을 택했노라 알리자. 장발장의 추적을 끝낸다는 이 사실을 알리자. (*그는 강물을 내려다보며 몸을 앞으로 기울이고 조명이 꺼지면서 두 팔을 벌려 뛰어내리는 모습을 보인다.*)

"여권운동 연설"(Speech on Women's Rights)

소저너 트루스 Sojourner Truth, 1797~1883

소저너 트루스는 노예폐지운동과 인권운동에 적극 참여한 아프리카 미국인 노예였다. 뉴욕 주의 노예로 태어난 그녀의 이름은 이사벨라 봄프리였으나, 1843년 스스로 소저너 트루스로 개명하였다. 봄프리 가족은 처음에는 하덴버그 대령 소유의 노예였으나 대령이 죽고 그 아들도 죽은 후 여러 차례 팔려, 1810년 존 듀몬트의 노예가 되었다. 트루스는 듀몬트의 강요로 나이 많은 노예 토마스와 결혼하였다. 트루스의 아들 피터를 듀몬트가 불법으로 앨라배마 주에 팔아넘긴 것을 알게 된 트루스는 법적 투쟁을 거쳐 아들을 찾는다. 이로서 그녀는 백인 남성들을 상대로 승소한 최초의 흑인 여성이 되었다.

1843년 6월 트루스는 열렬한 기독교 신자가 되어, 친구들에게 "성령님이 부르니 나는 가야만 한다"고 했다. 그녀는 복음전도를 하면서 한편 노예제도 폐지와 여권문제에 초점을 맞춘 강연을 주로 하였다. 누군가 그녀의 연설을 방해하고 우람한 체구의 그녀를 남자라고 했을 때 블라우스를 벗어서 앞가슴을 드러내 보여준 때도 있었다고 한다. 트루스는 1844년 매사추세츠 주 노삼프튼에 세운 교육과 산업 재단에 가입하여 노예폐지운동 조직원이 되었고, 1851년 5월 오하이오 주 애크런에서 열린 여성인권집회(Women's Rights Convention)에 참여했다. 신앙심이 투철했던 트루스는 백인 주인들을 증오했으나 마지막 주인이 된 예수를 만난 후 모든 사람을 사랑하게 되었다고 관중에게 고백했고 노예해방이 선언되자 그녀의 기도가 응답되었다고 하였다.

연극문학사에서는 헨릭 입센(1828-1906)의 『인형의 집』(1879)을 여성인권해방운동의 시발로 본다. 같은 세기에 미국 땅에서는 인간과 동물을 한데 묶어 파는 노예매매의 법제가 인정되고 있었다. 청교도 사상이 미국건국이념의 바탕이었음을 고려할 때, 미국은 너무 큰 죄를 범했다는 생각이 든다.

인종차별문제를 다룬 미국의 흑인 작가들은 많이 있다. 소저너 트루스를 생각하는 동안 역자의 뇌리를 스치는 아동소설과 시가 떠오른다. 디오도어 테일러(1921-2006)의 『작은 섬』(The Cay)에는 흑인차별 지역에서 자란 카리브 해안의 백인소년 필립이 등장한다. 그는 미국으로 가던 중 타고 있던 배가 독일군 어뢰에 맞아 난파되면서 머리에 충격을 받고 후유증으로 장님이 된다. 흑인 노인 티모시와 단 둘이 작은 섬에 갇힌 필립은 이 흑인을 혐오한다. 티모시는 그가 죽은 후에라도 앞을 보지 못하는 소년이 혼자 살아 갈 수 있도록 고기 잡는 기술 등을 열심히 가르친다. 그 과정에서 둘은 정이 든다. 어느 날 밤 티모시 옆에 누운 소년이 묻는다. "할아버지 피부색은 아직도 까매요?" 이 소설의 핵심이라고 할 수 있는 이 구절은 소년 필립과 노인 티모시 사이의 유일한 벽이었던 피부색이 무너지는 장면이다.

미국의 흑인 여류시인 궨돌린 브룩스(1917-2000)가 쓴 "안드레"라는 시가 있다.

지난밤 꿈을 꾸었어요. 꿈에
나는 엄마를 한 사람 골라야했고
아빠도 골라야 했어요.
처음에는 어떤 부모를 택할지 망설였지요.
키가 작은 사람, 큰 사람, 마른 사람, 땅땅한 사람,
후보들이 너무 많았거든요.

그러나 벌떡 잠에서 깨기 전
내가 누구를 선택하는지 알았어요.

놀랍고 기뻤던 것은
그들은 바로 내 엄마 아빠였답니다.

시인이 어린 시절 받았을지 모르는 상처를 상상케 해준다. 미국의 어린이들에게 인형을 고르라고 했을 때, 흑인 아이들은 한결같이 백인 인형을 집더라는 심리학자의 말을 새겨볼 때, 내 부모가 백인이었더라면 차별 받는 일도 없었을 텐데 하는 마음에 시인은 이런 시를 생각하지 않았을까.

소저너 트루스는 글을 읽을 줄도 쓸 줄도 몰랐다 그러나 다른 사람들이 그녀의 잊지 못할 즉흥연설 "나는 여자가 아닌가요?"라는 제목으로 알려진 증언 기록이 여기 발췌된 내용이다. 1851년 오하이오 주 애크런에서 열린 여성인권운동 집회에 참석했을 때 남자들이 회의 자리에서 여성들이 여권 논쟁을 벌이는 것

SOJOURNER TRUTH

Well, chilern, where there is so much racket, there must be somethin' out o' kilter. I think that 'twixt the negroes of the South and the women at the North, all talkin' 'bout rights, the white men will be in a fix pretty soon. But what's all this here talkin' 'bout?

That man over there say that woman needs to be helped into carriages, and lifted over ditches, and to have the best place everywhere. Nobody ever helps me into carriages, or over mud puddles, or gives me any best place! And a'n't I a woman? Look at me! Look at my arm! (*She bares her right arm to the shoulder, showing her muscle.*) I have ploughed and planted and gathered into barns, and no man could head me! And a'n't I a woman? I could work as much and eat as much as a man — when I could get it — and bear the lash as well! And a'n't I a woman? I have borne thirteen chilern, and seen 'em 'most all sold off to slavery, and when I cried out with my mother's grief, none but Jesus heard me! And a'n't I a woman?

을 제압하기 위해 위협했다. 한동안 이를 듣고만 있던 트루스는 자리에서 일어섰다. 키가 크고 당당한 체구의 이 여인은 쩌렁쩌렁한 음성으로 관중을 압도하여 그곳에 모인 모든 사람들의 시선이 그녀에게 집중되었다. 대회 의장이었던 프랜시스 게이지는 소저너 트루스의 일장연설을 기록했다.

소저너 트루스

여보시오들, 너무 시끄럽소. 이런 소란상태를 정리할 필요가 있군요. 내 생각에 남부 흑인과 북부 여성들은 모두 인권에 대한 이야기를 하는 판에 백인 남성들은 곧 곤경에 처할 것이오. 그런데 지금 이 자리에서 떠들고 있는 내용이 무엇입니까?

저쪽에 앉아계신 남자 분 얘기는, 여자는 마차에 오르고 내릴 때 도움을 받아야 하고, 도랑을 건널 때 안아서 올려줘야 하고, 어디를 가나 가장 좋은 자리에 앉혀야 한다고 합니다. 마차에 오를 때 나를 도와준 사람은 아무도 없었습니다. 진흙탕을 건널 때 날 도와준 사람도 없었고 나를 위해 어떤 좋은 자리를 배려해 준 남자는 아무도 없었습니다. 그런데 나는 여자가 아닙니까? 나를 보십시오! 내 팔을 보십시오! (*그녀는 오른쪽 팔을 어깨까지 드러내어 힘살을 보여준다.*) 나는 밭을 갈아 씨를 뿌리고 곡식을 곳간에 모았습니다. 어떤 남자도 내가 하는 일을 끌어주고 도와주지 않았어요. 그런데 나는 여자가 아닙니까? 나는 남자만큼 일하고 식성도 남자만큼 컸어요. 양식을 얻을 수 있고 채찍을 견딜 수 있었을 때는 그랬다는 말입니다. 그런데 나는 여자가 아닌가요? 난 아이를 열셋 낳았고 내 아이들 모두 노예로 팔려가는 것을 보았습니다. 내가 자식 잃은 슬픔을 목놓아 울었을 때 오직 예수님만이 내 울음을 들으셨지요! 그런데 나는 여자가 아닙니까?

Then they talks 'bout this thing in the head — what do they call it? (*Leans forward, as if waiting for an answer from the audience.*) Intellect! That's it, honey. What's that got to do with women's rights or negroes' rights? If women want any rights more'n they's got, why don't they just take 'em, and not be talkin' about it?

S'pose a man's mind hold a quart, and a woman's don't hold but a pint? If her pint is full, it's as good as his quart! That little man in black there, he say women can't have as much rights as men, 'cause Christ wan't a woman! Whar did your Christ come from? (*Louder*) Whar did your Christ come from? From God and a woman! Man had nothin' to do with him!

If the first woman God ever made was strong enough to turn the world upside down all alone, these women together here ought to be able to turn it back, and get it right side up again! And now they is asking to do it, the men better let 'em!

I'm 'bleeged to ye for hearin' on me, and now ole Sojourner han't got nothin' more to say.

그리고 남자들 하는 소리는 모두 머릿속 얘기에 지나지 않습니다. ─ 그걸 뭐라고 하지요? (*마치 청중석에서 답을 들려주기를 기다리는 듯 몸을 앞으로 구부린다.*) 지성! 네, 바로 그거요. 지성이 여성의 권리나 흑인의 권리와 무슨 상관이 있지요? 여성이 현재 권리보다 더 많이 갖기를 원하면 이러쿵저러쿵 떠들 필요 없이 권리를 그냥 행사하면 되는 것 아닙니까?

남자의 마음 크기가 쌀 한 말을 채울 수 있고 여자의 마음은 한 됫박만 채울 수 있다고 칩시다. 상상해 보십시오. 여자의 됫박이 가득 차면 남자의 한 말이 가득 찬 것과 같지 않은가요! 저기 검정 양복을 입고 계신 작은 남자 분은 여자는 남자가 갖는 만큼 똑같은 권리를 가질 수 없다고 하는군요. 그 이유는 예수님이 여자가 아니었기 때문이라고 합니다! 당신의 예수님은 어디서 왔나요? (*더 큰 목소리로*) 당신의 예수님은 어디서 왔습니까? 하나님과 한 여인 사이에서 왔습니다. 남자와 예수는 관련이 없습니다!

하나님이 창조한 첫 여인이 세상을 잘못 뒤집어 놓을 만큼 강했는데, 만약 그렇다면, 여기 모인 여자들이 힘을 합쳐 그 뒤집혀진 세상을 다시 바로 세워 놓을 수 있어야 합니다! 지금 여자들이 그 일을 요구하고 있어요. 남자들은 여자들이 그 일을 할 수 있도록 해야 할 것이요!

여러분, 내 말을 경청해 주셔서 감사합니다. 이제 이 늙은 소저너는 할 말을 다했습니다.

『허클베리 핀의 모험』
(*The Adventures of Huckleberry Finn*)

마크 트웨인 Mark Twain, 1835~1910

■ 줄거리 요약

[이 소설의 전편이라 할 수 있는『톰 소야의 모험』끝 부분에] 톰 소야와 허클베리 핀은 도둑의 동굴에서 거금이 든 상자를 발견한다. 판사 대처는 소년들을 위해 이 돈을 투자하고 그 결과 이들은 매일 1달러라는 거액의 용돈을 받는다. 더글러스 아주머니와 왓슨 양이 헉을 교육시키려고 데려오지만, 헉은 이를 반가워하지 않는다. 담배도 피울 수 없고, 욕하는 것도 금지된 깔끔한 집에 사는 것이 힘들지만 이보다 더 견딜 수 없는 것은 학교에 다녀야 하는 일이다. 일 년 동안 사라졌던 그의 아버지가 나타나자 헉은 돈을 빼앗기지 않기 위해 육천 달러를 대처 판사에게 넘긴다.

헉의 아버지는 헉을 숲속 통나무집에 가두고 때리고 굶기지만, 헉은 그럼에도 불구하고 마음 놓고 담배 피우며 욕을 할 수 있는 생활을 좋아한다. 어느 날 헉은 사람들이 그가 죽은 걸로 알도록 돼지 피를 흘려놓고 도망하여 잭슨 섬에 숨는다. 섬을 돌아다니던 중 그는 왓슨 양 소유의 노예 짐을 발견한다. 짐은 왓슨 양이 그를 800달러에 남부에 팔려는 계획을 엿듣고 도망한다. 혁은 그를 고발하지 않겠다고 약속한다. 마을에서는 짐이 혁을 죽이고 도망한 것으로 믿고 짐에게 300달러 현상금을 건다.

혁과 짐은 뗏목을 타고 미시시피 강을 따라 북부의 노예해방진영인 오하이오로 갈 계획을 세운다. 짐은 북부에서 돈을 벌어 남부에 있는 아내와 아이들을 사오겠다고 한다. 법을 어기고 도망한 노예 짐을 돕는 일이 혁의 양심에 가책이 되지만 그는 좋은 친구를 배신하는 일이 더 나쁘다고 생각한다. 어느 날 이들이 타고 있는 뗏목을 보지 못한 증기선이 뗏목을 들이받아 혁은 물속으로 뛰어 들고 짐은 사라진다.

혁은 친절한 그랜져포드 집에서 보호받고 지내는데 이 집안은 가까이 있는 셰퍼드슨 집안과 앙숙이다. 그에게 붙여준 노예를 따라 혁이 숲에 갔을 때 그곳에 숨어있는 짐과 우연히 만난다. 짐은 부서진 뗏목을 고쳐놓았다. 그날 밤 그랜져포드 집 딸과 셰퍼드슨 집 아들이 도망하여, 두 집안의 총격전이 벌어지고, 그 통에 짐과 혁은 도망한다. 이후 이들은 사기꾼 공작과 왕을 만나게 되고, 세 딸에게 유산을 남긴 피터 월크스라는 사람의 사망을 알게 된다. 사기꾼들은 영국에 있는 월크스 형제로 가장하고 세 딸에게 접근하여 유산 일부를 갈취한다. 혁은 두 사기꾼의 정체를 밝히고 싶었지만 짐의 안전이 문제였다. 결국 혁은 이들의 정체를 밝히고 짐과 함께 도망하지만 이 두 사기꾼들과 또 만나게 되어, 짐의 포상금을 노린 공작의 소행으로 짐이 잡힌다. 혁은 짐을 구출하기로 작정한다.

짐이 갇혀있는 펠프스 농가에 찾아 갔을 때, 마침 조카 톰 소야의 방문을 기다리고 있던 펠프스 부인은 혁을 톰으로 오인하고 반긴다. 진짜 톰이 등장했을 때는 톰을 톰의 동생 시드라고 속인다.

짐에 관한 이야기를 들은 톰은 놀랍게도 그를 돕겠다고 한다. 헉은 톰이 그를 도와 노예도둑이 되는 게 믿기 어려웠다. 짐은 도망가고 뒤이어 추격전이 벌어지고 톰은 다리에 총상을 입는다. 짐이 다시 붙잡히고 톰은 샐리 아주머니 집에서 치료받는다. 왓슨 양은 죽기 전에 이미 짐을 자유인으로 해방시킨다는 유언을 남겼다. 이 말을 들은 헉은 톰이 노예도둑이 되지 않게 된 것을 다행으로 생각한다.

톰의 이모 폴리가 와서 두 소년의 정체를 밝히고 자유인이 된 짐에게 톰은 40달러를 준다. 톰은 헉에게 그의 돈은 대처 판사 손에 보관되어 있고 그의 아버지는 죽었다고 알려준다. 헉은 샐리 아주머니가 그를 양자로 삼아 교육을 시킬 것이 두려워 다시 떠난다. 그는 더글러스 아주머니 밑에서 지낸 문명의 수난을 또 다시 견딜 수 없는 것이다.

■ 해설

마크 트웨인이 미국문학에 기여한 위대한 공헌 중 하나가 헉의 입을 통해 미국의 지방 사투리를 그대로 들려주고 있음을 평자들은 지적하고 있다. 문맹인 시골 소년의 언어가 고도의 언어가 된 것이다. 트웨인은 허만 멜빌, 나다니엘 호손, 어니스트 헤밍웨이(1899-1961), 윌리엄 포크너 (1897-1962) 등과 함께 현대 미국소설의 아버지 반열에 올라있다.

이 소설에서 헉은 사회 변두리에 사는 고아나 다름없는 소년이다. 헉이 담배 피우고 흉한 욕을 하는 것은 어쩌면 당연하다. 그는 여기저기 돌아다니는 가운데 생활경험에서 단단한 상식과 자신감을 얻는다. 이런 점은 자기가 읽은 책을 근거로 자신의 세계를 창조하는 톰의 이상적인 꿈과 서로 보완이 된다. 헉과 톰의 공통점은 모험에 대한 열정과 미신을 잘 믿는 일이다.

헉을 통해서 작가는 공동사회에서 벗어난 독립적인 생활과 제도권 안에서의 생활의 가치를 비교한다. 소설 전체를 통해 볼 때 어른 사회는 헉을 인정하지 않지만, 작가는 헉을 호감 있는 소년으로 그리고 있기 때문에 독자들은 헉의 편에서 그에게 동정적이고 오히려 마을의 어른들을 멀리하게 된다. 그런 가운데 헉이 더글러스 부인을 구해주고 그가 부자가 될 때 독자의 마음에 변화가 생기고, 사회의 기울기는 제도권 안의 사회가치 쪽으로 기운다. 그러나 톰과는 달리, 헉은 과연 개인적 자유를 사회적 안전과 바꾸는 것이 가치가 있는 것인지 확신이 서지 않는다. 소설이 끝날 때 헉을 "교화시키려는(civilize)" 더글러스 부인의 시도가 성공할지의 결론을 작가는 유보하고 있다.

트웨인은 인간은 근본적으로 선한데 잘못된 사회제도가 옳고 그름을 판단할 수 있는 양심을 가로막고 있다고 생각했다. 이런 주제는 도망자 노예 짐을 주인에게 돌려보낼 것인가 말 것인가 고민하는 헉의 갈등에서 잘 드러난다. 헉은 사회와 교회에서 가르친 대로 노예에 대한 법적태도를 받아들이고, 도망 나온 노예를 돕는 것은 법적으로나 도덕적으로 옳지 않다는 확신을 갖고 있다. 따라서 헉의 양심의 갈등은 진정한 고통이다. 헉이 짐을 구하기로 결정하는, 사회의 법을 어기는 그의 "죄"는 아이러니하게도 개인이 할 수 있는 가장 좋은 것을 긍정해준다.

트웨인에게 노예제도는 사회적 구속과 제도 그리고 비인간성에 대한 메타포이다. 남북전쟁 이후에 쓰인 『허클베리 핀의 모험』은 헤리엇 스토(1811-96)의 『엉클 톰의 오두막』(1852)처럼 반 노예제도 소설은 아니다. 트웨인은 법적으로 이미 사장된 제도를 공격하기보다는 소설 속에서 노예제도 개념을 사회의 모든 구속과 불평등의 메타포로 사용하고 있다. 따라서 트웨인에게는 헉과 짐이 남부로 가든 북부로 가든 의미가 없다.

작가에게 자유는 북부나 남부에 존재하는 것이 아니라, 뗏목과 강이 상징하는 이상적인 세계에 존재하기 때문이다. 뗏목과 강의 특별한 세계는 이 소설의 심장이다. 육지의 마을은 다른 사람들의 눈치를 보고 살아야 하는, 구속과 억압이 있는 제도권 안의 사회지만, 뗏목 생활에서 짐과 헉은 인종차별의식 없이 진정한 우정을 나누며 자유롭게 지낸다. 뗏목에서 짐은 헉에게 아버지 같은 존재가 되고 결국 아들 같은 헉은 그를 구하게 된다. 육지에서 갖가지 경험을 하고 뗏목으로 돌아올 때마다 이들은, 마치 종교적 수련의 피정처럼, 이곳에서 새로운 영적인 희망과 이상을 얻는다.

도망 다니는 노예와 도망 나온 소년, 사회의 밑바닥에서 어떤 교육도 받은 적 없는 두 인간이 미시시피 강을 따라 뗏목을 타고 여행하는 이 소설에서 마크 트웨인은 자유와 모험을 추구하는 인간의 본질을 탐색하고, 진정한 인간애는 제도가 아닌 사람과 사람 사이에서 형성되는 믿음임을 주장한다.

집 없는 소년 헉과 도망자 노예 짐은 온갖 모험을 하고 두 명의 악인, 공작과 왕의 손에 잡힌다. 악한들은 자기들의 목숨을 건지기 위해 결국 짐을 노예 상인에게 다시 팔아넘긴다. 발췌된 장면에서 헉은 짐이 근처 농가에 갇혀 있는

HUCK

After all this long journey, and after all we done for them scoundrels, here it's all come to nothing! Everything all busted up and ruined because they had the heart to serve Jim such a trick as that and make him a slave again all his life, and amongst strangers, too, for forty dirty dollars! (*He paces a moment, thoughtfully.*)

Well, maybe it'd be a thousand times better for Jim to be a slave at home where his family is, as long as he's got to be a slave. I better write a letter home to Tom Sawyer and tell him to tell Miss Watson where he is. (*Pacing*) No, that won't work. Miss Watson would be mad and disgusted at his rascality and ungratefulness for leaving her and she'd sell him straight down the river again, and even if she didn't, everybody naturally would despise Jim and he'd feel ornery and disgraced. And then, think of me! It would get all around that Huck Finn helped Jim get his freedom, and if I was ever to see anybody from that town again I'd be ready to get down and lick his boots for shame. That's just the way: a person does a low-down thing, and then he don't want to take no consequences of it. Thinks as long as he can hide, it ain't no disgrace. That's my fix exactly!

것을 알게 된 후 강둑 외로운 곳에 홀로 앉아 좌절과 무력감에 빠져있다. 그러
나 짐을 구해야겠다는 양심의 소리에 힘을 얻는다.

혁

결국 이 긴 여행 끝에, 그놈들하고 어울린 결과가 우린 당하기만 하고
건진 게 아무것도 없어! 다 틀렸어. 망했어. 그 악한 놈들이 짐을 속이
고 다시 평생 노예로 만들다니, 그것도 낯선 자들한테 더럽게 40달러
에 팔아넘기다니! (*그는 생각에 잠겨 왔다 갔다 한다.*)

　짐이 노예가 될 바에는 가족 있는 고향 땅이 백번 낫지. 짐이 있는
곳을 왓슨 아주머니께 알려주라고 고향에 있는 톰 소야에게 편지를 써
야겠다. (*왔다 갔다 서성댄다.*) 아니야, 그건 안 되겠어. 화가 잔뜩 난
왓슨 아주머니는 그렇게 떠나버린 짐을 은혜도 모르는 고약한 놈이라
고 할 거야. 그래서 다시 팔아버릴 수도 있어. 왓슨 아주머니가 그렇게
하지 않는다 해도, 동네 사람들이 짐을 멸시할거고, 망신당한 짐은 기
분이 더럽겠지. 거기다 난 또 뭐가 돼! 짐에게 자유를 얻어준 게 혁이
라는 소문이 돌아 봐. 마을 사람들을 다시 보는 날엔 그 사람들한테 잘
보이려고 굽실거려야 한단 말이야. 사람은 비열한 짓을 하고도 대가는
치루고 싶어 하지 않거든. 수치를 숨길 수만 있다면 괜찮다고 생각하
는 그런 식이야. 그게 바로 내가 원하는 바다!

Here is the plain hand of Providence slapping me in the face and letting me know my wickedness is being watched all the time from up there in heaven, whilst I'm stealing a poor old woman's slave that hadn't ever done me no harm! Well, I can't help it! I was brung up wicked!

(*He is suddenly very frightened.*) I . . . I . . . I got to pray! I got to see if I can't try to quit being the kind of a boy I am and be better. (*He kneels down and closes his eyes tightly, clasps his hands together and makes a great effort to pray, then drops his hands and sighs.*) The words won't come! It ain't no use to try and hide it from Him! Nor from me, neither. (*He scrambles to his feet.*) I know why the words won't come. It's because my heart ain't right. I ain't square! I'm playing double! I'm letting on to give up sin, but away inside of me I'm holding on to the biggest one of all. You can't pray a lie!

(*He paces again.*) Well, I will write the letter and then see if I can pray. (*He takes a scrap of paper and a pencil from his pocket, sits down, and writes carefully*) "Miss Watson, your runaway Jim is down here two mile below Pikesville, and Mr. Phelps has got him and he will give him up for the reward if you send. Huck Finn." There! Now then! I feel good and all washed clean of sin for the first time in my life! Just think how near I come to being lost and going to hell! And all because Jim and me come on this long trip down the river . . . (*His*

한 번도 날 해친 적 없는 가련한 아주머니의 노예를 훔치는 나의 나쁜 행동을 하늘에서 하나님이 언제나 지켜보고 계심을 알게 하려고 내 얼굴을 찰싹 때리시는구나. 그래도 난 어쩔 수 없어! 난 나쁜 짓을 하게끔 태어난걸!

(*그는 갑자기 무서워한다.*) 난 . . . 난 . . . 난 기도를 해야겠다! 나쁜 짓 그만하고 좋은 소년이 될 수는 없는지 기도해 볼 일이야. (*그는 무릎을 꿇고 눈을 꼭 감고 두 손 모아 기도하려고 애쓴다. 그리고는 두 손을 내려놓고 한숨짓는다.*) 기도가 안 돼! 하나님께 숨기려 해도 소용없어! 나 자신한테도 숨기지 못하면서 말이지. (*그는 벌떡 일어선 다.*) 기도가 왜 안 되는지 난 알지. 정직하지 않기 때문이야. 정직하지 않아서 그래! 난 지금 이중 행동을 하고 있잖아! 다시는 죄를 짓지 않겠다고 큰 소리 치면서 마음 속 깊은 곳에는 큰 죄를 품고 있으니. 거짓말로 기도할 수는 없는 노릇이잖아!

(*그는 다시 왔다 갔다 하며 서성댄다.*) 편지를 쓰고 그리고 나서 내가 정직하게 기도할 수 있는지 봐야겠다. (*그는 종이를 들고 주머니에서 펜을 꺼내고 앉아서 조심스럽게 글을 쓴다.*) "왓슨 아주머니께, 아주머니의 도망간 짐은 파이크스빌 마을에서 이 마일 떨어진 곳에 있습니다. 펠프 씨가 데리고 있는데, 아주머니가 사람을 보내면 펠프 씨는 보상 받기 위해 짐을 포기할 것입니다. 헉 핀 올림." 자! 됐다! 기분 짱이다. 평생 처음으로 내 죄가 깨끗이 씻겼어! 하마터면 내가 정신 잃고 지옥에 갈 뻔 했잖아! 이게 바로 짐과 내가 단 둘이서 강 따라 여행한 탓

expression slowly changes) . . . Jim and me . . . (*He puts the letter down*) . . . just Jim and me all the time, in the day and in the nighttime, sometimes moonlight, sometimes storms, and we a-floating along, talking and singing and laughing. I just don't see no place to harden me against him. I can see him standing my watch on top of his'n, 'stead of calling me, so I could go on sleeping, and see how glad he was when I come back out of the fog, and when I come to him again in the swamp, up there where the feud was, and suchlike times, and he would always call me honey and pet me, and do everything he could think of for me, and how good he always was — and the time I saved him by telling the men we had smallpox aboard and he was so grateful and said I was the best friend he ever had in the world, and the only one he's got . . . (*He looks at the letter, then slowly picks it up. His hand trembles.*) All right, then, I'll go to hell! (*He tears up the letter.*)

I'll take up wickedness again, which is in my line, being brung up to it! And for a starter, I'll go to work and steal Jim out of slavery again, and if I can think up anything worse, I'll do that, too; because as long as I'm in, and in for good, I might as well go the whole hog!

이야 . . . (*그의 표정이 천천히 변한다.*) . . . 나하고 짐하고 . . . (*그는 편지를 내려놓는다.*) . . . 바로 짐하고 내가 낮이고 밤이고 언제나, 때로는 달밤에, 때로는 폭풍 속에 떠밀리며 둘이 떠들고 노래하고 큰 소리로 웃어대고 놀았어. 내가 짐한테 독하게 굴 이유가 없어. 자기 차례 때만 망보는 게 아니라 날 깨우지도 않고 내 망까지 보면서, 내가 계속 잠 잘 수 있게 해주었고, 안개 속에서 내가 나타나면 짐은 얼마나 반가워하던가. 그리고 앙숙인 두 집안이 싸우던 때 내가 늪지에서 나와 짐 앞에 나타났을 때도, 그렇게 힘든 시절에도 짐은 항상 나를 귀여워 해주고 따듯이 토닥거려 주었는데. 나를 위해 무슨 일이든지 했는데. 언제나 나한테 잘했지 — 그리고 사람들이 우리 가까이 오지 못하게 하려고 우리가 마마 전염병에 걸렸다고 해서, 내가 짐을 구해 주었을 때 짐이 얼마나 고마워했던가. 짐은 날보고 세상에서 제일 친한 친구라고 했어. 아니, 유일한 친구라고 했어. . . . (*그는 편지를 내려다보고 천천히 집어 든다. 그의 손이 떨린다.*) 좋아. 그렇다면 난 지옥을 택하겠다! (*그는 편지를 찢는다.*)

난 다시 나쁜 짓을 해야겠어. 그게 내 전공인걸. 그렇게 자랐으니깐! 어서 작업을 시작해야겠다. 우선 짐을 훔쳐내어 노예의 몸에서 다시 풀어 줘야 해. 이보다 더 나쁜 짓을 해야 한다 해도 못할 것 없지. 난 영원히 나쁜 짓을 할 테다. 할 바에는 아주 철저히 해야지!

『작은 아씨들』(*The Little Women*)
루이자 메이 얼콧트 Louisa May Alcott, 1832~88

■ **줄거리 요약**

마치 일가는 가난하지만 어머니를 중심으로 딸 넷이 열심히 산다. 큰 딸 메그는 가르치면서 생활비를 벌고, 키가 크고 선머슴 같은 둘째 조우는 글을 쓰고 자매들과 연극놀이 하기를 좋아한다. 수줍고 얌전한 셋째 딸 베스는 어머니를 도우며 집에 있기를 더 좋아하고, 막내 에이미는 장차 유명한 화가가 되기를 꿈꾼다. 이웃에는 부자 로렌스 할아버지와 손자 로리가 큰 저택에 살고 있는데, 외로운 로리는 이웃 집 자매들이 어머니를 중심으로 오손도손 지내는 모습을 보고 부러워한다.

딸들은 크리스마스 때 어머니가 준 돈으로 무엇을 할 것인지 궁리하다가, 함께 어머니를 위한 선물을 사기로 결정한다. 마치 가족은 크리스마스 아침에 궁핍한 허멜 가족을 아침식사에 초대했는데, 이 소식을 들은 로렌스 씨는 크리스마스 선물로 딸들에게 맛있는 과자와 아이스크림과 꽃다발을 보낸다.

남북전쟁 중에 군목(軍牧)인 아버지 마치가 워싱튼 D.C. 병원에 입원한 소식을 듣고 어머니는 아버지에게로 간다. 지갑에 5달러 밖에 없는 어머니께 조우는 그녀의 유일한 자랑거리인 머리를 팔아 25달러를 마련하여 드린다. 어머니 없이 침울하게 지내는 동안 베스는 허멜 집 아기에게서 성홍열을 옮아 위급한 상황이 되어 어머니가 급히 집으로 돌아오고 위기를 넘긴다. 이듬해 크리스마스 때 아버지가 돌아와서 가족은 다시 행복해진다.

로리의 가정교사 존 브룩은 메그를 사랑하여 3년 후 두 사람은 결혼하고, 조우는 열심히 글을 써서 가계에 도움을 준다. 마치 가의 친족인 캐롤 아주머니가 조우 대신 여성다운 에이미를 대동하고 유럽 여행을 하자 조우는 실망한다. 조우는 베스가 로리를 사랑하는 것을 느끼고 뉴욕으로 떠나서, 그곳에서 가정교사 일을 하며 장차 남편이 될 베어 교수를 만난다.

조우가 고향에 돌아오자 그녀를 항상 사랑했던 로리는 청혼을 한다. 그러나 조우는 두 사람은 서로 맞지 않는다며 독신으로 글을 쓰며 살겠다고 거절한다. 이후 로리는 유럽으로 떠나고 그 곳에서 에이미를 만나 서로 가까운 친구가 된다.

조우는 집에서 병약한 베스를 돌보았으나 봄에 베스가 죽고, 글 쓰는 일과 언니 메그의 두 아이들을 돌보면서 위안을 찾으려 한다. 에이미와 로리는 결혼하고, 조우는 중부에 교수직을 얻은 베어 교수의 청혼을 받아들인다. 에이미와 로리 사이에 딸이 태어나고 아기 이름을 베스로 짓는다. 마치 고모는 죽으면서 그녀의 플럼필드 저택을 조우에게 유산으로 남긴다. 조우는 이 큰 집에 소년 기숙학교를 열어 남편 베어 교수와 함께 젊은이들을 가르치는 데 헌신키로 한다. 작은 아씨들 가족은 어머니의 60

세 생일에 자리 하나가 비어있는 플럼필드 식탁에 모여 축하연을 연다.

■ **해설**

1869년에 완성된 『작은 아씨들』은 많은 독자들에게 사랑받는 가정소설로, 작가 자신과 그녀의 세 자매를 모델로 삼은 유머가 넘치는 따스한 작품이다. 작가 얼콧트는 두 명의 십대 소녀 메그와 조우 그리고 그보다 어린 두 여동생 베스와 에이미, 이들 자매들의 15년에 걸친 이야기를 그리고 있다.

　　　이 소설에 대한 독자들의 대체적인 선입견은 힘든 세파를 이겨낸 자매들을 다룬 아동문학 범주로 간주하는 것이다. 그러나 이 소설의 주제는 그보다 의미 깊은 19세기 미국 여성의 위치를 다룬다. 특히 침착하지는 못하지만, 끊임없이 활동적인 조우가 주제의 중심에 서 있다. 이 소설의 또 다른 힘은 가족 관계의 중요성이다. 전쟁, 가난, 이기심, 사회의 변화를 견디고 생존할 수 있게 해주는 원동력은 서로를 돕고 의지하는 가족 관계에서 비롯된다. 개인은 고통 가운데 투쟁하고 죽지만, 『시편』 기자의 말대로 "형제가 연합하여 동거함이 어찌 그리 선하고 아름다운고" 하는 가족은 살아남는다. 이 가족의 중심에는 어머니가 있다. 딸들의 어머니 마치 부인은 독자들이 흔히 생각하듯 달콤하고 감상적인 여인이 아니다. 베르톨트 브레히트(1898-1956)의 전쟁통 "억척 어머니" 같지는 않다 해도, 전쟁으로 가족이 헤어져 있는 힘든 상황에 가족을 통솔하고 이끌어 가는 단단하고 용감한 여인이다. 어느 민족을 막론하고 어머니는 한 가정의 중심이고 어머니의 위대한 힘은 세계의 공통분모이다.

　　　이 소설의 등장인물들은 따듯하기만 한 이상화된 인물들은 아니다. 약점도 많으나 진정한 인간미가 있는 사람들을 그린 작가의 인물묘사는 뛰어나다.

마치 가족의 이웃인 로렌스 씨의 손자 로리는 마치 자매들에게 헌신적이다. 그를 "나의 소년 테디"라고 부르는 조우와는 서로 신뢰하는 친구로 둘은 특히 가까웠다. 이들이 자라면서 로리는 조우에게 단순한 친구 이상의 감정을 갖게 된다. 조우는 대학을 다니고 있는 로리가 그녀를 잊을 수 있는 시간을 주고 또

CHARACTERS: JO MARCH; LAURIE

LAURIE

Oh, by the way, Jo, you may thank Hannah for saving the cake for tonight's dessert from destruction. I saw it going into the house, and if she hadn't defended it manfully, I'd have had a pick at it!

JO

(*Laughing*) I wonder if you will ever grow up, Teddy.

LAURIE

I'm doing my best, ma'am, but can't get much higher, I'm afraid, as six feet is about all men can do in these degenerate days.

JO

(*Gives him a friendly poke, then looks at him critically.*) Is it the fashion now to be hideous? To make your head look like a scrubbing brush and wear orange gloves, and clumping square-toed boots? I'm not aristocratic, but I do object to being seen with a person who looks like a young prizefighter. (*She sits on a garden bench with two bright pillows at each end.*)

자신도 글쓰기에 전념하기 위해 일 년간 집을 떠난다. 그러나 일 년 후 그녀가 돌아왔을 때 로리는 여전히 열렬하게 그녀를 반기고 그녀도 그를 기쁘게 맞는다. 발췌된 장면에서 두 사람은 서로 팔짱을 끼고 정원을 거닌다.

등장인물: 조우 마치; 로리 로렌스

로리

아, 그런데 말이지, 조우, 너 한나 아주머니한테 고마워해야 해. 오늘 저녁 디저트를 망가트리지 않고 먹을 수 있게 지켜주셨으니까. 후식용 케이크를 들고 들어가는 아주머니를 보고, 내가 좀 먹으려고 덤비자 열심히 나를 밀어내셨어.

조우

(*웃으면서*) 테디, 넌 정말 언제 클지 모르겠구나!

로리

난 잘 크고 있어요, 마님. 지금 6피트인데 요즘처럼 어려운 시절에 이만하면 남자가 클 만큼 큰 거지.

조우

(*다정하게 그를 쿡 찌르고 비판적인 눈으로 바라본다.*) 그렇게 꼴사나운 모양이 요즘 유행이니? 머리는 수세미 솔 같고, 장갑은 오렌지색에다, 그 목이 긴 구두는 또 뭐냐. 두툼한 이중창에, 코는 뭉툭한 게 그런 게 유행이니? 난 귀족취향은 아니지만 애송이 권투선수 같은 사람하고 같이 있는 걸 누가 볼까봐 두렵구나. (*그녀는 밝은 색의 쿠션이 양 옆에 놓인 정원 벤치에 앉는다.*)

LAURIE

(*With mock stuffiness*) This unassuming style promotes study. That's why we adopt it. (*Sits beside her.*) By the way, Jo, that little fellow Parker is really getting desperate about Amy. He talks of her constantly, writes poetry, and moons about in a most suspicious manner. He'd better nip his little passion in the bud, hadn't he?

JO

Of course he had! We don't want any more marrying in this family for years to come! I could hardly bear to lose Meg. Mercy on us, what are the children thinking of?

LAURIE

(*In a fatherly tone*) It's a fast age and I don't know what we're coming to, ma'am. You are a mere infant, but you'll go next, Jo, and we'll be left lamenting.

JO

Don't be alarmed, I'm not one of the agreeable sort. Nobody will want me, and it's a mercy, for there should always be one old maid in a family.

LAURIE

(*After a moment*) You won't give anyone a chance. You won't show the soft side of your character, and if a fellow gets a peep at it by accident and can't help showing that he likes it, you treat him as Mrs. Gummidge did her sweetheart, throw cold water over him and get so thorny no one dares touch or look at you.

로리

(*거만한 태도의 놀림조로*) 젠체하지 않는 이 겸손한 차림은 공부에 도움이 되거든. 그래서 이렇게 입는 거지. (*그녀 옆에 앉는다.*) 그건 그렇고, 조우, 꼬마 녀석 파커가 에이미한테 엄청 열을 올리고 있어. 온종일 에이미 얘기만 하고, 시를 쓰고, 아주 수상쩍은 얼굴로 멍하니 생각에 빠져있거든. 그 녀석 끓어오르는 정열을 좀 진정시켜 줄 필요가 있지 않을까. 그렇지?

조우

물론이지! 우리 집 다음 번 결혼은 몇 년 있어야 되니깐! 메그 언니가 결혼하고 집에 없는 것도 힘든데. 도대체 애들이 무슨 생각을 하고 있는 거야?

로리

(*아버지 같은 태도로*) 지금은 시대가 빨라졌어요. 마님, 우리도 어찌되는 건지 모르겠네요. 넌 아직은 미성년이지만 다음은 네 차례야, 조우. 우린 애석해하면서 쳐져 있는 거야.

조우

겁낼 것 없어. 난 그렇게 남한테 호감 주는 타입은 아니거든. 누구도 나 같은 사람하고는 결혼하고 싶어 하지 않아. 다행이지. 집안에 노처녀 하나쯤 있는 것도 괜찮다고요.

로리

(*잠시 말이 없다가*) 기회를 주지 않겠다는 거구나. 너는 네 안에 숨겨진 부드러운 성품을 보여주지 않고 있어. 그런데도 어떤 청년이 우연히 너의 그런 점을 발견하고 좋아하면, 그럼 너도 거밋지 부인이 애인한테 한 것처럼, 찬물 끼얹고 가시 돋친 언사로 누구도 얼씬 못하게 할 참인가 보구나.

JO

I don't like that sort of thing. I'm too busy to be worried with such nonsense as lovers and other absurdities. And I think it's dreadful to break up families so.

LAURIE

(*With a shake of his head*) Mark my words, Jo, you'll go next. (*JO picks up one of the pillows and flings it at him. He laughs.*) Oh, come Jo, do you suddenly hate your boy and want to fire pillows at him?

JO

(*With an impish grin*) How many bouquets have you sent Miss Randal this week?

LAURIE

Miss Randal? Not one, upon my word. She's engaged. I never cared two pins for her anyway. Now then! (*Throws pillow back at her.*)

JO

Well, I'm glad of it. That was always one of your foolish extravagances, sending flowers and things to girls for whom you don't care two pins.

LAURIE

Sensible girls, for whom I *do* care whole papers of pins won't let me send them flowers and things, so what can I do? My feelings must have a *went*!

조우

난 그런 게 싫어. 연인이니 뭐니 시시껍적한 그런데 신경 쓸 시간 없어. 할 일이 너무 많거든. 그런 식으로 가족 관계가 멀어지는 것도 두렵고.

로리

(*머리를 가로저으면서*) 내 말 잘 들어, 조우, 다음 번 결혼은 네 차례야. (*조우는 방석 하나를 들어서 그에게 던진다. 로리는 웃는다.*) 왜 그래, 조우. 갑자기 너의 테디 소년이 미워져서 쿠션을 던지는 거야?

조우

(*짓궂은 웃음을 띠고*) 너 이번 주에 랜덜 양한테 꽃다발을 얼마나 갖다 바쳤니?

로리

랜덜 양한테? 맹세코 하나도 보내지 않았어. 랜덜 양은 약혼자가 있어. 어쨌든 이 몸은 그 여자한테 조금도 관심 없다고요. 그러니까 이거나 받으시라고! (*쿠션을 조우에게 되돌려 던진다.*)

조우

그거 다행이구나. 조금도 관심 없는 여자애들한테 꽃이니 선물이니 보내는 건 어리석고 무절제한 낭비 버릇이란 말이야.

로리

분별력 있고 제법 괜찮은 여자애들한테 꽃과 선물도 보내지 못하면, 난 어쩌라고? 나도 감정 쏟을 곳이 필요하단 말입니다!

JO

Then if you must have a *went,* Teddy, go and devote yourself to one of the pretty modest girls whom you do respect and not waste your time with the silly ones.

LAURIE

(*Seriously*) Do you really advise it?

JO

Yes, I do. (*Rising*) Now, go inside and sing to me. I'm dying for some music and I always like yours.

LAURIE

(*Catching hold of her apron string*) I'd rather stay here, thank you.

JO

Well, you can't! (*She tugs at the apron string, but he keeps his hold.*) I thought you hated to be tied to a woman's apron string.

LAURIE

Ah, that depends on who wears the apron! (*He suddenly takes her hand.*)

JO

(*Seeing the change in his manner*) No, Teddy, please don't.

LAURIE

I will, and you must hear me. It's no use, Jo, we've got to have it out, and the sooner the better for both of us.

JO

(*Seeing that he is serious; patiently*) Say what you like then. I'll listen.

조우

마음 쓸 곳이 필요하다면, 테디, 시시한 애들하고 시간 낭비하지 말고 네가 존경할 만한 제법 참한 여자를 찾아서 헌신하렴.

로리

(*심각하게*) 너 정말 그렇게 충고하는 거니?

조우

그래. 진심으로 하는 충고야. (*일어서면서*) 자 이제 안에 들어가서 네 노래 좀 듣자. 음악이 듣고 싶어 죽겠어. 네 노래는 언제 들어도 좋더라.

로리

(*조우의 앞치마 끈을 잡고서*) 고맙지만 난 여기 있고 싶다.

조우

안에 들어가야 해! (*그녀는 앞치마 끈을 잡아당기지만 로리는 꼭 잡고 놓지 않는다.*) 난 네가 여자 앞치마에 매달리는 걸 싫어하는 줄 알았는데.

로리

아 그거야 앞치마 입은 여자가 누구냐에 달렸지! (*그는 갑자기 그녀의 손을 잡는다.*)

조우

(*그의 태도가 변한 것을 보면서*) 안 돼, 테디, 이러지 마.

로리

아니, 난 할 거야. 내 말 들어봐. 부질없는 짓 그만두고, 조우. 우리 솔직하게 털어놓자. 그것도 우리 두 사람한텐 빠를수록 좋아.

조우

(*그가 심각한 것을 보면서 참을성 있게*) 그럼 네가 하고 싶은 말이 뭔지 말해봐. 내 들을 게.

LAURIE

(*Drawing her back to the bench beside him, he looks at her intently, clears his throat, and begins.*) I've loved you ever since I've known you, Jo. Couldn't help it. You've been so good to me. I've tried to show it, but you wouldn't let me. Now I'm going to make you hear and give me an answer, for I can't go on so any longer.

JO

(*Gently*) I wanted to save you this. That's why I went away.

LAURIE

I know you did, but girls are so queer, you never know what they mean. They say no when they mean yes and drive a man out of his wits just for the fun of it.

JO

I don't. I never wanted to make you care for me so.

LAURIE

It was like you, but it was no use. I hoped you'd love me, though I'm not half good enough . . . (*He chokes a little, turns away a moment, then collects himself.*)

JO

Yes, you are. You're a great deal too good for me, and I'm grateful to you and so proud and fond of you, I don't see why I can't love you as you want me to. I've tried, but I can't change the feeling, and it would be a lie to say I do when I don't.

로리

(*그의 옆으로 그녀를 끌어당기며 진지하게 바라보면서 목소리를 가다 듬고 말을 한다.*) 난 너를 처음 만날 때부터 사랑했어, 조우. 어쩔 수 없었어. 넌 나한테 정말 친절했고. 너에 대한 나의 사랑을 보여주려고 애썼지만 넌 허락하지 않았어. 지금은 네가 내 말을 듣고 답을 줘야 해. 더 이상 이대로 지낼 수는 없어.

조우

(*부드럽게*) 이런 일이 일어나지 않게 하려고 내가 멀리 떠나있었던 거야.

로리

그런 줄 알았어. 그렇지만 여자들은 정말 이상해. 여자들 행동만 보고 는 무슨 의미인지 통 알 수가 없단 말이야. 속으로는 그렇다는 뜻이면 서 말로는 아니라고 하는 여자들은 재미삼아 남자들을 돌게 만든단 말 이야.

조우

난 그렇지 않아. 너한테 관심 얻으려고 행동한 적은 한 번도 없었어.

로리

너다운 일이지. 그러나 소용없어. 내가 비록 네 맘에 반도 안 들어도, 날 사랑해주기를 바랬는데 . . . (*그는 목이 좀 멘다. 잠시 얼굴을 돌리 고 정신을 가다듬는다.*)

조우

아니, 넌 좋은 애야. 나한테는 너무 좋은 애지. 그래서 네가 고맙고 자 랑스럽고 나도 널 좋아해. 네가 원하는 대로 너를 사랑하지 못할 이유 는 없어. 난 노력을 했지만 내 감정은 변하지 않고, 또 내가 너를 사랑 하지 않으면서 사랑한다고 하면 그건 거짓말이지.

LAURIE

(*Taking her hands in his, looking at her earnestly*) Really, truly, Jo?

JO

Really, truly, dear. (*He drops her hands and buries his head in his arms.*) Oh, Teddy, I'm sorry, so desperately sorry. I could kill myself if it would do any good. I wish you wouldn't take it so hard. I can't help it. You know it's impossible for people to make themselves love other people if they don't. (*She pats his shoulder.*)

LAURIE

(*Not raising his head, his voice muffled*) They do sometimes.

JO

But I don't believe it's the right sort of love, and I'd rather not try it. (*He is silent.*) You'll learn to love someone else, like a sensible boy, and forget all about me.

LAURIE

(*Raising his head*) I can't love anyone else and I'll *never* forget you, Jo, never, never! (*He stamps his foot in his passion.*) I don't believe you've got any heart!

JO

(*Almost a sob*) I wish I hadn't!

LAURIE

(*Taking her hand again, urgently*) Jo, everyone expects it, and I can't get on without you. Say you will love me and let's be happy!

로리

(*그녀의 두 손을 잡고 그녀를 진지하게 보면서*) 정말, 진심으로 하는 소리야, 조우?

조우

정말 진심이야, 테디. (*그는 그녀의 손을 놓고 자신의 팔에 얼굴을 묻는다.*) 아, 테디, 미안해. 정말 미안하다. 어떻게 좋게만 할 수 있다면 내 몸을 던질 수도 있어. 네가 그렇게까지 마음 아파하지 않았으면 좋겠어. 나도 어쩔 수가 없어. 사랑하지 않으면서 억지로 사랑하게 하는 건 불가능한 일인 줄 너도 알잖아. (*그녀는 그의 어깨를 토닥거린다.*)

로리

(*머리를 들지 않고 목이 멘 소리로*) 가능한 경우도 있어.

조우

그렇지만 그건 사랑의 올바른 태도가 아니야. 그런 시도는 하지 않을래. (*그는 말이 없다.*) 넌 언젠가는 누군가를 사랑하게 될 거야. 지각 있는 소년처럼 말이지. 그리고 나에 대해서는 다 잊게 될 거야.

로리

(*머리를 치켜들면서*) 너 아닌 다른 여자를 사랑할 수는 없어. 난 너를 절대로 잊을 수가 없어, 조우, 절대로, 절대로! (*정열적으로 발 한 쪽을 바닥에 내려친다.*) 난 네가 심장 있는 여자라고 믿어지질 않는다!

조우

(*거의 흐느끼면서*) 나도 내가 심장이 없었으면 좋겠다!

로리

(*다시 그녀의 손을 잡고 절박하게*) 조우, 사람들은 우리가 당연히 서로 사랑하는 것으로 알고 있어. 난 너 없이 살 수 없어. 너도 날 사랑하게 될 거라고 말해봐. 그리고 우리 행복하게 살자!

JO

(*With great tenderness, but firmly*) I can't say yes truly, so I won't say it at all. You'll see that I'm right by and by and thank me for it.

LAURIE

I'll be hanged if I do! (*He jumps up and turns away, pacing.*)

JO

Yes, you will! And besides, I don't believe I shall ever marry. I'm happy as I am and love my liberty too well to be in any hurry to give it up for any mortal man.

LAURIE

I know better! You think so now, but there'll come a time when you will care for somebody, and you'll love him tremendously and live and die for him. I know you will, it's your way, and I shall have to stand by and see it! (*He flings his hat to the ground.*)

JO

(*Jumping up, losing her patience*) Yes, I will live and die for him if he ever comes and makes me love him in spite of myself, and you must do the best you can! I've done my best, but you won't be reasonable, and it's selfish of you to keep teasing me for what I can't give. I shall always be fond of you, very fond indeed, as a friend, but I'll never marry you, and the sooner you believe it, the better for both of us. So now!

조우

(*매우 다정하면서 그러나 단호하게*) 내가 널 사랑하게 될 거라는 말은 정말이지 못해. 그러니 말하지 않을래. 내가 옳았다는 것을 너도 차차 알게 될 거고, 그때는 네가 나한테 고마워할 거야.

로리

그런 일은 절대 없어! (*그는 벌떡 일어나서 몸을 돌려 서성댄다.*)

조우

넌 꼭 고마워 할 거야! 그뿐만 아니라 난 누구와도 결혼하지 않아. 지금처럼 혼자 있는 생활이 좋아. 내가 내 자유를 너무 좋아하기 때문에 어떤 남자를 위해서도 이런 생활을 서둘러 포기할 생각은 없어.

로리

난 더 잘 알아! 지금은 네가 그렇게 생각하겠지만, 언젠가는 네가 누군가를 위해 살 때가 반드시 올 거야. 그때는 그 사람을 너무나 사랑한 나머지 그를 위해 죽기까지 할 거다. 넌 그러고도 남아. 그게 네 방식이니까. 그런 너를 난 옆에서 지켜보고만 있어야 하겠지! (*그는 모자를 마당에 내던진다.*)

조우

(*벌떡 일어나면서 인내심을 잃고*) 그래, 그런 사람이 생기면 말이다. 내 의지에도 불구하고 내가 사랑할 수 있는 사람이 나타나면, 그 사람을 위해 내가 살고 죽을 게. 그러니 넌 너대로 네가 할 수 있는 최선을 하렴! 난 내 최선을 했어. 그런데 너는 이성적이질 못하고, 내가 줄 수 없는 걸 자꾸 조르는 너는 너무 이기적이야. 난 언제나 널 좋아할 게 틀림없어. 친구로서 아주 많이, 많이 좋아할 거야. 그러나 너하고 결혼은 결코 하지 않아. 네가 빨리 이 사실을 받아들여야 우리 두 사람한테 좋아. 그런 줄 알아!

LAURIE

(*He looks at her steadily*) You'll be sorry someday, Jo! (*He starts off.*)

JO

(*Alarmed*) Teddy! Where are you going?

LAURIE

To the devil! (*He strides out.*)

JO

(*Takes a few steps after him, then stops.*) Oh, how can girls like to have lovers and then refuse them? I think it's dreadful! (*She starts off in the opposite direction, looking after him once, then going on.*)

로리

(*그는 계속 그녀를 쳐다본다.*) 넌 언젠가는 후회할 거야, 조우! (*그는 자리를 뜬다.*)

조우

(*놀라서*) 테디, 어디 가는 거야?

로리

어디로 가든 네가 알게 뭐야! (*그는 성큼 나간다.*)

조우

(*그의 뒤를 몇 발자국 따라가다가 멈춘다.*) 아, 왜 여자들은 애인을 원하면서 그리고는 또 거부하는 것일까? 끔찍한 일이다! (*그녀는 반대쪽으로 간다. 한 번 더 그가 간 쪽을 쳐다보고 걸어 나간다.*)

『오만과 편견』(*Pride and Prejudice*)
제인 오스틴 Jane Austen, 1775~1817

■ 줄거리 요약

롱번 영지에 살고 있는 베넷 가문은 딸만 다섯이다. 베넷 부인의 일생의 임무는 딸들에게 적당한 신랑감을 구해주는 일이다. 근처 네더필드 파크로 부자 총각 빙리가 이사 오고, 이웃집 무도회에 빙리와 그의 두 여동생과 동서와 그리고 친구 다아시가 함께 나타난다. 빙리와 큰 딸 제인은 서로 끌린다. 차갑고 거만한 다아시는 패기 있고 지적인 엘리자베스 베넷과 춤추기를 거절함으로써 그녀에게 모욕감을 안겨준다. 후에 그는 그녀를 존경하게 되고, 다음 무도회에서 그녀에게 춤을 청한다. 그러나 이번에는 그녀 쪽에서 그를 거부함으로서 그녀가 받았던 모욕을 되갚아주어 만족해한다.

제인과 빙리의 로맨스는 조용히 진전되고, 영리한 엘리자베스는 상류사회 귀족들의 위선을 꿰뚫어본다. 빙리의 동생 캐롤라인은 다아시와 결혼하기를 열망하여, 베넷 집안을 무시하여 조롱하고, 특히 다아시와 엘리자베스의 관계를 의식한 그녀는 엘리자베스를 타겟으로 삼는다.

베넷 집안의 먼 친척인 콜린스 목사는 아들이 없는 베넷 가의 재산을 상속받길 원하여 엘리자베스에게 청혼하지만 거절당한다. 그는 엘리자베스의 가장 친한 친구, 가난한 샬롯 루카스와 결혼한다. 베넷 자매들은 근처에 주둔한 장교들과 가까워지고, 리디아는 그 중 매력 있는 위컴에게 끌린다.

초겨울에 빙리 가족과 다아시는 네더필드를 떠나 런던으로 돌아가고, 봄에 엘리자베스는 샬롯을 방문한다. 엘리자베스는 근처에 살고 있는 다아시의 아주머니인 캐서린 드보그 부인을 방문한다. 캐서린 부인을 방문한 다아시는 그곳에서 우연히 엘리자베스를 만난다. 어느 날 그는 엘리자베스에게 청혼하지만 거절당한다. 엘리자베스는 다아시를 거만한 청년으로 불쾌하게 생각하며, 그가 빙리와 제인을 어울리지 못하게 했음을 비난한다. 다아시는 그것이 사실임을 인정하면서도 그 이유는 이들의 관계는 진지한 로맨스가 아니었기 때문이라고 편지에 설명한다. 위컴의 경우는 그가 거짓말쟁이고 다아시의 여동생 조지아나와 도망을 시도했음을 밝히는데, 다아시의 이 편지는 그녀의 감정에 변화를 가져온다. 군대는 마을을 떠나고 리디아는 위컴이 주둔하는 브라이튼에서 여름을 보내기로 한다. 6월에 엘리자베스는 베넷 가의 친척 가디너 댁으로 여행을 간다. 그곳은 다아시의 사유지가 있는 펨벌리 근처이다. 엘리자베스는 다아시가 없는 것을 확인하고 펨벌리를 방문하는데, 그녀는 대저택의 우아한 분위기에 압도된다. 하인들은 다아시가 너그러운 주인이라고 말한다. 갑자기 돌아온 다아시는 가디너 일행을 친절히 맞이하고 엘리자베스에게 그의 여동생을 소개한다.

엘리자베스는 리디아가 위컴과 도피하여 어디에 있는지 모른다는 편지를 받는다. 리디아의 행동이 집안 전체에 불명예를 가져오지 않을까 우려한 엘리자베스는 급히 집으로 돌아오고, 가디너 씨와 베넷 씨는 리디아를 찾아 나선다.

지금은 결혼한 리디아와 위컴은 롱번 집을 잠시 방문하지만 아버지는 이들을 냉대한다. 둘은 위컴의 새 부임지인 영국 북부로 떠나고, 빙리는 네더필드로 돌아와서 제인과의 교제를 유지하고 청혼한다. 빙리의 오만한 여동생만 빼고 베넷 가족은 모두 이들의 결혼을 반긴다.

캐서린 드보그 부인은 롱번을 방문하여 엘리자베스를 경멸하고 그녀의 조카 다아시가 그녀와 결혼할 계획이라는 소문을 들었다고 한다. 부인은 그녀의 딸과 다아시는 아기 때부터 결혼이 약속된 사이라고 주장하고, 베넷 집안과 다아시는 어울리는 상대가 아니라면서 엘리자베스에게 청혼을 거절할 것을 강요한다. 엘리자베스는 그와 약혼한 사이는 아니지만 자신의 행복에 반대되는 어떤 약속도 할 수 없다고 대답한다. 엘리자베스와 다아시는 함께 산보하면서 그의 청혼을 받아들인다. 이제 제인도 엘리자베스도 모두 결혼한다.

■ 해설

1813년 제인 오스틴이 38세 때 출판한 소설이지만 『첫 인상』(*The First Impressions*)이라는 제목으로 1796년 처음 시작했다. 다아시의 칭찬대로 엘리자베스의 생기발랄함은 많은 독자들의 사랑을 받는다. 여성의 생각과 의견이 중시되지 않던 당시 영국 사회에서 활기찬 여주인공 엘리자베스 베넷의 갈등하는 감정은 독자의 관심을 끈다. 작가는 당시 지방 귀족들에 대한 풍자와 인간 본질의 약한 부분을 재미있게 언급하고 있다.

제인 오스틴의 소설에서 인간관계는 부와 지위로 결정되는 엄격한 사회적 맥락에서 정의된다. 그래서 "재산 많은 독신 남자에게 아내가 필요하다는 말은 널리 알려진 진리다"는 이 소설의 첫 문장은 이 작품의 중요 갈등으로 작용하는 사회 가치를 성립시켜준다. 다섯 딸 중 아버지가 가장 아끼고 어머니는 가장 안 좋아하는 딸 엘리자베스 베넷은 서로 반대되는 부모의 가치관과 타협해야 한다. 아버지를 닮아서 사회의 고정 관념을 싫어하고 돈과 지위와 관계없이 개인적 장점을 지지하는 엘리자베스는 사회의 일반적인 편견에 대한 편견을 갖고 있었다. 이런 편견에서 그녀는 다아시의 오만을 공격하는데, 그녀의 친구 샬롯 루카스는 "가문 좋겠다, 돈 많겠다, 무엇이든 유리한 그 남자는 . . . 오만할 권리가 있지"라고 정의한다. 다아시는 원래 엘리자베스가 속한 시골보다는 훨씬 더 큰 사회에 속했다. 따라서 엘리자베스가 다아시의 보다 큰 세계로 움직일 때 비로소 개인적인 것과 사회적인 차이의 안목이 생긴다. 그녀가 펨벌리에서 처음 다아시의 사유지를 방문했을 때 "이런 곳의 여주인이 되는 것은 대단하겠다!"고 감탄하면서 자신도 의식하지 못한 상태로 부와 인간 가치의 함수관계를 인정한다. 그녀가 언니 제인에게 말했던, 세련되고 질서정연하고 우아하게 아름다운 그의 사유지를 처음 보았을 때 다아시에 대한 애정이 시작되었다는, 거의 고백적인 말은 결코 농담이 아니다. 따라서 그녀는 다아시의 오만이 합당치 않은 것이 아님을 아버지한테 확신시킨다.

아버지 베넷 씨의 결혼과 다아시의 결혼을 비교해보면 설명이 된다. 베넷 씨는 사회적 통념을 배제하고 개인적 욕망으로 미모에 끌려 자기보다 열등한 위치의 여자와 불행한 결혼을 했다. 다아시는 엘리자베스가 평생 사랑하고 헌신할 만한 가치 있는 대상임을 확인하고서야 사회적 편견을 물리치고 그녀와 결혼한다.

캐서린 부인과의 대화에서 엘리자베스는 사회에 대한 전적인 저항이나 도전이 아니라 선별적 자유에 대한 진술로 다아시의 경우와 비슷한 타협적 행동을 보이고 있다. 두 사람의 결혼은 사회를 뛰어 넘는 개인주의의 승리이다. 그러나 이율배반적으로 엘리자베스는 오만과 편견의 진정한 정복은 "펨벌리의 여주인이 되는 것은 대단하겠다!"라고 하는 사회적 가치에 대한 그녀의 판단을 받아들이고 난 후이다.

　　『오만과 편견』은 소설의 제목처럼 복잡한 인생을 해결해주는 단순한 반정립을 기만적으로 제공한다.

CHARACTERS:
ELIZABETH BENNET; LADY CATHERINE DE BOURGH

(*LADY CATHERINE and ELIZABETH enter, walking slowly, and stopping occasionally on their way.*)

LADY CATHERINE

You can be at no loss, Miss Bennet, to understand the reason of my journey hither. Your own heart, your own conscience, must tell you why I come.

ELIZABETH

(*Astonished*) Indeed, you are mistaken, madam. I have not been at all able to account for the honor of seeing you here.

LADY CATHERINE

(*Angrily*) Miss Bennet, you ought to know that I am not to be trifled with. But, however insincere *you* may choose to be, you shall not find *me* so. My character has ever been celebrated for its sincerity and frankness, and in a cause of such moment as this, I shall certainly not depart from it. A report of a most alarming nature reached me two days ago. I was told that not only your sister was on the point of being most advantageously

등장인물: 엘리자베스 베넷; 캐서린 드보그 부인

(*캐서린 부인과 엘리자베스는 이따금 멈추면서 천천히 들어온다.*)

캐서린 부인

왜 내가 이곳을 방문하는지 그 이유를 이해하는 데 베넷 양은 어려움이 없을 거예요. 베넷 양의 마음과 양심이 내가 온 이유를 말해 줄 겁니다.

엘리자베스

(*매우 놀라면서*) 뭔가 잘못 알고 오신 것 같은데요. 저는 부인께서 왜 저를 찾아오셨는지 전혀 모릅니다.

캐서린 부인

(*화를 내면서*) 베넷 양은 내가 우습게 보일 상대가 아닌 걸 잘 알 텐데. 어쨌든 베넷 양이 진실한 태도를 보여주지 않기로 작심했다 해도, 나는 베넷 양처럼 진실 되지 않은 사람이 아니라는 걸 알게 될 겁니다. 나라는 사람은 항상 진정성과 솔직한 성격으로 잘 알려져 있는 터라, 지금 같은 경우에도 내 성격은 유지될 테니까. 이틀 전에 아주 놀라운 소문을 들었어요. 소문에 의하면 베넷 양의 여동생은 대단히 모험적인

married, but that you would, in all likelihood, be soon afterwards united to my own nephew, Mr. Darcy. Though I know it must be a scandalous falsehood, and though I would not injure him so much as to suppose the truth of it possible, I instantly resolved on setting off for this place, that I might make my sentiments known to you.

ELIZABETH

(*Taken aback and speaking with astonishment and disdain*) If you believed it impossible to be true, I wonder you took the trouble of coming so far. What could your ladyship propose by it?

LADY CATHERINE

At once to insist upon having such a report universally contradicted.

ELIZABETH

(*Coolly*) Your coming to Longbourn to see me and my family will be rather a confirmation of it, if, indeed, such a report is in existence.

LADY CATHERINE

If! Do you pretend to be ignorant of it? Has it not been industriously circulated by yourselves? Do you not know that such a report is spread abroad?

ELIZABETH

I never heard that it was.

결혼을 할 처지에 놓였다지요. 뿐만 아니라, 엘리자베스 양도 십중팔구 나의 조카 다아시와 곧 맺어질 거라는 소문이 들리던데. 이런 소문은 저질의 잘못된 중상인줄 알지만, 행여 상상의 가능성만으로도 내 조카에게 피해를 입히지 않기 바라는 뜻에서, 베넷 양에게 내 취지를 알려주려고 즉시 달려 온 겁니다.

엘리자베스

(*당황하여 놀라움과 경멸적 어조로 말한다.*) 이 이야기가 사실이 아닐 거라고 믿으셨다면서 멀리 여기까지 힘들게 찾아오신 이유가 뭔지 궁금하군요. 부인께서 무슨 제안이라도 하시려는 건가요?

캐서린 부인

그런 소문이 사실이 아님을 즉각 세상에 알리기 위해서지요.

엘리자베스

(*냉정하게*) 저와 제 가족을 만나러 이곳 롱번에 오신 것은 그런 소문을 오히려 사실로 증명해주는 셈이 될 텐데요. 진정 그런 소문이 사실로 존재한다면 말이지요.

캐서린 부인

사실로 존재한다면이라니! 모르는 척 할 셈이요? 베넷 양 가족이 이런 소문을 열심히 내고 있는 것 아닌가요? 이 소문이 외국에까지 퍼진 걸 몰라요?

엘리자베스

그런 사실은 들은 바 없습니다.

LADY CATHERINE

And can you likewise declare that there is no foundation for it?

ELIZABETH

I do not pretend to possess equal frankness with your ladyship.

You may ask questions which I shall not choose to answer.

LADY CATHERINE

That is not to be borne! Miss Bennet, I insist on being satisfied.

Has my nephew made you an offer of marriage?

ELIZABETH

Your ladyship has declared it to be impossible.

LADY CATHERINE

It ought to be so. It must be so, while he retains the use of his reason. But your arts and allurements may, in a moment of infatuation, have made him forget what he owes to himself and to all his family. You may have drawn him in.

ELIZABETH

If I have, I shall be the last person to confess it.

LADY CATHERINE

Miss Bennet, do you know who I am? I have not been accustomed to such language as this. I am almost the nearest relation he has in the world, and am entitled to know all his dearest concerns.

ELIZABETH

But you are not entitled to know *mine*, nor will such behavior as this ever induce me to be explicit.

캐서린 부인

이 소문이 근거 없다고 선언할 수 있어요?

엘리자베스

저는 부인과 똑같이 솔직한 척 하지 않겠어요. 제게 물으셔도 대답해 드리지 않을 부분도 있습니다.

캐서린 부인

그건 아니지! 베넷 양, 난 만족스런 답을 들어야겠어요. 내 조카가 청혼을 했나요?

엘리자베스

부인께서 그건 불가능한 일이라고 하셨잖아요.

캐서린 부인

당연히 불가능 하지. 우리 조카가 생각이 있다면 마땅히 그래야지. 베넷 양의 유혹하는 기술이 내 조카를 홀려서, 그래서 그 애가 자신과 가족에 대한 임무를 잠시 잊을 수도 있었겠지만. 베넷 양이 그를 가까이 끌어들인 모양이지요.

엘리자베스

만약 제가 그랬다면 저는 좀처럼 고백할 것 같지 않군요.

캐서린 부인

베넷 양, 내가 누군지 알아요? 베넷 양이 하는 그런 소리에 난 익숙하지 않아요. 난 다아시의 가장 가까운 친족으로 그가 가장 소중하게 여기고 관심 갖는 게 무언지 알 권리가 있는 사람입니다.

엘리자베스

그렇지만 제 관심까지 아실 권리는 없지요. 저의 행동을 명백히 설명하라고 저를 설득할 권리도 없으시고요.

LADY CATHERINE

Let me be rightly understood. This match, to which you have the presumption to aspire, can never take place. Mr. Darcy is engaged to my daughter. Now, what have you to say?

ELIZABETH

Only this, that if he is so, you can have no reason to suppose he will make an offer to me.

LADY CATHERINE

(*After a slight pause*) The engagement between them is of a peculiar kind. From their infancy, they have been intended for each other. It was the favorite wish of his mother as well as of hers. While in their cradles, we planned the union, and now, at the moment when the wishes of both sisters would be accomplished in their marriage, to be prevented by a young woman of inferior birth, of no importance in the world, and wholly unallied to the family! Do you pay no regard to the wishes of his friends, to his tacit engagement with Miss de Bourgh? Are you lost to every feeling of propriety and delicacy? Have you not heard me say that from his earliest hours he was destined for his cousin?

ELIZABETH

Yes, I had heard it before, but what is that to me? If there is no other objection to my marrying your nephew, I shall certainly not be kept from it by knowing that his mother and aunt wished him to marry Miss de Bourgh. You both did as

캐서린 부인

내 말을 잘 이해하기 바래요. 아가씨가 지금 주제넘게 결혼하기를 열망하는 상대는 절대 이루어질 수 없는 상대여요. 다아시는 내 딸과 약혼한 사이입니다. 자, 할 말 있어요?

엘리자베스

그분이 그렇다 해도 저한테 청혼 할 수 없다고 가정할 이유는 없지요.

캐서린 부인

(*잠시 머뭇거린 후*) 내 딸과의 약혼은 독특한 것입니다. 어린 아기 때부터 서로 맺어진 사이니까. 남자 쪽 어머니와 여자 쪽 어머니 양쪽이 원한 겁니다. 아기들이 요람에 있을 때부터 둘을 맺어주기로 계획을 세웠는데, 이제 드디어 두 아이들의 결혼이 성립할 때가 되었어요. 이럴 때 미천한 태생의 유력하지 못한 젊은 여자가, 우리 가족과 아무 관계없는 그런 여자가 나타나서 우리 아이들 관계를 막아서다니! 드보그 양과 결혼하기를 바라는 다아시 군과 두 사람을 지지하는 그 친구들 뜻을 완전히 외면하고, 두 사람의 암묵적 약혼을 무시하자는 거요? 예의범절도, 세심한 배려도 다 잊었나요? 다아시가 어릴 때부터 사촌 누이와 맺어질 운명이라는 내 말을 들어 본 적이 없어요?

엘리자베스

예, 전에 들은 적이 있지요. 그런데 그게 저와 무슨 상관이지요? 말씀하신 것 이외에 저와 다아시의 결혼을 반대할 다른 이유가 없다면, 어머니 자매가 서로 아들과 딸을 결혼시키고 싶어 하는 사실을 제가 안다고 해서 저의 결혼을 막아서서는 안 되지요. 부인과 다아시 어머니

much as you could in planning the marriage. Its completion depended on others. If Mr. Darcy is neither by honor nor inclination confined to his cousin, why is not he to make another choice? And if I am that choice, why may I not accept him?

LADY CATHERINE

Because honor, decorum, prudence, nay, interest, forbid it! Yes, Miss Bennet, interest, for do not expect to be noticed by his family or friends if you willfully act against the inclinations of all. You will be censured, slighted, and despised by everyone connected with him. Your alliance will be a disgrace; your name will never even be mentioned by any of us.

ELIZABETH

These are heavy misfortunes. But the wife of Mr. Darcy must have such extraordinary sources of happiness necessarily attached to her situation, that she could, upon the whole, have no cause to repine.

LADY CATHERINE

Obstinate, headstrong girl! I am ashamed of you! Let us sit down. (*They both sit down on a bench.*) You are to understand, Miss Bennet, that I came here with the determined resolution of carrying my purpose; nor will I be dissuaded from it. I have not been used to submit to any person's whims. I have not been in the habit of brooking disappointment.

께서는 자식들이 결혼할 계획은 세울 수 있었겠지만. 그러나 결정은 당사자들 손에 달렸어요. 다아시가 명예나 취향에 매여서 사촌과 결혼하지 않겠다면, 다른 선택을 해서 안 될 이유가 있나요? 그리고 그 사람의 선택이 저라고 했을 때, 제가 그를 받아들이면 왜 안 되지요?

캐서린 부인

왜냐하면, 명예, 예법, 분별력, 거기다 이해관계, 이런 것이 혼인을 금지합니다! 예, 이해관계가 있지요. 다아시의 가족이나 친구들의 뜻에 반대하는 행동을 기어코 하겠다면, 베넷 양은 이들의 관심 얻기를 기대하지 마세요. 베넷 양은 다아시와 관계된 모든 사람들로부터 비난받고 무시당하고 경멸의 대상이 될 겁니다. 베넷 양 편을 드는 사람은 모두 창피 당할 것이오. 베넷 양의 이름은 우리 쪽 누구의 입에도 오르지 않을 겁니다.

엘리자베스

엄청난 불운이군요. 그러나 다아시의 아내 될 사람은 대체로 불평할 이유가 없겠지요. 그녀의 상황에 꼭 필요한 특별한 행복을 맛보게 될 테니까요.

캐서린 부인

완악하고, 고집불통 계집애 같으니라고! 창피한 줄도 모르고! 우리 앉아서 얘기합시다. (*두 사람은 벤치에 앉는다.*) 베넷 양, 내가 결심하고 여기 온 줄을 알아야 해요. 내가 설득 당하러 온 게 아니에요. 난 다른 사람 변덕에 휘둘리는 데 익숙지 않고, 실망을 참는 데도 길들여 있지 않아요.

ELIZABETH

That will make your ladyship's situation at present more pitiable, but it will have no effect on me.

LADY CATHERINE

I will not be interrupted! Hear me in silence. My daughter and my nephew are formed for each other. They are descended on the maternal side from the same noble line, and on the fathers' from respectable, honorable, and ancient, though untitled families. Their fortune on both sides is splendid. They are destined for each other by the voice of every member of their respective houses. If you were sensible of your own good, you would not wish to quit the sphere in which you have been brought up.

ELIZABETH

In marrying your nephew I should not consider myself as quitting that sphere. He is a gentleman; I am a gentleman's daughter. So far we are equal.

LADY CATHERINE

True, you are a gentleman's daughter. But who was your mother? Who are your uncles and aunts? Do not imagine me ignorant of their condition.

ELIZABETH

Whatever my connections may be, if your nephew does not object to them, they can be nothing to you.

엘리자베스

그러시면 지금 부인의 형편은 더 측은할 수밖에 없군요. 저는 어떤 영향도 받지 않습니다.

캐서린 부인

난 절대 물러서지 않을 거요! 조용히 내 말을 듣기나해요. 내 딸과 조카는 서로를 위해 존재하는 애들입니다. 둘 다 모친 쪽으로 귀족출신이고 부친 쪽으로는 작위는 없지만, 신분이 높은 명예 있는 유서 깊은 가문입니다. 양가 모두 재산도 많고요. 두 사람은 각각 양가의 모든 사람 뜻에 따라 맺어진 운명입니다. 베넷 양이 지각 있는 여자라면, 자신이 자라난 환경을 버리고 싶지 않겠지요.

엘리자베스

부인의 조카와 결혼한다고 해서 내 환경을 버릴 생각은 없어요. 다아시는 지위 있는 신사지요. 저 역시 지위 있는 신사의 딸이고요. 그것만큼은 우리 두 사람 다 동등합니다.

캐서린 부인

베넷 양이 지위 있는 신사의 딸인 것은 맞아요. 그런데 어머니 쪽은 어떻지요? 외삼촌과 이모들은 누구지요? 베넷 양의 집안 상황을 내가 모른다고 생각지 말아요.

엘리자베스

저의 친척들이 어떠하든, 부인의 조카가 그분들을 반대하지 않는 한, 부인께는 아무 소용없는 일이지요.

LADY CATHERINE

Tell me, once for all, are you engaged to him?

ELIZABETH

(*After a pause in which she is obviously unwilling to make answer*) I am not.

LADY CATHERINE

Ah! And will you promise me never to enter into such an engagement?

ELIZABETH

I will make no promise of the kind.

LADY CATHERINE

Miss Bennet, I am shocked and astonished. I expected to find a more reasonable young woman. But do not deceive yourself into a belief that I will ever recede. I shall not go away till you have given me the assurance I require.

ELIZABETH

(*Rising and walking a little away from the bench*)

And I certainly never shall give it. I am not to be intimidated into anything so wholly unreasonable. Your ladyship wants Mr. Darcy to marry your daughter, but would my giving you the wished-for promise make their marriage at all more probable? Supposing him to be attached to me, would my refusing to accept his hand make him wish to bestow it on his cousin? Allow me to say, Lady Catherine, that the arguments with which you have supported this extraordinary application have been as frivolous as the application was ill-judged. You have

캐서린 부인

어디 한 마디로 딱 잘라서 말해 봐요. 다아시와 약혼한 사입니까?

엘리자베스

(*대답하고 싶지 않은 태도가 분명하다. 잠시 후*) 약혼한 사이는 아닙니다.

캐서린 부인

아! 그렇다면, 그와 약혼할 일은 절대 없을 거라고 나하고 약속하겠어요?

엘리자베스

그런 약속은 하지 않겠습니다.

캐서린 부인

베넷 양, 이건 충격적이고 너무나 놀랄 일이요. 그래도 조금은 이성적인 처녀이기를 기대했는데, 그렇다고 내가 물러설 거라고 믿고, 자신을 속이지는 마시요. 내가 원하는 답을 듣기 전에는 난 절대 이곳을 떠나지 않을 거요.

엘리자베스

(*자리에서 일어나 벤치를 벗어나 조금 떨어진 곳에서 걷는다.*) 저는 결코 답을 드리지 않을 텐데요. 이렇게 전적으로 비이성적인 행동에 위협받지 않을 겁니다. 부인은 따님이 다아시와 결혼하기를 원합니다. 부인께서 원하는 약속을 제가 한다고 해서, 그 결혼이 과연 가능할까요? 다아시가 적극적으로 제게 구혼을 해도 제가 그의 구혼을 거절한다고 가정해 보세요. 그렇다고 해서 그가 사촌과 결혼하리라는 보장이 있나요? 캐서린 부인, 부인께서 매달리는 이 유별난 집착은 경솔하고 잘못된 판단이라고 감히 말씀드립니다. 이런 설득이 저한테 통하리라

widely mistaken my character if you think I can be worked on by such persuasions as these. How far your nephew might approve of your interference in his affairs I cannot tell; but you have certainly no right to concern yourself in *mine*. I must beg, therefore, to be importuned no farther on the subject.

LADY CATHERINE

You are, then, resolved to have him?

ELIZABETH

I have said no such thing. I am only resolved to act in that manner which will, in my own opinion, constitute my happiness, without reference to you, or to any person so wholly unconnected with me.

LADY CATHERINE

You refuse, then, to oblige me. You refuse to obey the claims of duty, honor, and gratitude. You are determined to ruin him in the opinion of all his friends, and make him the contempt of the world.

ELIZABETH

Neither duty, nor honor, nor gratitude has any possible claim on me in the present instance. No principle of either would be violated by marriage with Mr. Darcy. And with regard to the resentment of his family or the indignation of the world, if the former were excited by his marrying me, it would not give me one moment's concern, and the world in general would have too much sense to join in the scorn.

고 생각하셨다면 부인은 제 성격을 몰라도 너무 모르고 계십니다. 조카가 본인의 애정문제에 부인의 간섭을 어디까지 허용하고 있는지 저는 모릅니다. 그러나 부인께서 저의 애정문제까지 간섭할 권리는 없으십니다. 그러니 더 이상 끈덕지게 이 문제에 매달리지 말아주셨으면 합니다.

캐서린 부인

그렇다면, 내 조카를 소유하기로 작정했어요?

엘리자베스

전 그런 말 한 적 없습니다. 저는 부인의 중재나 또는 누가 되었든, 저와 관계없는 사람의 판단에 흔들리지 않을 겁니다. 오직 제 견해에 따라 제 행복을 얻고, 행동하고 결정할 것입니다.

캐서린 부인

그렇다면 내 말 듣기를 거부하는군요. 임무, 명예, 은혜에 대한 당연한 복종을 거부하는군요. 그래서 베넷 양은 내 조카의 친구들 견해를 무시하고 다아시를 파멸시켜 온 세상의 조롱거리로 만들 작정이군요.

엘리자베스

지금 단계에서 저에게 임무니, 명예니, 은혜를 주장하시는 건 가능한 게 아니지요. 그런 원리로 다아시의 결혼이 침해받아서도 안 되겠지요. 그리고 그의 가족의 분개나 세상이 떠드는 분노에 대해서 말씀드리자면, 저와의 결혼으로 그분 가족이 분개한다면, 그건 철저히 제 관심 밖의 일입니다. 세상이 불쾌해 할 거라고 하시는데, 세상은 부인의 생각보다는 지각이 있어서 이런 웃음거리에 끼어들지 않을 겁니다.

LADY CATHERINE

And this is your final resolve! Very well, I shall now know how to act. Do not imagine, Miss Bennet, that your ambition will ever be gratified. I came to try you. I hoped to find you reasonable, but depend upon it, I will carry my point. I take no leave of you. I send no compliments to your mother. You deserve no such attention. I am most seriously displeased! (*She sweeps out. ELIZABETH watches her leave with a mixture of indignation and concern.*)

캐서린 부인

베넷 양의 최종 결정이 이것이로군요! 좋아요, 내가 앞으로 어떻게 행동해야 하는지 이제 알았어요. 베넷 양의 야심이 채워 질 거라고는 상상도 하지 말아요. 난 베넷 양을 시험하러 온 겁니다. 좀 더 이성적이기를 바랐는데. 난 틀림없이 내 뜻을 이행할거요. 작별인사 따위는 하지 않을 테니, 베넷 양의 어머니께 안부인사 없이 갑니다. 당신 가족들은 그런 인사 받을 자격도 없어요. 아주 불쾌합니다! (*그녀는 휙 나간다. 엘리자베스는 분노와 염려 섞인 심정으로 그녀가 나가는 것을 지켜본다.*)

『폭풍의 언덕』(*Wuthering Heights*)

에밀리 브론테 Emily Brontë, 1818~48

■ **줄거리 요약**

1801년 로크우드는 영국 요크샤 지방 외딴 황야의 스러쉬크로스 그랜지 저택을 빌린다. 저택의 주인 히스클리프는 이곳에서 좀 떨어진 폭풍의 언덕 위 고택에 살고 있다. 히스클리프를 만난 로크우드는 관리인 넬리(엘렌) 딘으로부터 그에 대한 이야기를 듣고 이를 일기장에 기록한다. 이렇게 해서 『폭풍의 언덕』 소설이 만들어진다.

넬리는 어린 시절 그 당시 집주인 언쇼 가족의 하녀였다. 언쇼 씨는 리버풀에 갔다가 고아 소년을 데리고 와서 히스클리프란 이름을 지어주고 아들 힌들리와 딸 캐서린과 함께 키운다. 언쇼의 아이들은 처음에는 그를 싫어했으나 캐서린은 그를 사랑하게 되어 황야에서 함께 뛰놀며 자란다. 아내를 잃은 언쇼 씨는 히스클리프를 그의 친 아이들보다 더 아꼈다. 히스클리프에 대한 힌들리의 학대가 끊이지 않음으로, 언쇼 씨는 히스클리프는 가까이 두고 힌들리를 멀리 대학으로 보낸다.

힌들리는 결혼하고 3년 후 언쇼 씨가 죽자 폭풍의 언덕을 상속받는다. 아내 프란시스와 함께 돌아온 그는 히스클리프를 하인같이 대한다. 히스클리프와 캐서린은 여전히 가깝게 지내고, 둘은 스러쉬크로스로 가서 에드가와 이사벨 린튼 남매를 골려주는데, 그때 캐서린이 개한테 물려 5주간 그 집에 머물러야 했다. 캐서린이 돌아올 때 쯤 그녀는 에드가를 좋아하게 되어 히스클리프의 마음이 복잡해진다.

프란시스가 사내 아기 헤어튼을 낳고 죽자 힌들리는 술독에 빠져 히스클리프를 더욱 괴롭힌다. 캐서린은 히스클리프에 대한 열정에도 불구하고 사회적 조건을 따져서 에드가 린튼과 약혼한다. 히스클리프와 결혼하면 신세가 천해진다는 캐서린의 말을 엿들은 히스클리프는 폭풍의 언덕에서 사라진다. 3년 후 캐서린과 에드가의 결혼 직후 나타난 히스클리프는 그를 괴롭힌 사람들에 대한 복수에 착수한다. 신기하게 부자가 되어 돌아온 그는 빚에 쪼들린 주정뱅이 힌들리에게 갚지 못할 것을 알면서도 계속 돈을 빌려준다. 힌들리가 죽고 히스클리프는 그의 고택을 넘겨받는다. 그는 복수심으로 이사벨라 린튼과 결혼하여 스러쉬크로스도 상속받을 수 있게 만든다. 히스클리프를 못 잊고 번민하는 캐서린은 병이 들어 딸을 낳고 죽는다. 히스클리프의 격정은 캐서린의 영혼이 그를 떠나지 않기를 간청한다. 이사벨라는 런던으로 도망가서 히스클리프의 아들을 낳았으나 그녀의 성을 따라 린튼으로 이름 짓는다.

13년이 지나고 넬리 딘은 스러쉬크로스에서 캐서린의 딸의 유모가 된다. 폭풍의 언덕을 모르고 자란 어린 캐서린은 어느 날 황야를 지나다 고택을 발견하고 헤어튼을 만나서 함께 논다. 이사벨라가 죽은 후 아들 린튼은 히스클리프와 살게 되는데 아버지는 이 아이를 자신이 당했던 것과 같이 하인처럼 잔인하게 다룬다.

3년 후 딸 캐서린은 히스클리프를 황야에서 만나고 폭풍의 언덕에서 린튼을 만난다. 캐서린과 린튼은 비밀리에 사랑을 나눈다. 병약한 린튼은 캐서린이 간병해 주기를 원하는데 그가 그녀를 쫓아다니는 것은 히스클리프의 강요 때문이다. 캐서린이 린튼과 결혼하면 스러쉬크로스 소유권도 주장할 수 있고, 그렇게 되면 에드가 린튼에 대한 히스클리프의 복수가 완성되기 때문이다.

에드가 린튼이 병약하여 죽게 될 때 히스클리프는 넬리와 캐서린을 폭풍의 언덕으로 불러 캐서린과 린튼의 결혼 때까지 이들을 붙잡아둔다. 이들의 결혼 후 에드가는 죽고 병든 린튼도 죽는다. 히스클리프는 이제 폭풍의 언덕과 스러쉬크로스의 소유주가 되어 스러쉬크로스는 로크우드에게 세 주고 캐서린은 폭풍의 언덕에서 하녀처럼 지낸다. 넬리의 이야기는 여기서 끝난다.

이야기를 듣고 놀란 로크우드는 그곳을 떠나 런던으로 돌아가고 6개월 뒤 넬리를 다시 방문하여 그 다음 전개된 이야기를 듣는다. 비록 딸캐서린은 헤어튼의 무지와 문맹을 놀려댔지만, 폭풍의 언덕에 같이 살면서 그를 사랑하게 된다. 히스클리프는 힌들리가 죽은 후 그에 대한 복수의 일환으로 힌들리의 아들 헤어튼을 교육시키지 않았다. 히스클리프는죽은 캐서린의 추억에 집착하여 그녀의 환영을 쫓아 유령과 대화까지 한다. 정신착란을 일으킨 그는 마침내 황야를 거닐고 난 어느 날 밤 죽는다. 헤어튼과 캐서린은 폭풍의 언덕과 스러쉬크로스를 상속받고 이들은 이듬해 결혼할 계획을 세운다. 이야기를 다 듣고 난 로크우드는 캐서린의 무덤과 히스클리프의 무덤을 찾아간다.

■ 해설

사랑에 눈이 멀어 사랑에 죽는 사람들이 있다. 로미오와 줄리엣 같은 십대도 있고, 안토니와 클레오파트라 같은 중년도 있다. 여든두 살 나이에 스물두 살 제자와 결혼했던 첼리스트 카살스(1876-1973)도 있었으니, 큐피드의 화살에 맞으면 쪼글쪼글한 심장도 피가 펄펄 끓는 모양이다. 작가들, 특히 시인들은 그래서 사랑을 "여름날에 비교해 볼까", "새빨간 장미와 같다" 할까, "고독"이라 할까, 끊임없이 사랑을 탐색해도 그게 무엇인지 잡히지 않고 답이 나오지 않는 모양이다.

심장온도가 보통인 사람들은 너 죽고 나 죽자고 덤비는 극렬한 정열을 목격하면 어쩐지 기분이 으스스하다. 비정상이라는 생각이 들어서일 것이다. 『폭풍의 언덕』이야기가 바로 그렇게 죽고 못 사는 격정의 이야기를 담고 있다. 비정상적인 기이한 운명의 주인공 히스클리프가 여기 있다. 아베 쁘레뽀(1697-1763)의 소설 『마농레스꼬』에는 무덤에서 마농의 시신을 꺼내어 끌어안고 울부짖는 연인의 모습을 본다. 이처럼 히스클리프도 죽은 캐서린에게 매달려 한밤에 황야의 들개가 된다.

에밀리 브론테의 이 정열적인 로맨스소설은 "엘리스 벨"이라는 가명으로 1847년 출판되었다. 폭력적이고 소름끼치는 장면들은 19세기 중엽의 취향에는 충격이었다. 이 소설이 지닌 과장성을 감안하더라도 『폭풍의 언덕』은 흥미로운 복수 이야기로 보통 상상할 수 있는 정도의 정열을 훨씬 능가하는 힘을 지닌 주인공들이 등장한다. 그런 점에서 제목은 어울린다. 원제 *Wuthering Heights*의 "Wuthering"이란 단어는 지방사투리로, 강하게 불어 닥치는 폭풍 기후를 묘사하는 형용사다.

이 소설의 에너지는 이야기를 구성하는 플롯과 인물 사이의 긴장에서 비롯된다. 자유로워지고 싶으나 한계를 안고 있는 두 영혼의 격정,

히스클리프와의 결혼을 거부하고 에드가 린튼과 결혼하여 아기를 분만하고 죽는 산모 캐서린, 히스클리프의 복수 그리고 그의 정신분열과 죽음으로 이어지는 격정의 연속이 이 소설의 고리이다.

캐서린이 아프다는 이야기를 들은 히스클리프는 엘렌 딘에게 "그녀 없는 세상은 지옥이다"고 말한다. 두 사람의 사랑은 고통스런 운명에도 불구하고 일종의 감정의 낙원이다. 두 연인은 전적으로 심리적, 감정적 세계에 살고 있다. 황야에서 벌리는 젊은이들의 정열, 린튼과 언쇼 두 집안의 3세대에 걸친 이 정열적인 이야기는 "언덕"과 "그랜지" 사이의 이질적 문화배경을 넘나든다. 서로 다른 두 장소의 대조에서 나타나듯, 히스클리프와 캐서린에게 두 장소는 계층과 종교적 벽이 없고, 서로 뗄 수 없는 두 사람을 돋보이게 하는 시공을 초월한 병풍 같은 배경의 역할을 한다.

여기 발췌한 장면은 영국의 황량한 벌판, 폭풍의 언덕에 있는 언쇼 가의 부엌이다. 손일을 하고 있는, 가정부 엘렌 딘과 캐서린이 난롯가 벤치에 앉아 이야기를 나누는 장면이다. 어려서부터 엘렌과 친구처럼 지낸 캐서린은 원할 때면 그녀에게 흉금을 털어 놓는 사이다. 캐서린은 문에서 부엌 안을 들여다본다.

CHARACTERS:

CATHERINE EARNSHAW, age 22, young mistress of Wuthering Heights; ELLEN DEAN, the housekeeper, sometimes called Nelly.

CATHERINE

Are you alone, Nelly?

ELLEN

Yes, Miss.

CATHERINE

(*Enters, looking disturbed and anxious. She seems about to speak, then sighs and turns away.*) Where's Heathcliff?

ELLEN

About his work in the stable, I suppose. He was here but a moment ago, but he has gone out. (*She glances to one side, then returns to her work.*)

CATHERINE

Oh, dear! Nelly, I'm very unhappy!

ELLEN

That's a pity. You're hard to please. So many friends and so few cares, and you can't make yourself content!

등장인물: 캐서린 언쇼, 22세, 폭풍의 언덕의 젊은 여주인;
엘렌 딘, 때로는 넬리로 불리는 가정부

캐서린

너 혼자 있니, 넬리?

엘렌

네, 아가씨.

캐서린

(*주위를 둘러보고 조마조마한 마음으로 들어온다. 무슨 말을 할까하다
한숨 쉬고 돌아선다.*) 히스클리프는 어디 있어?

엘렌

마구간에서 일할 텐데요. 조금 전까지 여기 있다가 나갔어요. (*그녀는
한 쪽 편을 쳐다보고는 하던 일을 계속한다.*)

캐서린

아 난 어떻게 해야 좋아! 넬리, 난 아주 불행해!

엘렌

그거 안됐군요. 아가씨는 누가 만족시키기 어려운 사람이잖아요. 친구
는 많아도 관심은 없고, 그렇다고 혼자 만족해 하는 것도 아니고!

CATHERINE

(*Kneeling at her feet*) Nelly, will you keep a secret for me?

ELLEN

Is it worth keeping?

CATHERINE

Yes, it worries me, and I must let it out! Today, Edgar Linton has asked me to marry him, and I've given him an answer. Now, before I tell you whether it was a consent or a denial, you tell me which it ought to have been.

ELLEN

If you have accepted him, what good is it discussing the matter? You have pledged your word and you cannot retract it.

CATHERINE

But say whether I should have done so!

ELLEN

Do you love Mr. Edgar?

CATHERINE

Who can help it? Of course, I do!

ELLEN

And why do you love him?

CATHERINE

Well, because he is handsome and pleasant to be with, and he is young and cheerful, and because he loves me, and will be rich, and I shall like to be the greatest woman of the neighborhood, and I shall be proud of having such a husband.

캐서린

(*그녀 옆에 꿇어앉으면서*) 넬리, 비밀 하나 지켜 줄래?

엘렌

지킬 가치가 있는 건가요?

캐서린

있지. 걱정돼서 그러는데, 너한테 털어놔야겠어! 오늘 에드가 린튼이 청혼했어. 난 대답도 했고. 내 대답이 찬성이었는지 거절이었는지 너한테 말해주기 전에, 내가 어떤 대답을 했어야 옳았는지 네가 먼저 말해봐.

엘렌

그를 받아들였다면서 더 할 말이 뭐가 있겠어요? 결혼을 맹세했다면 취소할 수도 없는 일이잖아요.

캐서린

그렇지만 결혼 약속을 내가 꼭 했어야 했는지 그걸 알고 싶어!

엘렌

에드가를 사랑하세요?

캐서린

그런 사람을 사랑하지 않을 여자가 어디 있겠니? 물론 사랑하지!

엘렌

왜 그 사람을 사랑하는데요?

캐서린

그건 그 사람이 미남이고 같이 있으면 재밌고, 젊고 명랑하고, 그리고 그 사람은 날 사랑하니까. 그리고 부자가 될 거고. 난 이 고장 최고의 여인이 되고 싶어. 그런 남편을 맞는 게 자랑스럽기 때문이지.

ELLEN

Now, say *how* you love him.

CATHERINE

I love the ground under his feet, and the air over his head, and everything he touches, and every word he says. I love all his looks and all his actions and him entirely and altogether. There now!

ELLEN

There are several other handsome, rich young men in the world, handsomer, possibly, and richer than he is. What should hinder you from loving them?

CATHERINE

I've seen none like Edgar!

ELLEN

You may see some, and Edgar won't always be handsome and young, and he may not always be rich.

CATHERINE

He is now, and I have only to do with the present. Now tell me if I have done right.

ELLEN

Perfectly right, if people be right to marry only for the present. And now, let me hear what you are unhappy about. Your brother will be pleased. Mr. Edgar's parents will not object, I think, and you will escape from a disorderly, comfortless home into a wealthy, respectable one. You love Edgar and he loves you. So, what is the obstacle to your happiness?

엘렌

그럼 그 사람을 어떻게 사랑하는지 말해 보세요.

캐서린

그가 밟고 있는 땅, 그가 마시는 공기, 그가 만지는 모든 것, 말하는 한 마디 한 마디 전부 사랑해. 그의 표정, 행동, 그 사람 전부를 사랑해. 그게 내 대답이야!

엘렌

그 사람 말고도 잘 생긴 부자 청년은 세상에 더러 있지요. 그 사람보다 더 잘 생기고 더 큰 부자 청년도 있을 텐데, 그런 사람들은 왜 사랑하지 않으세요?

캐서린

에드가 같은 사람을 보지 못했으니까!

엘렌

더러 볼 수 있지요. 에드가는 언제까지나 미남이고 항상 젊기만 하진 않을 텐데. 또 항상 부자로 있으란 법도 없고.

캐서린

현재 부자란 말이야. 그리고 난 오직 현재가 중요해. 이제 내 선택이 옳았는지 말해 봐.

엘렌

오직 현재만을 위해서 결혼한다면 더할 나위 없이 잘한 일이지요. 자, 그럼 아가씨가 불행한 건 또 무언지 말해 보세요. 아가씨 오빠도 좋아할 거고, 내 생각에 에드가 부모도 반대하지 않을 거고. 그리고 아가씨는 무질서하고 위안이 없는 이 집에서 존경받는 부자 집으로 피해갈 수 있겠다, 또 게다가, 에드가를 사랑하고 그 사람은 아가씨를 사랑하고, 그런데 뭐가 아가씨 행복을 가로막는다는 건가요?

CATHERINE

(*Striking her forehead and then her heart*) Here and here! In whichever place the soul lives — in my soul and in my heart, I'm convinced I'm wrong!

NELLY

That is very strange, Miss.

CATHERINE

It's my secret, but if you will not mock me, I'll give you a feeling of how I feel. (*Sits beside her, her hands clasped together.*) Nelly, do you ever dream queer dreams?

NELLY

Yes, now and then.

CATHERINE

So do I. I've dreamt in my life dreams that have stayed with me ever after and changed my ideas. They've gone through and through me, like wine through water, and altered the color of my mind. Oh, if I were in heaven, Nelly, I should be extremely miserable!

NELLY

Because you are not fit to go there. All sinners would be miserable in heaven.

CATHERINE

But I dreamt once that I was there and I was miserable because heaven did not seem to be my home, and I broke my heart with weeping to come back to earth, and the angels were so angry that they flung me out into the middle of the heath

캐서린

(*이마를 때리고 또 가슴을 때리면서*) 여기, 그리고 여기가 문제야! 영혼이 있는 어느 쪽이든 ― 내 영혼과 내 심장이 내가 잘못하고 있다는 확신을 주고 있어!

엘렌

그건 아주 이상한 일이군요!

캐서린

이게 내 비밀이야. 네가 날 비웃지 않는다면 내 느낌을 다 말해 줄게. (*두 손을 모으고 그녀 옆에 앉는다.*) 넬리, 너도 이상한 꿈을 꿀 때가 있니?

넬리

가끔 꾸지요.

캐서린

나도 그래. 내 생각을 변화시키는, 평생 사라지지 않는 꿈을 꾼 적이 있어. 그런 꿈들은 내 몸 속을 휘저으면서 마치 물에 포도주를 타서 색이 변하는 것처럼 내 마음 속 빛깔을 바꾸어 놓는 거야. 아, 내가 하늘나라에 있다면 굉장히 비참하겠지!

넬리

그건 아가씨가 하늘나라에 합당한 사람이 아니니까요. 죄인들은 다 하늘나라에서 비참하겠지요.

캐서린

그런데 난 하늘나라에 가 본 꿈을 꾼 적이 있는데, 그 곳이 내 집 같지 않아서 괴로웠어. 그래서 지상에 다시 돌아오고 싶어서 가슴이 터지게 울었더니, 천사들이 너무 화가 나서 나를 폭풍의 언덕 꼭대기 황야 한

on the top of Wuthering Heights, where I woke sobbing for joy. Don't you see, Nelly, I've no more business to marry Edgar Linton than I have to be in heaven, and if my brother had not brought Heathcliff so low, I shouldn't have thought of it. It would degrade me to marry Heathcliff now. (*ELLEN starts, looking up suddenly as if she heard something.*)

CATHERINE

What is it?

ELLEN

I thought I heard something at the door . . .

CATHERINE

(*Paying her no heed*) Heathcliff shall never know how I love him because he's more myself than I am. Whatever our souls are made of, his and mine are the same, and Linton's is as different as a moonbeam from lightning or frost from fire. But Heathcliff has no notion of these things. He does not know what being in love is.

ELLEN

I see no reason that he should not know, as well as you, Miss. And if you are his choice, he'll be the most unfortunate creature that ever was born! As soon as you become Mrs. Linton, he loses friend and love and all! Have you considered how you'll bear the separation, and how he'll bear to be quite deserted in the world?

복판에 던져 버리는 거였어. 난 기뻐서 흐느껴 울며 잠을 깼거든. 모르겠니, 넬리, 내가 에드가 린튼하고 결혼하는 게 하늘나라에 있는 꼴이나 마찬가지란 걸. 만약 오빠가 히스클리프를 그렇게 천대하지만 않았더라도 이런 생각은 하지 않았을 거야. 내가 히스클리프와 결혼하면 그건 내 지위를 천하게 끌어내리는 게 되니까. (*엘렌은 갑자기 무슨 소리를 들은 듯 올려다보고 놀란다.*)

캐서린

왜 그러는 거야?

엘렌

문 쪽에서 무슨 소리가 난 것 같은데 . . .

캐서린

(*개의치 않고*) 히스클리프는 나 자신보다도 더 나 같아서 내가 저를 얼마나 사랑하는지 절대 모를 거야. 우리 두 사람 영혼이 무엇으로 빚어졌든 간에, 그의 영혼과 내 영혼은 똑같아. 린튼과 내 영혼의 차이는 달빛과 번갯불 차이랄까, 아니면 얼음과 불 사이만큼 다르거든. 그런데 히스클리프는 그런 걸 전혀 모르고 있어. 사랑에 빠진 감정이 어떤 건지 전혀 몰라.

엘렌

캐시 아가씨, 아가씨가 아는 것만큼 왜 그걸 히스클리프가 모를 거라고 생각하는지 나야말로 그 이유를 모르겠군요. 그리고 히스클리프가 아가씨와 맺어지기를 기대하고 있다면 히스클리프야말로 이 세상에 태어난 가장 불행한 사람이 되겠지요! 아가씨가 린튼 부인이 되는 순간 히스클리프는 친구도 사랑도 모든 것을 다 잃어버리는 셈이니까! 히스클리프와의 이별을 아가씨가 어떻게 견딜지 모르겠군요. 그리고 세상에서 버림받은 히스클리프가 진정 어떻게 참고 살아갈지 생각해 보았어요?

CATHERINE

Deserted? Separated? Who is to separate us? Every Linton on the face of the earth might melt into nothing before I could consent to forsake Heathcliff. I shouldn't be Mrs. Linton were such a price demanded! He'll be as much to me as he has been all his lifetime. Edgar must shake off his antipathy and tolerate him, at least. He will when he learns my true feelings towards him. Nelly, I see now, you think me a selfish wretch, but did it never strike you that if Heathcliff and I married, we should be beggars? If I marry Edgar Linton, I can aid Heathcliff to rise and place him out of my brother's power.

NELLY

With your husband's money, Miss Catherine? You'll find him not so pliable as you calculate, and though I'm hardly a judge, I think that's the worst motive you've given yet for being the wife of young Linton.

CATHERINE

It is not! It is the best! My great miseries in this world have been Heathcliff's miseries, and I watched and felt each from the beginning. My great thought in living is himself. If all else perished and he remained, I should still continue to be, and if all else remained and he were annihilated, the Universe would turn to a mighty stranger. I should never seem a part of it. My love for Edgar is like the foliage in the woods. Time will change it as winter changes the trees; but my love for Heathcliff

캐서린

버림받다니? 이별이라니? 누가 우리를 갈라놓는다는 거야? 내가 히스클리프를 돌보지 않고 버리겠다고 하기 전에, 린튼 집안 누구든 우리를 떼어 놓는 자는 지구상에서 녹아 없어지고 말 거야. 히스클리프와 내가 헤어지는 대가를 치러야 한다면 난 린튼 부인이 되지 않을 거야! 평생 그랬듯이 히스클리프는 내겐 아주 중요한 존재니까. 에드가는 히스클리프에 대한 반감을 털고 적어도 그를 너그럽게는 대해줘야지. 히스클리프에 대한 내 진심을 알면 에드가도 내 말을 따라 줄 거야. 넬리, 넌 지금 나를 이기적인 못된 애로 보고 있지. 그렇지만 내가 히스클리프와 결혼하면 우린 둘 다 거지가 된다는 생각은 해보지 않았어? 내가 린튼과 결혼하면 히스클리프를 도와서 지위도 높여주고 우리 오빠 손아귀에서 벗어나게 해줄 수 있잖아.

엘렌

남편 돈으로 말인가요, 캐서린 아가씨? 아가씨가 계산하는 것처럼 린튼 씨는 호락호락하지 않을 텐데요. 난 판사는 아니지만, 그런 이유로 아가씨가 젊은 린튼의 아내가 되겠다면 그건 최악의 동기라고 생각해요.

캐서린

그렇지 않아! 최고의 동기야! 이 세상에서 가장 큰 나의 불행은 바로 히스클리프의 불행이고, 이 불행의 고통을 난 처음부터 하나하나 지켜보고 느껴왔어. 나를 사로잡는 지고한 사람은 히스클리프 한 사람 밖에 없어. 세상이 없어져도 히스클리프만 남는다면 난 계속 살아 갈 수 있지만, 그렇지 않고 세상은 그대로 있는데 히스클리프가 존재하지 않는다면, 온 우주는 나한테 낯선 곳이 될 뿐이야. 난 그런 세상에 살고 싶지 않아. 에드가에 대한 내 사랑은 숲속의 잎사귀들과 같아서, 겨울철 나무가 변하듯 세월 따라 그 사랑도 변할 테지만, 그렇지만 히스클리프에 대한

resembles the eternal rocks beneath, a source of little visible delight, but necessary. Nelly, I *am* Heathcliff! He is always — always in my mind, not as a pleasure, any more than I am always a pleasure to myself, but as my own being, so don't talk of our separation again.

ELLEN

If I can make any sense out of your nonsense, Miss, it only goes to convince me that you are ignorant of the duties you undertake in marrying, or else that you are a wicked, unprincipled girl. Trouble me with no more secrets. I'll not promise to keep them!

CATHERINE

You'll keep this one!

ELLEN

No, I'll not promise! But I will tell you, Miss, that I believe Heathcliff was there in the chimney corner a moment ago.

CATHERINE

(*Jumping to her feet*) Here? He overheard us?

ELLEN

How could he help it? It was when you said that it would degrade you to marry him that I heard a noise . . .

CATHERINE

Oh, Nelly! Where did he go? What did I say? I've forgotten! Was he vexed at my bad humor this afternoon? Oh, tell me what I've said to grieve him? (*She rushes to the outside door and flings it open.*) Heathcliff! (*She runs out, screaming.*) Heathcliff! Heathcliff!

내 사랑은 땅 밑에 숨겨진 영원한 바윗돌과 같아. 눈에는 조금씩 드러나 보이지만 꼭 필요한 즐거움의 원천이야. 넬리, 내 자신이 바로 히스클리프야! 언제든지 — 언제든지 히스클리프는 내 마음 속에 있어. 나 자신이 내게 기쁨이 되는 그런 기쁨이 아니라, 그 사람 자체가 내 안에 내 몸처럼 들어있어. 그러니 우리 두 사람이 이별한다는 소리는 다시는 입 밖에 내지도 말아 줘.

엘렌

아가씨의 그 말도 안 되는 소릴 내가 알아듣는다고 하면, 아가씨는 결혼이라는 임무에 대해 무지하기 짝이 없군요. 그런 게 아니라면, 아가씨는 원칙 없는 아주 못된 사람이어요. 그런 비밀 따위로 더 이상 날 귀찮게 하지 마세요. 그 비밀들을 지켜 주겠다는 약속은 이제 하지 않을 테니까!

캐서린

이번 비밀만은 꼭 지켜 줘야해!

엘렌

아니, 약속하지 않겠어요! 한 가지 말해 줄게요, 캐시 아가씨. 좀 전에 히스클리프가 저기 굴뚝 모퉁이에 있었어요.

캐서린

(*벌떡 일어나면서*) 여기 있었다고? 우릴 엿들었다고?

엘렌

어떻게 듣지 않을 수가 있겠어요? 히스클리프와 결혼하는 것은 아가씨를 천하게 끌어내리는 거라고 말할 때, 바로 그때 인기척 소리가 났어요 . . .

캐서린

오, 넬리! 그가 어디로 간 거야? 내가 뭐라고 했는데? 내가 무슨 소리를 했는지 잊어버렸어! 오늘 오후 내 기분이 엉망이라 히스클리프가 짜증이 났나? 오, 내가 무슨 말을 했길래 화가 난 건지 말해줘. 응? (*그녀는 문을 활짝 열어 제치고 밖으로 달려나간다.*) 히스클리프! (*그녀는 비명소리를 내며 뛰어나간다.*) 히스클리프! 히스클리프!

『약혼녀』(*A Marriageable Girl*)
안톤 체호프 Anton Chekhov, 1860~1904

■ **줄거리 요약**

나디야 슈민은 마을 신부의 아들 안드레 안드레이치와 결혼을 눈앞에 두고 있는 처녀이다. 나디야의 집에는 해마다 모스크바에서 요양을 위해 찾아오는 할머니의 친지인 화가 사샤가 있다. 이 청년은 나디야에게 시골구석에서 썩지 말고 피터스버그의 대학에서 공부하고 세상과 사회에 대해 눈을 뜨라고 충고한다. 열여섯 살 때부터 결혼만을 꿈꾸어 온 나디야는 스물셋의 나이로 이제 몇 달 후 예정된 결혼식을 기다리고 있다. 그런 그녀는 약혼자 안드레의 게으르고 천박한 취향을 견딜 수 없어하고, 결혼에 대한 회의와 불안감이 그녀를 엄습한다. 시장에 가게를 여럿 갖고 있는 재력가인 외할머니는 이 가정의 중요한 기둥이다. 나디야의 어머니 니나 이바노바는 열 손가락에 다이아 반지를 끼고 있어도 행복하지 못하고, 신경줄이 가느다란, 그러나 지극히 단순하고 평범한 여인이다.

나디야는 발전이라고는 전혀 없는 이 촌구석에서 무너져 내릴 자신의 미래를 사샤의 눈을 통해 보면서, 숨이 막혀 잠을 못 이룬다. 그녀는 사샤가 모스크바로 갈 때 함께 떠나기로 마음을 굳힌다. 드디어 그 옛날 사람들이 말하던 자유로운 코사크인이 되는 느낌이다.

마침내 나디야는 대학에서 철학을 공부하고 돌아온다. 안드레와의 결혼을 깨트린 탓에 나디야의 어머니와 할머니는 그들 부자와 마주칠까 두려워 밖에도 제대로 못 다니는 형편이다. 공부를 마치고 집에 왔으나 사람들과 어울리지 못하고 아무 것도 할 수 없는 자신을 돌아보면서, 나디야는 다시 기운을 차리고 새로운 활력을 찾아 집을 떠난다.

■ 해설

체호프는 러시아 얄타 근처의 타간로그 리조트 마을에서 태어났다. 농노 (serf)였던 할아버지는 돈을 많이 모아 자유를 사서 농노의 신분에서 벗어났고 토지도 매입했다. 그러나 체호프의 아버지는 식료품 가게를 성공적으로 운영하지 못하고 빚에 쪼들리어 가족을 이끌고 모스크바로 떠나야 했다. 체호프는 모스크바 대학에서 의학을 공부하면서 가족의 생계를 돕기 위해 글쓰기를 병행했다. 의사로서 그의 생활은 자연히 인생의 리듬을 객관적으로 관찰하는 것이었으며, 그 결과 생로병사, 절망, 기쁨, 불확실성 등이 그의 많은 단편들의 주제가 되고 있다. 의사가 된 후에도 그는 의술보다는 글쓰기에 더 매달렸다. 체호프는 편지에 이런 글을 남겼다. "복잡하고 단순한 그대로의 인생을 무대에 올릴 필요가 있다. 사람들은 식사를 하고, 식사하면서 미래의 행복이 결정되기도 하고, 한 순간 무심결에 삶이 부숴 질 수도 있다." 체호프의 인생은, 예언이나 한 듯, 바로 이런 식으로 갑자기 깨졌다. 1884년 그는 폐결핵에 걸려 피를 토했다. 폐결핵은 당시 고칠 수 없었고, 요양을 필요로 했으며 그의 이른 죽음이 예고되는 병이었다.

체호프 이전의 연극은 체호프의 인물들처럼 물 흐르듯 자연스런 삶을 보여주지 않았다. 러시아의 대표적 소설가인 그의 친구이며 문학 동료인 레오 톨스토이는 정확하게 체호프의 유산을 예언했다. "사람들은 지금부터 아마 100년 후에는 인간 내면을 꿰뚫어보는 체호프를 발견하고 놀라워할 것이다."

단편 작가로 유명한 안톤 체호프는 19세기 러시아의 일상생활의 문제들을 주로 다룬다. 『약혼녀』는 1903년, 체호프가 죽기 일 년 전에 쓴 마지막 단편이다. 약혼의 희생을 감수하고 삶의 의미 있는 무언가를 찾으려 고심하는 여인의 선택 문제를 다룬 작품이다. 체호프의 작품에서는 모스크바를 동경하는 사람들, 특히 예술가들을 보게 된다. 모스크바는 러시아 국가의 상징이다. 러시아인들의 모스크바에 대한 그리움은 무에서 유를 이루고 싶은, 그곳에 가면 무언가 달라질 것 같은, 새로운 인생을 출발하려는 욕망에서 비롯된다. "가자, 서울로" 하며 무작정 상경하는 우리네 모습과 비슷하다. 그러나 모스크바는 체호프의 장막극 『세 자매』에서처럼 새 삶을 열망하는 강렬한 상징으로 쓰이지만 꿈이 실현되지 못하는 상징이 될 수도 있다. 단순한 장소이동으로 새로운 삶을 구축할 수 있다는 것은 하나의 환상일 수 있다. 체호프의 『세 자매』에 등장하는 큰 딸 올가는 그녀가 가장 원치 않았던 교장이 되고, 피아니스트가 되기를 원했던 둘째 마샤는 서로 끌리는 멋진 장교와 열애를 했으나, 연인은 떠나고 조금도 마음에 차지 않는 시시한 남편과 살아갈 앞날을 불행하게 내다본다. 셋째 이리나는 무언가 시적인 일을 하고 싶었으나 그렇게 되지 못했고, 장래 모스크바 대학 교수를 꿈꾸던 이 집의 외아들 안드레는 엉덩이에 뿔난 시골 처녀와 결혼하여 지방의 말단 공무원이 된다. 이들 형제자매는 한결같이 그들이 살고 자랐던, 그들의 문화배경인 모스크바를 동경하고 돌아가기를 희망하나 이루어지지 않는다. 이 극에서처럼 이루어지지 않는 아련한 이야기는 체호프가 그의 단편소설에서 즐겨 다루는 주제이다.

『약혼녀』에도 세 여인이 나온다. 『세 자매』에서처럼 평행적 관계가 아니고, 할머니, 어머니, 딸의 수직 관계이다. 세 여인 중 딸은 숨 막히는 시골구석의 관계를 벗어나서 대도시로 탈출하고 싶어 한다. 『세 자매』에 무능한 안드레가 있듯이 『약혼녀』에도 같은 이름의 미래 없는 무능한 안드레가 취미로 바이올린을 켜며 세월을 허송한다. 『세 자매』에서 체부티킨이 안드레에게 충고하듯, 나디야의 정신적 안내자 사샤는 체부티킨과 똑같은 언어로 "뒤돌아보지 말고 탈출할 것"을 부추긴다.

결혼하면 좋은 집에, 좋은 살림살이에 털 코트도 여러 벌 생기는 경제적 아늑함을 바라보는 나디야의 태도에 대해, "그래서 어쩌겠다는 거냐?" 사샤는 그녀의 결혼관을 깡그리 무시한다. 이는 결혼관습에 대한 공격일 수도 있다. 여성이 자신의 정체성과 자유를 기꺼이 포기할 때 안전한 생활보장을 받을 수 있다는 관념의 결혼 관습을 공격하는 것이다.

체호프의 마지막 두 편의 희곡, 『세 자매』(1900-01)와 『벚꽃동산』(1903-04) 사이에 쓰인 『약혼녀』는 두 작품의 가교 역할을 한다. 이 두 편의 희곡에 『약혼녀』 내용이 모두 들어있다. 순응적인 나디야는 『세 자매』의 마샤의 기질과 같고 『벚꽃동산』의 상처받기 쉬운 아냐와도 비슷하다. 낡은 바지를 입고 다니는 박애주의자 사샤는 나디야에게 『벚꽃동산』의 트로피모프와 똑같은 충고를 한다. 운명적인 가족의 전통문화를 벗어나라고, 신경쇠약증의 어머니와 파괴된 정원으로부터 벗어나라고, 불결하고 바퀴벌레가 득시글거리는, 20년 전이나 지금이나 변화라고는 찾아볼 수 없는 똑같은 이 집에서 탈출하라고 사샤는 충고한다. 나디야 슈민이 무에서 새로운 인생의 출발을 갈망할 때 모스크바는 그녀의 목적지가 아닌, 거쳐 지나가는 곳일 뿐이다. 그녀가 공부하러 가는 종착지는 피터스버그이다. 아마 1899년과 1902년 사이에 그곳에서 일어난 진보적인 학생운동과 관련이 있어 보인다.

대학에서 철학공부를 마치고 견문을 넓히고 귀향한 나디야는 발전 없는 고향 땅이 견딜 수 없어서, 다시 떠난다. 그녀는 꿈을 채우려고 새 출발을 시도하지만, 과연 이번에는 성공할 것인지 미지수다. 이 작품『약혼녀』의 끝은 모호하다. 여주인공을 사로잡는 미래의 모습은 트로피모프의 공상적 이상주의와 비슷하다. 그래서 체호프의 작품은 언제나 한 쪽으로는 변화를 강조하면서 또 한편에서는 고정관념에 갇힌, 딜레마의 인생을 보여준다.

5월의 즐거운 저녁시간에 나디야와 사샤는 집 현관 앞에서 차를 마시며 이야기한다. 나디야는 스물세 살의 약혼한 여인이지만 미래에 대한 확신이 없는, 불안한 마음을 예술가인 그녀의 친구이자 먼 친척인 사샤와 나눈다.

CHARACTERS: NADYA, the marriageable girl; SASHA, her friend, an artist.

SASHA

(*Coughs now and then, and shivers in the warm night air.*) So, everything is fine with you, Nadya?

NADYA

Yes. You must stay with us until September, and the wedding. (*She looks off into the house.*)

SASHA

I suppose I will. What are you looking at?

NADYA

My mother. She looks very young from where I am sitting, but I know she's not young, and she's unhappy.

SASHA

In her own way your mother is a very good and kind woman, but she never changes. Neither does your grandmother. Nothing has changed in this house in twenty years.

NADYA

You have said all this before, Sasha. Every summer you say the same thing.

등장인물: 나디야, 혼기의 처녀; 사샤, 그녀의 예술가 친구

사샤

(*이따금씩 기침을 하고 따스한 밤공기에 몸을 떤다.*) 그래, 일은 다 잘

되고 있지, 나디야?

나디야

응. 넌 우리하고 9월까지 같이 있어야 한다. 그때 내 결혼식이 있잖아.

(*그녀는 집 안쪽을 바라본다.*)

사샤

그럴 생각이야 . . . 뭘 보고 있니?

나디야

우리 엄마. 여기서 보니까 엄마가 아주 젊어 보여. 엄마가 젊지도 행복

하지도 않은 걸 난 아는데.

사샤

너의 어머니는 어머니 나름대로 친절하고 좋은 분이셔. 그저 변화가

없을 뿐이지. 할머니도 그렇고. 지난 20년 동안 이 집에서 변한 건 하

나도 없어.

나디야

사샤, 너는 똑같은 말을 전에도 했어. 여름마다 같은 소리로구나.

SASHA

And I will say it again! Everything here is preposterous, somehow, from lack of use. Nobody does anything. Your mother, your grandmother, they do nothing all day. And your betrothed, Andre Andreich, he does nothing!

NADYA

(*Laughing lightly*) You are boring me. Can't you think of something new to talk about? And leave Andre out of it. You don't know him.

SASHA

I know that he has no position, no definite business, and he loves to be idle. Let me tell you how this evening will progress after we have eaten dinner. It will be as it was last night and the night before that. Andre will play his violin and your mother will accompany him on the piano, and then talk of her belief in hypnotism. Then your grandmother will fuss at the servants, and then tell me for the hundredth time that I look terrible and should eat better. Then the clock will finally strike twelve and Andre will take his leave of you in the hall, and we will all yawn for the dozenth time and go off to bed.

NADYA

(*With a sad smile*) It will be just as you say. And after I have gone to bed, I will lie awake a while, listening to the servants cleaning up, and then I will fall asleep, but before dawn sleep will leave me. I will sit up in bed, feeling frightened and vague

사샤

앞으로도 계속 할 거야! 아무튼 이 집에서는 써보는 습관이 안 돼서, 상식에 어긋난 것 투성이야. 아무도 아무 일도 하지 않아. 너의 어머니, 너의 할머니, 모두 하루 종일 아무 일도 안 하셔. 네 약혼자 안드레 안드레이치를 봐도 하는 게 아무 것도 없어!

나디야

(*가볍게 웃으면서*) 넌 날 지루하게 한다. 뭔가 좀 새로운 얘긴 없니? 안드레는 건드리지 말고. 넌 그를 잘 모르잖아.

사샤

사회적으로 아무 위치가 없다는 것, 나도 알아. 안드레가 구체적으로 하는 일이 없다는 건 나도 알고 있어. 거기다 그 친구는 게을러 빠졌어. 저녁 먹고 할 일이 무언지 그 뻔한 일정을 내가 말해줄게. 오늘 밤도 어제 밤도 그저께 밤도 꼭 같아. 안드레는 바이올린을 켜고 너의 어머니는 피아노 반주를 하고, 그런 뒤에 어머니는 최면에 대한 신념을 얘기하시겠지. 그리고 나면 할머니는 하인들을 야단치고 나한테는 몰골이 말이 아니라며 밥 잘 먹으라고 백 번째 말씀하실 거야. 그러면 시계는 드디어 열두 시를 치고 안드레는 응접실에서 너와 헤어질 준비를 하고, 그리고 모두들 열두 번째 하품을 하면서 잠자리로 향하는 거야.

나디야

(*슬프게 미소 지으며*) 네가 말한 그대로 될 거야. 난 잠자리에 든 후, 한동안 누워 있다가 하인들이 집안 치우는 소리를 듣고, 그리고서 잠이 들겠지. 새벽이 오기 전에 잠이 깨어 멍하니 침대에 앉아 불안해서

and troubled, and I will say aloud, "My God, why am I so depressed!"

SASHA

I suppose that every bride-to-be feels this way.

NADYA

I didn't used to. I was happy, but now . . .

SASHA

Now you are not happy. I have seen this every day. If only you would listen to me! You should go away from here — go to school! Only enlightened, educated people are interesting. Leave this miserable place, Nadya! Show your mother and grandmother and Andre that this dull, immobile life bores you and you mean to change it. Or if not for them, at least prove this to yourself!

NADYA

(*Rises and turns away from him.*) I can't leave, Sasha. I'm going to be married in September.

SASHA

Bah! Is that what you really want?

NADYA

Andre loves me. He calls me his precious, his darling, his beautiful, and tells me how lucky he is to have me.

SASHA

So what? Those words can be found in any novel. Do you love him? How can you think of living here in this town with him, forever? I can't bear it for a month! No running water, no sew-

겁을 내고, "오, 하나님, 왜 이렇게 울적한가요!" 큰 소리로 탄식하겠지.

사샤

그건 결혼을 앞둔 신부라면 누구나 느끼는 똑같은 감정일 거다.

나디야

이런 기분은 아니었거든. 난 행복했는데 그런데 지금은 . . .

사샤

그런데 지금은 행복하지 않다는 거지. 나도 너를 매일 보면서 알겠더라. 네가 내 말을 들어주기만 한다면! 너는 여길 떠나야 해 . . . 학교에 다녀야 해! 계몽되고 교육받은 사람만이 흥미 있는 거야. 이 끔찍한 시골구석을 떠나라니까, 나디야! 이런 지루한 삶을 바꿔야 한다는 점을 너의 어머니, 할머니 그리고 안드레에게 네가 보여주란 말이야. 그 사람들을 위해서가 아니라면 너 자신을 위해서라도 증명해봐!

나디야

(*일어나 그에게서 돌아선다.*) 난 떠날 수 없어, 사샤. 9월에 결혼할 예정이잖아.

사샤

시시하기는! 그게 네가 정말 원하는 거니?

나디야

안드레는 날 사랑하고 있어. 날 귀여운 사람, 사랑하는 여인, 아름다운 연인이라고 부르고 있어. 나와 맺어지게 되서 얼마나 운이 좋은지 모른대.

사샤

그래서 어쩌자는 건데? 그런 단어들은 어느 소설에나 다 써 있다고요. 너 안드레를 사랑하니? 여기 이 시골구석에 박혀 평생 그 사람하고 살 생각을 할 수 있니? 난 한 달도 못 견딜 거다! 수돗물도 없고 하수구도

ers, terrible food! Your grandmother's kitchen is filthy. The servants sleep on the floor with the cockroaches. Nothing has changed in twenty years!

NADYA

(*Desperately*) But it will change! I'm to have a dowry with six fur coats. Andre and I will have a good house in Moscow Street, two-storied, with a polished floor of painted parquet, and a piano, and a stand for his violin, and a dining room with a buffet, and furniture covered in bright blue material, and a bathroom with running water, and . . . and . . . oh, God! How banal! How stupid it all is! Andre has hung a painting of a female nude, in a gold frame, on the wall of the reception room! (*She buries her face in her hands.*)

SASHA

(*Drolly*) I can just picture it.

NADYA

And do you know what Andre said to me just the other day, after you had scolded him for not doing anything? He said, "My darling, he's right! Sasha is absolutely right! I *don't* do anything, and I *can't* do anything. It is against my nature to think of going into service. When I see a lawyer or a teacher, or a member of the Council, I have no thoughts of ever being like them. Oh, Mother Russia! How many of us indolent and useless beings do you carry on your back?" That's what he said to me, and he sees nothing wrong in it at all.

없고 음식도 형편없는 이런 데서! 너의 할머니 부엌은 너무 더러워. 하인들은 마룻바닥에서 바퀴벌레하고 같이 자고. 20년 동안 변한 게 하나도 없잖아!

나디야

(*절망적으로*) 그렇지만 앞으로는 변화가 꼭 있을 거야! 난 지참금으로 받게 될 털 코트가 여섯 벌이나 돼. 모스크바 도로에 안드레와 내가 살 좋은 집도 마련되어 있어. 이층집인데 매끈한 모자이크 무늬 마루에 피아노도 있고, 바이올린대도 있고, 부페를 차릴 수 있는 넓은 식당도 있어. 가구 색은 밝은 푸른 색조야. 욕실엔 수돗물이 나오고, 그리고 . . . 그리고 . . . 오, 하나님! 이건 다 진부하기 짝 없는 소리로구나! 다 바보짓이야! 안드레는 손님 접견실에 여자 누드 그림을 금빛 액자에 걸어 놓았어! (*그녀는 얼굴을 두 손에 묻는다.*)

사샤

(*익살스럽게*) 상상이 간다.

나디야

며칠 전에 네가 아무 일도 하지 않는다고 안드레를 나무라고 난 후에, 안드레가 나한테 뭐라고 했는지 알아? "나의 연인이여, 사샤 말이 맞아! 사샤 말이 절대적으로 옳아! 난 정말 하는 일이 아무것도 없거든. 할 수 있는 일이라곤 하나도 없어. 일 한다는 게 내 성격에 안 맞아. 변호사든, 선생이든, 아니면 지방 행정관을 보아도 그런 사람이 되고 싶은 생각은 추호도 없어. 오, 어머니 나라 러시아여! 우리처럼 게으르고 쓸모없는 인간들을 얼마나 많이 짊어지고 있습니까?" 이게 바로 그가 나한테 한 말이야. 그러면서도 안드레는 뭐가 잘못인지를 전혀 깨닫지 못하고 있어.

SASHA

Face it, Nadya. He has never done anything, and he never will.
It is not in him.

NADYA

Oh, Sasha, what is happening to me? I have always dreamed of
marriage, and now, I . . . I cannot marry Andre! I don't love
him! What am I going to do?

SASHA

(*Taking her hand*) It will be all right, Nadya.

NADYA

(*Almost in a whisper*) When you leave here, Sasha, take me
with you!

SASHA

(*Staring at her*) Do you mean it?

NADYA

Yes! I don't understand, but I know I must leave here, before
it's too late.

SASHA

(*Breaking into a smile*) Wonderful! Oh, this is splendid! We'll
leave tomorrow!

NADYA

(*Stepping back*) Tomorrow? But . . . how . . . ?

SASHA

You will come with me to the station to see me off on the
train. I will take your things in my trunk. I'll get your ticket,
and you will go with me as far as Moscow. From there you will

사샤

나디야, 똑바로 봐야 해. 안드레는 한 번도 일을 해 본 적이 없고, 앞
으로도 일은 절대 안 할 인물이야. 일하고는 전혀 상관없는 사람이라
니까.

나디야

오, 사샤, 나한테 무슨 일이 일어나는 거지? 난 항상 결혼 꿈만 꾸고
살았는데, 이제 난 . . . 난 안드레와 결혼 못하겠어! 그를 사랑하지 않
아! 난 어떡하면 좋지?

사샤

(*그녀의 손을 잡으면서*) 괜찮아 질 거야, 나디야.

나디야

(*거의 속삭이면서*) 너 여기 떠날 때, 사샤, 나도 같이 데려 가줘!

사샤

(*그녀를 빤히 보면서*) 그 말 정말이야?

나디야

정말이야! 이해는 못하지만 너무 늦기 전에 여기를 벗어나야 한다는
걸 난 알고 있어.

사샤

(*환하게 미소 지으며*) 멋지다! 와 근사하다! 우린 내일 이곳을 떠나는
거야!

나디야

(*뒤로 물러서며*) 내일? 그렇지만 . . . 어떻게 . . . ?

사샤

내일 넌 나를 배웅하러 기차역에 같이 가는 거야. 난 네 물건들을 미리
내 트렁크에 챙겨두고. 네 기차표를 내일 마련하고, 우리는 멀리 모스
크바까지 같이 가는 거다. 모스크바에서부터는 너 혼자 피터스버그로

travel on alone to Petersburg, and go to school, and learn everything, and meet people, and change your whole life! Do you have a passport?

NADYA

(*Breathless*) Yes.

SASHA

I swear that you will not be sorry. When you overturn your life, everything will change, and all you leave behind will be unnecessary. You must never forget that.

NADYA

Something new is going to open up to me! Oh, but can I go through with it?

SASHA

Yes! You can! You must! You will! My own dear heart, there is no other way!

NADYA

And you, Sasha? You will always be my friend. I will always be so obliged to you for caring about me this way.

SASHA

We will both turn our lives over. I have you to thank for helping me to leave so soon. I am dying here! But not a word to anyone. Go and pack your things. Tomorrow — you begin a new life.

NADYA

Tomorrow. (*She grasps his hands, then runs out.*)

가서 거기서 학교 다니는 거야. 무엇이든 배우고, 여러 사람들을 만나고, 너의 인생을 확 바꾸는 거지! 여행 허가증은 갖고 있겠지?

나디야

(숨을 죽이고) 갖고 있어.

사샤

내가 맹세하는데, 너 절대 후회하지 않을 거야. 네 인생을 완전히 뒤집어 놓으면 모든 게 변하게 되어 있어. 네가 여기 놓고 가는 건 다 필요없는 것뿐이야. 그 점을 절대 잊지 마.

나디야

내 앞에 무언가 새로운 길이 열리는구나! 오, 그런데 내가 끝까지 이겨낼 수 있을까?

사샤

그럼! 할 수 있고말고! 넌 이겨 내야 해! 넌 해낼 거야! 사랑하는 나의 친구여, 그 밖에 다른 길은 없단 말이다!

나디야

넌 어떤데, 사샤? 넌 항상 내 친구가 돼 줄 거지? 이렇게 날 언제나 생각해주는 네가 있어서 고마워.

사샤

우린 둘 다 우리 인생을 뒤집어 놓는 거다. 내가 이렇게 빨리 떠날 수 있게 도와준 네가 고맙다. 난 여기가 숨 막혀 죽을 것만 같거든! 그런데 아무한테도 너 떠난다는 소리하면 안 된다. 어서 가서 짐을 챙겨 둬. 내일 . . . 새 삶이 시작되는 거야.

나디야

내일. (그녀는 그의 두 손을 꼭 잡는다. 그리고 뛰어나간다.)

『주홍 글씨』(*The Scarlet Letter*)

나다니엘 호손 Nathaniel Hawthorne, 1804~64

■ 줄거리 요약

17세기 미국의 청교도 식민 정착지인 매사추세츠 주 보스턴의 어느 여름 날 아침 교도소 앞에 호기심 많은 사람들이 죄인 헤스터 프린을 보려고 몰려들었다. 아기를 안고 있는 헤스터는 가슴에 간부(Adulteress)라는 의미의 앞글자인 A자를 달고 감옥 문을 나선다. 헤스터는 간음을 저지른 죄의 본보기로 처형대 위에서 세 시간을 서 있어야 한다. 여인이 처형대로 올라간다. 사람들은 딤즈데일 목사의 중재로 그래도 그녀가 사형선고는 면할 수 있었다고 수군댄다. 헤스터가 처형대에 서 있는 동안 신체불구의 한 노인이 근처 숲속에서 나타났는데, 그를 알아본 그녀는 불안해한다.

헤스터는 옛날 유럽의 몰락한 재산가의 딸로 부모는 어린 그녀를 나이 많은 이름난 학자에게 시집보낸다. 신혼부부는 결혼하여 몇 년간 벨기에 북부 앤트워프에서 살다가 남편은 아내를 먼저 미국 매사추세츠로 보낸다. 일처리 후 뒤따라가겠다고 한 남편이 출항했다고 들었지만, 그가 탄 배의 소식이 끊어진다. 젊고 매력적인 미망인 헤스터는 A자를 달기 전까지 보스턴에서 조용히 살았다.

처형대 옆에 보이는 교회 발코니에는 고위 관리와 성직자들이 앉아서 그녀를 바라본다. 목사들은 그녀에게 공범자인 아기 아버지의 이름을 대라고 추궁하고 특히 그녀의 교구목사인 딤즈데일의 추궁이 심했으나 그녀는 밝히기를 거부한다. 감옥으로 돌아온 그녀는 병이 나고, 로저 칠링워스가 의사로 들어온다. 인디언들과 일 년을 함께 지내고 이곳에 왔다고 간수에게 말하는 칠링워스는 헤스터의 옛 남편 프린으로, 숲속에서 나타나 처형대에 서 있는 헤스터를 지켜보던 바로 그 사람이다. 그가 탄 배는 파선했고 그는 몇 달간 인디언들에게 붙잡혀 있었다. 그는 헤스터에게 아기 아버지 이름을 묻지만 거부당하자, 그를 불명예스럽게 만든 자가 누구인지 반드시 찾아내어 복수하겠다고 한다.

감옥생활을 마친 헤스터는 추방자로 마을에서 떨어진 작은 집에서 딸아이 펄을 데리고 삯바느질하며 살아간다. 아이를 엄마로부터 떼어 놓으려는 교인들의 움직임을 알게 된 헤스터는 아이보호 문제로 지사 벨링햄에게 상의하러 간다. 그 자리에는 딤즈데일 목사와 칠링워스도 함께 있다. 지사는 교리문답을 암송하지 않는 펄을 어머니와 떼어놓으려 하지만, 딤즈데일 목사가 상황을 도와주어 모녀는 같이 살 수 있게 된다.

의사가 마을에 오던 때부터 목사는 병이 들고 목사의 교구민인 칠링워스는 딤즈데일 목사와 함께 같은 집에 산다. 의사는 목사의 내면의 생각과 느낌을 간파하고 딤즈데일이 펄의 아버지라는 확신을 갖게 되면서 그에게서 고통, 공포, 회한을 끌어낸다.

어느 날 밤 깊은 죄의식의 고통으로 잠을 이루지 못한 딤즈데일은 한동안 처형대 위에 서있다. 잠시 후 마을 사람의 임종을 지키고 돌아오던 헤스터와 펄은 목사를 목격한다. 목사는 헤스터에게 그 역시 그 날 처형대 위에 헤스터와 나란히 섰어야 했으나 용기가 없었다고 말하고, 죄를 인정한 목사는 여인과 딸과 나란히 처형대 위에 선다. 이 놀라운 그림을 어둠 속에 숨어서 지켜본 사람은 칠링워스이다.

딤즈데일의 악화된 건강상태에 충격을 받은 헤스터는 전 남편을 찾아가, 그를 괴롭히지 말고 희생자에게 자비를 베풀라고 간청하나 칠링워스는 복수할 것을 단호히 재천명한다. 헤스터는 목사에게 칠링워스가 전 남편이었음을 고백하고 그를 경계하도록, 그의 사악함을 경고한다. 헤스터와 목사는 나흘 뒤 선거설교 후 비밀리에 유럽으로 떠나기로 결정한다. 헤스터는 안면 있는 선장을 통해 선편을 마련해 두었는데, 이를 알게 된 칠링워스도 그 날 같은 배를 타고 간다고 선장이 헤스터에게 알려준다. 절망한 헤스터는 펄과 함께 딤즈데일 목사의 선거설교를 들으러 갔으나 교인이 만원이라 처형대 아래서 그의 목소리만이라도 듣기로 한다. 설교가 끝난 후 딤즈데일 목사는 쓰러질 듯 휘청거리며 교회 밖으로 나온다. 처형대 밑의 헤스터와 펄을 본 그는 두 사람의 손을 잡고 처형대로 올라간다. 그를 지켜보는 군중 앞에서, 7년 전 헤스터가 단죄를 받던 그 자리에서 자신의 죄를 쩌렁한 음성으로 고백한 그는 갑자기 목사의 제복 웃옷을 찢고 쓰러지며 숨을 거둔다. 맨살이 드러날 때 이를 본 사람들은 그의 심장 위쪽 가슴에 A자가 새겨져 있음을 증언한다.

더 이상 목사를 파괴할 수 없게 된 칠링워스는 그의 재산을 펄에게 남기고 얼마 지난 후 죽는다. 그 지역에서 사라졌던 헤스터는 몇 년 후 다시 나타난다. 여전히 주홍빛 A자를 달고 허름한 오두막에 홀로 산다. 그녀의 친절한 봉사생활로 슬픔을 잊게 된 주민들에게, 한때는 수치의 표시

였던 A자가 이제는 존경과 경의의 표상이 되었다.

그녀의 무덤은 딤즈데일 목사의 무덤과 나란히 있고 두 개의 무덤 사이에 비석은 하나다. 그녀는 오직 A자만 비석에 새길 것을 부탁했다.

■ 해설

나다니엘 호손은 미국 매사추세츠 주 세일럼에서 태어났다. 그의 부모는 뉴잉글랜드의 저명한 가문의 후손들이었다. 부친 쪽으로 그의 조상 윌리엄 호손은 1630년에 미국에 건너 온 초기 정착민으로, 작가 호손이 『주홍 글씨』 서설에 해당되는 제1장에서 밝혔듯이 그는 군인, 입법자, 교회의 지도자, 판사로 활동했다. 배의 선장이었던 나다니엘 호손의 아버지는 호손이 네 살 때 세상을 떠났다.

그의 원래 가족명은 Hathorne이었으나 작가가 이름 안에 'w'자를 첨가했다. 그가 선조의 성을 완전히 바꾸지는 않았지만, 그 이름을 멀리하고 싶은 이유가 있었다. 그가 떨쳐 버릴 수 없었던 특별한 죄의식은 그의 조상인 첫 번째 정착자 윌리엄의 아들 존 호손이 바로 1692년 이 작은 마을 세일럼에서 일어난 악명 높은 마녀재판 사건의 판사였기 때문이다. 200명 가까운 마을 사람들이 차례차례 마녀로 고발되어 25명의 무고한 목숨을 앗아 간 재판으로 유명하다. 히브리어로 평화(Shalom)를 의미하는 세일럼(Salem)은 아이러니하게도 그 명칭이 무색하다. 그 당시 순교자의 한 사람은 호손 판사에게 "당신이 내 생명을 앗아가면, 하나님은 당신으로 하여금 피를 마시게 할 것이다"라고 저주하여 존 호손은 죄의식을 더 느꼈다. 죄의 유산을 짊어진 작가 나다니엘 호손은 무거운 현재를 벗어날 수가 없었다. 뉴잉글랜드 고향과 과거에 조상이 범한 죄는 그의 작품의 중요한 주제가 된다.

『주홍 글씨』는 1850년 처음 출판된 이후 지금까지도 끊임없는 애독서로 뽑히는 고전이다. 이 소설은 1640년대 미국 독립 이전의 영국 식민지 매사추세츠 주의 거류인 헤스터 프린이라는 한 여인에 대한 이야기를 담고 있다. 식민지 법에 의해서 부정한 자는 부정하다는 의미의 A(Adultery의 머리글)자를 가슴에 주홍색으로 달고 다녀야했다. 부정한 여인 헤스터는 감옥에 갇혀있는 동안 아기를 낳았다. 법에 따라 가슴에 주홍 글씨 A자를 단 그녀는 아기 아버지가 누구인지 밝히기를 거부하고 또한 그녀를 저버린 남편이 누구인지도 드러내기를 거부한다.

1642년 6월 이 소설이 시작되는 제1장에서 한 무리의 남녀들이 묘지 옆에 있는 감옥 문 앞에서 헤스터가 나오기를 기다리고 서있다. 초기 청교도 개척자들은 감옥을 삶과 죽음을 기억케 하는 묘지 옆에 나란히 두었다. 음울한 감옥 건물 주위는 풀이 무성한데, 감옥 문 가까이에 장미 한 송이가 유독 눈에 띤다. 인간이 같은 인간을 비인간적으로 대할지라도 한 떨기 장미의 "향기와 연약한 아름다움"은 인간을 측은히 여기는 자연의 뜨거운 가슴을 상징하는 것으로 보인다. 작가는 소설 속에서 이 꽃이 야생으로 전부터 거기 있었는지 아니면 반항하는 한 여인, 헤스터의 발 앞에 불쑥 피어난 것이지 궁금해 한다. 연약함과 슬픔을 나타내지만 동시에 사랑의 힘을 표현하는 빨간 장미는 결과적으로 도덕적 승리를 가져오는 이 소설의 해피엔딩을 예고해주는 상징이다.

하나님의 궁극적인 목적은 인간을 율법으로 묶는 것이 아니라 사랑으로 인간을 풀어주는 데 있다. 따라서 결론은 하나님은 사랑이다. 우리나라에서는 기독교신자가 아닌 신랑신부의 결혼식에서도 곧잘 듣게 되는 성경구절이 있다. 고린도전서 13장, 저 유명한 "사랑 장"이다. 예언도, 방언도, 지식도 다 없어져도 사랑은 없어지면 안 된다는 예수님의 가르침이다. 초기개척자들에게 "네 이웃을 네 몸같이 사랑하라"는 말씀은 너무 멀리 있다. 지혜를 베풀고 사랑을 실천하는 사람은 의사도 목사도 행정관도, 구경꾼 주민들도 아닌, 죄인 낙인을 달고 다니는 한 여인이다. 율법보다 중요한 것은 사랑이다. 제도와 조직이 사람보다 우위에 있는, 인권보다 우선하는 굳어진 사회상을 작가는 우려하고 지적한다.

　　미국 유학시절 어느 영문학 교수의 연구실 문에 붙어있던 재미난 그림이 역자의 머리에 떠오른다. 아기를 안은 헤스터가 감옥 문을 나서고 있고, 양 옆으로 구경꾼 여인들이 쭉 늘어서있는 그림이다. 헤스터의 가슴에는 A자가, 구경꾼 여인들 가슴에는 모두 B자가 달려 있는, A 학점과 B 학점을 가리키는 매우 유머러스한 그림이었다.

　　호손의 주제는 그가 살던 시대의 청교도에 뿌리를 둔 문화에서 죄와 그 죄가 개인과 사회에 미치는 영향을 다루고 있다. 예정설을 믿는 청교도들은 죄인의 타락에서 죄가 비롯된 것으로 본다. 이런 청교도 초기의 결정론(determinism)은 호손 시대에 와서는 어느 정도 누그러졌다. 그래서 『주홍 글씨』를 미국 18세기 초의 커튼 마사(1663-1728)나 조나단 에드워즈(1703-58) 같은 엄격한 종교작가들보다는 폴 틸리히(1886-1965)에 더 가깝게 보는 평자도 있다. 틸리히처럼 호손은 죄를 행위로 보지 않고 상태로 간주한다는 것이다. 이는 20세기 실존주의자들이 언급하는 소외의 의미와 비슷하다. 틸리히는 세 겹의 소외 즉, 하나님으로부터, 인간으로부터, 자기 자신으로부터 멀어지는 세 갈래의 분리된 소외를 묘사하는데, 이렇게 사는 것은 지옥이다. 헤스터는 불륜의 상징으로 A자를 달고 그렇지 않은 사람들로부터 격리되어 살고 있지만, 그녀의 내적 생활은 하나님과의 합일된 삶을 살면서 A자의 표상이 능력 있다는 A(Able)의 상징으로 변한다. 반면 그녀의 비밀 애인 딤즈데일과 정체를 숨기고 사는 남편 칠링워스는 사랑받는 목사와 존경받는 의사로 그 사회에서 자유롭게 움직이며 특권을 누리고 산다. 그러나 딤즈데일 목사의 은밀한 죄는 그의 정신과 육체를 갉아먹고, 스스로를 위선자로 경멸하며 하나님과의 평안도 누리지 못한다. 따라서 타인과도 편안한 생활을 할 수가 없다. 칠링워스 역시, 아무리 학식이 많고 의술이 출중하다 해도 영적으로 피폐한 인간이다. 그의 복수심은 영혼과 인격을 파괴시키고 철저히 소외된 자로 살면서, 그 스스로 자신을 가리켜 용서를 모르는 악마로 언급한다. 그런 그의 죄는 용서받지 못할 죄이다. 그것은 하나님이 그의 죄를 용서하지 않아서가 아니라, 그 스스로 용서를 받아들이지도 회개하지도 못하기 때문이다. 딤즈데일 목사는 헤스터에게 말한다. "우리가 이 세상에서 가장 나쁜 죄인은 아니요. 타락한 성직자보다 더 나쁜 죄인이 있소. 저 늙은이의 복수심은 내 죄보다 더 시커멓소. 저 자는 인간의 신성한 심장을 비정하게 범했지만, 그대와 나는 결코 그런 죄를 범하지 않았소."

『주홍 글씨』의 예술적 구성은 뛰어나다. 고풍스럽고 무게 있는 문장스타일이 돋보이고, 낮과 밤, 야외와 실내, 사람들 많은 장터와 외진 숲 속의 장면 변화는 명암을 통해 선과 악의 대조를 그려준다. 이 소설 구조의 결정적인 세 장면은 모두 처형대 위에서 일어난다. 이와 같이 주제적 의미를 플롯의 구도로 드러내주는 예술적 균형미는 일품이다. 멜빌의 『모비 딕』이 출현하기 일 년 전에 나온 『주홍 글씨』는 미국문학 최초의 상징소설(symbolic novel)이다.

발췌된 장면은 수치스런 A자 주홍 글씨를 가슴에 단 헤스터가 아기를 안고 마을 사람들 앞에 나오는 데서 시작한다. 사람들에게 부정을 저질렀을 경우 받는 벌이 어떤 것인지 한 예로 보여주기 위함이다. 거리에서 벌을 서고 감옥에 돌

CHARACTERS: HESTER PRYNNE, a young woman;
ROGER CHILLINGWORTH, an old man.

SCENE: HESTER lies on a pallet in her cell, her baby beside her.
CHILLINGWORTH enters, speaking to the unseen jailor.

CHILLINGWORTH

Prithee, friend, leave me alone with my patient. Trust me, good jailer, you shall briefly have peace in your house, and I promise you, Mistress Prynne shall hereafter be more amenable to just authority than you may have found her heretofore. (*He turns to HESTER who watches him, breathing heavily.*) My old studies in alchemy and my sojourn, for above a year past, among a people well versed in the kindly properties of simples, have made a better physician of me than many that claim the medical degree. (*He mixes a powder with water in a cup and hands it to HESTER.*) I have learned many new secrets in the wilderness, and here is one of them, a recipe that an Indian taught me. Drink it! It may be less soothing than a sinless conscience. That I cannot give thee. But it will calm the swell and heaving of thy passion, like oil thrown on the waves of a tempestuous sea.

아왔을 때 그녀는 지치고 탈진하여 병이 난다. 오랫동안 소식이 없던 그녀의 남편 로저 칠링워스는 의사 신분으로 감옥에 들어온다.

등장인물: 헤스터 프린, 젊은 여인; 로저 칠링워스, 노인

장면: 헤스터는 감옥 안의 깔판 위에 누워있고 그녀의 아기가 옆에 있다. 칠링워스는 관객에게는 보이지 않는 무대 밖의 간수에게 말하면서 들어온다.

칠링워스

당신은 가보시오. 환자와 단 둘이 있겠소. 날 믿으시오. 간수 양반, 환자는 곧 편안해질 거요. 약속 컨데, 프린 양은 공명정대한 권위에 이전보다 더 순종적인 모습을 보여 줄 것이요. (*숨을 무겁게 쉬면서 그를 지켜보고 있는 헤스터에게 몸을 돌린다.*) 난 오래 전 연구한 연금술 경험이 있고 또 이로운 약초 조제에 조예가 깊은 한 종족을 알게 되었소. 그 사람들하고 지난 일 년간 같이 지내면서 난 자격증 있는 의사들보다 훨씬 더 실력 있는 의사가 되었소. (*컵에 물과 가루를 섞어 헤스터에게 주면서*) 야생초에 있는 많은 새로운 비법을 알게 된 거요. 이 약이 바로 인디언이 가르쳐준 처방이요. 자, 마셔요! 죄 없는 양심만큼 편하게 해 줄 그런 능력은 내게 없지만 이 약이 끓어오르는 그대의 열기를 진정시켜 줄 것이요. 마치 폭풍 몰아치는 파도에 끼얹는 기름처럼 말이요.

HESTER

(*Slowly takes the cup, watching him earnestly.*) I have thought of death, have wished for it, would even have prayed for it, were it fit that such as I should pray for anything. Yet, if death he in this cup, I bid thee think again, ere thou beholdest me quaff it. See! It is even now at my lips.

CHILLINGWORTH

Drink, then. Does thou know me so little, Hester Prynne? Are my purposes wont to be so shallow? Even if I imagine a scheme of vengeance, what could I do better for my object than to let thee live, than to give thee medicines against all harm and peril of life, so that this burning shame may still blaze upon thy bosom? (*He touches the scarlet letter A on her dress; she draws back.*) If thee would but speak the man's name, that, and thy repentance, might avail to take the scarlet letter off thy breast.

HESTER

Never! It is too deeply branded. Ye cannot take it off. And would that I might endure his agony, as well as mine!

CHILLINGWORTH

Then thy child is not to have a father?

HESTER

My child must seek a heavenly Father; she shall never know an earthly one.

헤스터

(*그를 진지하게 바라보면서 천천히 컵을 받아든다.*) 난 죽음을 줄곧 생각해 왔고, 원했고, 죽음을 원하는 기도까지 했어요. 그런 기도를 해도 된다면 말이지요. 그럼에도 이 컵에 죽음이 담겨있다면 단숨에 마셔 버리기 전에, 과연 당신이 잘하는 일인지 한 번 생각해 주기 바랍니다. 자 보세요! 컵이 내 입술에 있어요.

칠링워스

그럼 마셔요. 그대는 나를 그 정도밖에 모르오, 헤스터 프린? 내 목적이 그런 피상적인 것에 그칠까? 내가 복수의 음모를 꾀했다 해도, 그대를 살려두는 편이 더 좋은 복수가 아닐까? 죽지 않는 약을 먹여서, 인생의 온갖 고초와 위험을 당하도록 그대를 살려두고, 그 가슴에 치욕의 수치가 계속 타오르게 하는, 그보다 더 좋은 복수가 있을까? (*그는 그녀 가슴의 주홍 글씨 A자를 손으로 건드린다. 그녀는 몸을 뒤로 뺀다.*) 함께 죄를 지은 상대의 이름만 댄다면, 그러면 회개의 값으로 그 글자를 가슴에서 떼어 낼 수도 있는데 말이요.

헤스터

그런 일은 절대 없을 겁니다! 이 글자는 떼어 낼 수 없게 깊이 새겨져 있어요. 당신은 떼어 낼 수 없지요. 난 나의 고통과 그 사람의 고통을 함께 담고 견디어 낼 것입니다!

칠링워스

그럼 아기는 앞으로 아버지가 없는 거요?

헤스터

내 아기는 하늘에 계신 아버지를 구해야지요. 이 땅의 아버지를 결코 알 수 없을 테니까.

Live, therefore, and bear about thy doom with thee, in the eyes of men and women, in the eyes of him whom thou didst call thy husband, in the eyes of yonder child! (*HESTER drinks, and seems the better for it. She hands the cup back to him. He sits in a chair beside her bed.*) Hester, I ask not wherefore, nor how, thou hast fallen in the pit, or say, rather, thou hast ascended to the pedestal of infamy on which I found thee. The reason is not far to seek. It was my folly, and thy weakness. I, a man of thought, the bookworm of great libraries, a man already in decay, having given my best years to feed the hungry dream of knowledge, what had I to do with youth and beauty like thine own? Misshapen from my birth hour, how could I delude myself with the idea that intellectual gifts might veil physical deformity in a young girl's fantasy! Men call me wise. If sages were ever wise in their own behoof, I might have foreseen all this. I might have known that, as I came out of the vast and dismal forest, and entered this settlement of Christian men, the very first object to meet my eyes would be thyself, Hester Prynne, standing up, a statue of ignominy, before the people. Nay, from the moment when we came down the old church steps together, a married pair, I might have beheld the bale-fire of that scarlet letter blazing at the end of our path!

칠링워스

그렇게 살구려. 많은 사람들이 보는 앞에서, 한 때는 그대가 남편이라 불렀던 이 사람 앞에서, 그리고 저 아기 앞에서 최후의 심판을 받으시오. (*헤스터는 약물을 마시고, 그 효과로 몸이 나아 보인다. 그녀는 컵을 돌려준다. 그는 그녀 옆에 있는 의자에 앉는다.*) 헤스터, 그대가 어쩌다 이렇게 지옥으로 떨어지게 되었는지는 묻지 않겠소. 아니, 내가 그대를 발견하게 된 저 악명의 단 위를 어쩌다 올라가게 되었는지 묻지 않겠소. 그렇게 된 이유야 멀리 있진 않지. 그건 내 어리석은 탓도 있고 또 그대의 약한 정신 탓도 있고. 책벌레에다 사변가인 내가, 지식의 꿈을 쫓아 최상의 젊은 시절을 허비하고, 이미 쇠퇴하고 늙어버린 후 그대를 만났으니, 그대같이 젊고 아름다운 여인과 어찌 어울릴 수 있었겠소? 태어날 때부터 이렇게 생긴 내가 신체적 불구를 지적 면모로 가려서 어린 여인의 환상 속에 감출 수 있다는 망상은 헛된 꿈이었지! 사람들은 내가 지혜롭다고 합니다. 현인들이 자신을 위한 지혜가 있다면, 이런 일을 미리 예견할 수도 있었을 텐데 말이요. 저 우중충한 거대한 숲을 나와서, 기독교인들의 정착지인 이곳에 들어섰을 때 내 눈에 처음 들어온 대상이 그대였소. 많은 사람들 앞에 우뚝 서있는 치욕의 여인상 헤스터 프린. 내가 지혜로웠다면 이런 사건이 일어날 수 있음을 예견할 수도 있었는데 말이요. 아니, 그대와 내가 신랑 신부로 그 오래된 교회 계단을 함께 내려올 때 우리 사이의 종말이 저 불붙는 주홍 글씨임을 미리 내다 볼 수도 있었는데 말이요!

HESTER

Thou knowest that I was frank with thee. I felt no love, nor feigned any.

CHILLINGWORTH

True, it was my folly! But up to that epoch of my life, I had lived in vain. The world had been so cheerless! My heart was a habitation large enough for many guests, but lonely and chill, and without a household fire. I longed to kindle one! It seemed not so wild a dream, old as I was, and sombre as I was, and misshapen as I was, that the simple bliss, which is scattered far and wide for all mankind to gather up, might yet be mine. And so, Hester, I drew thee into my heart, into its innermost chamber, and sought to warm thee by the warmth which thy presence made there!

HESTER

(*Quietly*) I have greatly wronged thee. But thou didst send me here to Boston ahead of thee, and in these two years since, I have not seen thee nor had tidings of thee until now.

CHIILLINGWORTH

We have wronged each other. Mine was the first wrong, when I betrayed thy budding youth into a false and unnatural relation with my decay. Therefore, as a man who has not thought and philosophized in vain, I seek no vengeance, plot no evil against thee. Between thee and me, the scale hangs fairly balanced. But, Hester, the man lives who has wronged us both! Who is he?

헤스터

내가 당신한테 솔직했던 건 아시지요. 아무 사랑도 느끼지 못했고 사랑을 가장하지도 않았어요.

칠링워스

그건 사실이요. 내 어리석은 탓이었소! 내 인생의 그 중요한 결혼 사건이 있기 전까지 난 헛된 삶을 살았소. 기쁨이 전혀 없는 세상이었소! 내 마음은 많은 손님들을 받아들일 만큼 넓었지만 외롭고 차가운 불기 없는 삶이었소. 그 불기 없는 집에 따스한 불을 지피고 싶었지! 그게 그리 무모한 꿈으로만 보이지는 않더군. 그때 난 이미 엄숙한 늙은이였고, 신체는 불구였지만, 그래도 널리 모든 인류가 챙기는 그 단순한 축복을 아직은 나도 누릴 수 있다는 착각을 했소. 그래서 헤스터 그대를 내 가슴 가장 깊은 곳에 끌어들였던 거요. 그대의 존재감이 빚어내는 그 따스함이 그대를 따뜻하게 지켜 주리라 기대했었소!

헤스터

(조용히) 난 당신한테 큰 잘못을 했어요. 그렇지만 당신은 나를 혼자 보스턴으로 보내놓고 지난 2년 동안 지금 당신이 내 앞에 나타나기 전까지 당신을 보지도 못했고 소식도 듣지 못했어요.

칠링워스

우린 피차 서로에게 잘못했소. 잘못은 내가 먼저 했지. 꽃봉오리 청춘인 그대를 노쇠한 나와 결혼하게 만든 거짓된 행위는 자연에 어긋난 잘못된 관계였소. 생각이 짧았던 거요. 그러니, 철학자인 체 헛된 짓을 한 사람으로서, 악의를 품고 그대에게 복수할 마음은 없소. 그대와 나 사이의 저울은 제법 균형을 맞추었군. 그러나 헤스터, 우리 두 사람에게 잘못을 저질은 그자는 살아 있소! 그가 누구요?

HESTER

Ask me not! (*Firmly*) Thou shalt never know!

CHILLINGWORTH

Never? Never know him? Believe me, Hester, there are few things, whether in the outward world, or to a certain depth, in the invisible sphere of thought, few things hidden from the man who devotes himself earnestly and unreservedly to the solution of a mystery. Thou mayest cover up thy secret from the prying multitude. Thou mayest conceal it, too, from the ministers and magistrates, even as thou didst this day, when they sought to wrench the name out of thy heart and give thee a partner on thy pedestal. But, as for me, I come to the inquest with other senses than they possess. I shall seek this man, as I have sought truth in books; as I have sought gold in alchemy. There is a sympathy that will make me conscious of him. I shall see him tremble. I shall feel myself shudder, suddenly and unawares. Sooner or later, he must needs be mine! Thou wilt not reveal his name? Not the less he is mine. He bears no letter of infamy wrought into his garment, as thou dost; but I shall read it on his heart. Yet fear not for him! Think not that I shall interfere with Heaven's own method of retribution, or, to my own loss, betray him to the gripe of human law. Neither do thou imagine that I shall contrive aught against his life; no, nor against his fame, if, as I judge,

헤스터

그건 묻지 마세요! (*단호하게*) 당신은 절대 알 수 없습니다!

칠링워스

절대? 절대 알 수 없다고? 헤스터, 확신 컨데, 겉으로 보이는 세계든 아니면 깊은, 보이지 않는 사고의 영역이든, 신비의 비밀을 알아내려고 거칠 것 없이 파고드는 자에게는 드러나지 않는 게 없소. 캐내려고 꼬치꼬치 묻고 덤벼드는 다수로부터 그대는 비밀을 완전히 숨길 수 있을지 모르지만. 바로 오늘 있었던 것처럼 말이요. 그대를 쥐어짜서 그대의 상대자를 알아내어 나란히 단 위에 세우려는 목사들과 행정관들에게 그대가 숨겼듯이 말이요. 그렇게 숨길 수는 있을 거요. 그러나 나는 그 사람들과 다른 방법으로 접근해서 조사할 것이요. 내가 책을 통해 진리를 추구했듯이, 연금술에 헌신했듯이, 그자를 반드시 찾아낼 것이요. 난 그자를 의식할 수 있는 공감대가 있소. 그가 와들와들 떠는 꼴을 꼭 보고 말거요. 그럼 나도 모르게 갑자기 몸서리치는 나 자신을 발견하겠지. 머지않아 조만간 그자는 내 것이 되고 말거요! 이름을 밝히지 않겠다고? 어쨌든 그자는 내 손아귀에 들어 있소. 그가 당신처럼 그 오명의 글자를 겉옷에 새기지는 않았지만, 그 대신 그의 심장에 새겨진 그 글자를 난 반드시 읽게 될 거요. 그렇다고 그자를 위해 걱정하지는 마시오! 하늘의 회개방법을 내가 방해한다고 생각지 마시요. 내가 체면을 잃고 그를 밀고해서 법의 속박에 넘기는 일도 없을 것이고, 그의 생명을 해칠 궁리도 하지 않을 테니, 그런 상상 따위는 하지 마시오. 내 판단

he be a man of fair repute. Let him live! Let him hide himself in outward honor, if he may! Not the less, he shall be mine!

HESTER

(*Bewildered and frightened*) Thy acts are like mercy, but thy words interpret thee as a terror!

CHILLINGWORTH

One thing, thou that wast my wife, I would enjoin upon thee. Thou has kept the secret of thy paramour. Keep, likewise, my secret. There are none in this land that know me. Breathe not, to any human soul, that thou didst ever call me husband! Here, on this wild outskirt of the earth, I shall pitch my tent. I find here a woman, a man, a child, amongst whom and myself there exists the closest ligaments. No matter whether of love or hate; no matter whether of right or wrong! Thou and thine, Hester Prynne, belong to me. My home is where thou art, and where he is. But betray me not!

HESTER

Wherefore doest thou desire it? Why not announce thyself openly and cast me off at once?

CHILLINGWORTH

It may be because I will not encounter the dishonor that besmirches the husband of a faithless woman. It may be for other reasons. Enough, it is my purpose to live and die unknown. Let, therefore, thy husband be to the world as one already dead, and of whom no tidings shall ever come. Recognize

으로 그자는 상당히 명망 있는 인물인 듯 싶소. 그렇더라도 그의 명성을 해치는 일은 하지 않을 것이요. 그자를 그대로 살게 둡시다! 견딜 수만 있다면 껍데기 명예 속에 숨어 살라 합시다! 어쨌든 그자는 내 소유가 될 것이니까!

헤스터

(*어리둥절하여 두려워하며*) 행동은 자비로워 보이는데, 당신이 하는 말은 어째서 공포로 들리는군요!

칠링워스

한 때는 내 아내였던 그대에게 한 가지만 요청합시다. 그대는 그대의 애인을 비밀로 하고 있소. 내 비밀도 똑같이 지켜 주시요. 나를 아는 자는 이 땅에 아무도 없소. 내가 그대 남편이었다는 사실을 입 밖에 내지 말아 주시요! 이곳 황량한 변두리에 나의 주거를 정하겠소. 여기서 난 한 여인과 한 남자와 한 아이를 찾았고 나 자신을 포함해서 우리 네 사람은 가장 밀접한 관계로 얽혀 있소. 사랑이든 증오든, 옳든 그르든 상관없소! 헤스터 프린, 그대와 그대의 것은 모두 내게 속한 것이요. 그대가 있는 곳이 내 집이고, 당신 애인이 있는 곳, 그 곳 또한 내 집이요. 그러니 나를 저버리지 마시요!

헤스터

무슨 목적으로 그러기를 원하는 겁니까? 왜 자신의 정체를 사람들에게 공개하지 않고, 나와의 인연도 즉각 끊어버리지 않습니까?

칠링워스

그건 아마 부정한 여인의 남편이었다는 불명예를 피하고 싶은 까닭이겠지. 또 다른 이유가 있다면, 그런대로, 세상에 알려지지 않은 인물로 살다 죽는 게 내 목적이요. 그러니 세상 사람들에게는 당신 남편은 죽은 것으로 하고, 남편에 대한 어떤 얘기도 나오지 않게 하시오. 말로나

me not, by word, by sign, by look! Breathe not the secret, above all, to the man. Shouldst thou fail me in this, beware! His fame, his position, his life, will be in my hands. Beware!

HESTER

I will keep thy secret, as I have his.

CHILLINGWORTH

Swear it!

HESTER

I swear!

CHILLINGWORTH

And now, Mistress Prynne, I leave thee alone with thy infant and the scarlet letter. (*He rises, with a strange smile.*) How is it, Hester? Doth thy sentence bind thee to wear the token in thy sleep? Art thou not afraid of nightmares and hideous dreams?

HESTER

Why dost thou smile so at me? Art thou like the Black Man that haunts the forest round about us? Hast thou enticed me into a bond that will prove the ruin of my soul?

CHILLINGWORTH

Not thy soul. No, not thine! (*He leaves her.*)

몸짓으로나 눈빛으로도 나를 아는 체 마시오! 누구보다도 그자에게 이 비밀을 발설하지 마시오. 이를 어기는 날에는, 명심하시오! 그자의 명성, 지위, 생명이 모두 내 손안에 들어 있소. 명심하시오!

헤스터

내가 그 사람 비밀을 지키듯 당신의 비밀도 지키겠어요.

칠링워스

맹세하시오!

헤스터

맹세하지요!

칠링워스

자, 그럼 프린 부인, 그대 아기와 그대 가슴의 주홍 글씨를 두고, 난 자리를 뜨겠소. (*묘한 미소를 지으며 자리에서 일어난다.*) 어떻소, 헤스터? 밤에도 그 글씨를 달고 자야하는 선고를 받았소? 악몽이 두렵고 끔찍한 꿈에 시달리지는 않소?

헤스터

저에게 왜 그런 이상한 미소를 짓습니까? 당신은 사람 주변을 따라다니며 괴롭히는 숲속의 마왕 같은 존재입니까? 내 영혼을 파멸시킬 속셈으로 날 묶어놓는 겁니까?

칠링워스

그대의 영혼은 아니지. 아니지, 그대의 영혼이 아니지. (*그는 그녀를 떠난다.*)

『안나 카레니나』(*Anna Karenina*)

레오 톨스토이 Leo Tolstoy, 1828~1910

■ 줄거리 요약

안나 카레니나는 오빠 스테판 오블론스키의 부부 싸움을 중재하려고 모스크바에 왔다가 올케의 여동생 키티와 염문이 있는 미남 브론스키 백작을 만난다. 오랜 지주 가문의 콘스탄틴 레빈도 키티를 사랑하지만 키티는 레빈을 거부하고, 브론스키의 청혼을 기다리고 있다. 안나를 보는 순간 한눈에 반한 브론스키는 그녀의 뒤를 쫓아 피터스버그로 온다.

두 사람은 극장도 같이 다니며 가까이 지낸다. 냉정하고 야심찬 안나의 남편 카레닌은 두 사람의 소문이 그의 사회적 명망에 끼칠 위험성을 지적하며 아내에게 아들 세리요자를 신경 쓰도록 조언한다.

장교들의 말 경주에서 브론스키가 사고를 당하자 안나는 그에 대한 걱정을 숨기지 못하고, 이에 카레닌은 결투, 별거, 이혼 등을 고민했으나 종교법에 따라 이혼은 않기로 결정한다. 안나는 비밀리에 브론스키를 만난다.

한편 키티에게 거절당한 레빈은 시골 영지로 돌아와 농사에 전념한다. 키티가 결혼하지 않았다는 소식을 접한 그는 다시 한 번 청혼키로 한다. 그는 키티도 그를 은근히 사랑하고 있음을 알았지만, 그동안 두 사람의 자존심이 서로를 갈라놓았다. 레빈은 키티를 아내로 맞이할 희망에 모스크바로 간다.

안나는 브론스키에게 그의 아기를 가졌다고 말한다. 이에 책임을 느낀 브론스키는 카레닌과 이혼하고 결혼하자고 한다. 그러나 카레닌은 그 아기를 자기의 아기로 받아들이고 아내의 불명예를 덮겠다며 이혼을 거부한다.

어느 날 카레닌이 집을 비울 때 안나가 브론스키를 집으로 부른다. 브론스키와 현관에서 마주친 카레닌은 이혼을 결심하고 아들의 양육권을 자기가 맡겠다고 한다. 그러나 생각이 복잡한 카레닌은 이혼절차를 밟지 않고, 정치적으로 중요한 위치에 오른 그는 그의 명예를 위험에 처하게 하고 싶지 않았다. 해산 후 안나는 병치레를 하고, 죄의식에 빠진 브론스키는 자살을 시도하나 실패한다. 카레닌은 이제 아내의 바람대로 하라고 한다. 몇 달 동안 앓고 난 그녀는 브론스키와 두 사람 사이에 태어난 딸과 함께 이탈리아로 간다. 한편 레빈은 키티에게 다시 청혼하고 둘은 결혼한다.

러시아로 돌아온 안나와 브론스키는 그의 영지에서 산다. 불륜의 여인으로 사회의 비난과 경멸을 받아 자유롭지 못한 그녀에 비해 브론스키는 자유롭게 어디든 다닌다. 이제 그녀는 남편이 있는 집으로 돌아가는 것도 불가능하다. 사람들은 카레닌을 불성실한 아내에게 충직한 남편으로 인식하고 있다.

외롭고 서글픈 안나는 브론스키에게 점점 요구가 많아진다. 아이에게도 관심을 보이지 않는 그에게 새로운 연인이 생긴 것은 아닌지 의심까지 하며 불편한 심경을 드러낸다. 그녀는 어느 날 기차역으로 가서 기차표를 손에 쥐고 멍하니 철로를 내려다본다. 기차 경적이 울리면서 갑자기 모스크바에서 브론스키와 만날 때 기차에 뛰어들던 한 남자가 떠오른다. 그녀는 다가오는 기차에 뛰어든다. 그녀가 죽은 후 브론스키는 군에 입대하고, 그의 잘생긴 모습은 간데없고 죽음을 기다리는 사람의 몰골로 변한다.

레빈과 키티는 일상의 반복된 일을 함께 하며 산다. 레빈은 드디어 가진 자로서, 부유한 자의 책임은 일꾼과 함께 일하는 것임을 깨닫고 키티도 그의 책임에 동참한다. 인생에 대한 많은 질문이 있지만, 사는 것은 주린 배를 채우는 게 목적이 아니고 하나님께 순종하고 선을 행하는 것이라는 농부의 말을 새기고, 그는 인생의 아름다움, 노동의 즐거움, 한가로운 여유, 고통, 행복을 감지하며 살아간다.

■ 해설

"내가 하면 로맨스, 남이 하면 불륜"이라는 시세 말처럼 너와 나 사이의 차이는 그만큼 크다. 21세기의 안나에 대한 동정 점수는 얼마나 될까? 그녀의 자살을 두고 잘했다고 박수 칠 사람은 없을 것이다.

19세기 러시아가 배경인 『안나 카레니나』는 당시 러시아 사회의 사실적 모습을 보여준다. 남편이 아닌 다른 남자를 사랑하는 여인이 받는 힘겨운 사회적 제한과 영향을 보여준다. 안나의 남편은 사회적으로 성공한 사람이지만, 아내에 대한 열정과 온기가 없는 매우 사무적인 근엄한 관리이다. 미남 백작 브론스키는 안나를 보는 순간 한 눈에 반한다. 안나는 그를 거부하려 애쓰지만 제어할 수 없는 자신을 발견하고 그를 사랑하게 된다. 일생 처음으로 진정한 사랑과 행복을 맛보는 그녀이지만 죄의식과 가망 없는 미래를 바라보며 절망감에 사로잡힌다.

1875-77년에 출판된 이 소설에는 두 개의 플롯이 있다. 안나 카레니나 부인의 비극적 사랑 이야기와 작가의 철학을 반영하는 예민한 남자 콘스탄틴 레빈의 이야기다. 안나는 유부녀의 진실한 사랑을 들려주고 레빈은 러시아 사회에 대한 톨스토이의 사상을 드러내준다. 따라서 이 작품은 러시아 사회에 걸려있는 한 여인의 혼란된 모순과 이를 풀어내려고 시도하는 인생철학이 얽혀있는 소설이다.

톨스토이는 『로마서』 12장 19절의, "원수 갚는 것이 내게 있으니 내가 갚으리라고 주께서 말씀하시니라"를 이 소설의 제사(題詞)로 쓰고 있다. 이것은 그의 동시대 작가 도스토예프스키처럼 이 소설의 주제를 죄 또는 범죄와 관련한 죄의식, 벌, 회개를 암시한다. 이 소설의 제사처럼 복수를 금하고 심판도 신의 특권임을 표현함으로서 톨스토이는 안나의 행동을 인정하지도 않고 저주하지도 않는다. 그 가치판단은 하나님의 영역이기 때문에 작가는 묘사만 할뿐 평가는 내리지 않고 있다. 그럼에도 결론을 피할 수 없는 것은 소설이 사회적 그리고 종교적, 특히 성서적 범죄인 불륜을 다루고 있기 때문이다. 톨스토이는 악한 행동의 결과로 나타나는 불운은 궁극적으로 신에게서 비롯된다는 의도를 견지한다. 이런 맥락에서 안나가 사회로부터 받는 배척은 하나님 뜻의 표명으로 이해해야 한다는 것이 톨스토이의 해석이다. 안나가 하나님의 십계명 중 7계에 해당되는 "간음하지 말라"의 계명을 범했으므로, 그녀가 죄를 지은 것은 의심할 여지가 없다. 따라서 그녀가 받는 벌은 하나님의 선고를 인증하는 것으로 풀이된다. 그러나 안나가 비록 죄를 범했다 해도 그 죄에 대한 하나님의 벌은 가혹하다고 톨스토이는 말하는 듯 싶다.

불륜을 주제로 다룬 소설은 많다. 책이 나올 당시 세상을 떠들썩하게 했던, 아니 세계를 경악시키고 또 감동시켰다고 할 수 있는 불륜 명작으로는 『안나 카레니나』 이외에 프랑스 작가 플로베르(1821-80)의 『마담 보바리』와 (불륜의 문제보다는 원초적인 성애에 초점을 둔 소설이기는 하지만) 영국 작가 D. H. 로렌스(1885-1930)의 『차타레이 부인의 사랑』을 들 수 있다. 이 역서에 있는 『안나 카레니나』와 『주홍 글씨』 두 작품을 잠깐 비교해보기로 한다.

미국의 나다니엘 호손도 『주홍 글씨』(1850)에서 간음을 주제로 다루고 있다. 톨스토이의 여주인공과 마찬가지로 헤스터 프린의 불륜도 사회에 대한 범죄이고 신에 대한 죄로 묘사된다. 그러나 헤스터는 그녀 스스로 불륜을 시인하지만 범죄자라고는 인정하지 않는다. 헤스터가 자신의 죄를 인정함으로 생기는 영적인 힘은 그녀로 하여금 사회적 소외를 이겨내고 궁극적으로 살아남게 하는 원동력이다. 호손이 헤스터를 동정적 시각으로 묘사함에도 불구하고 그녀의 결백을 분명하게 증명하지 않는 이유는 사회기준의 가치를 고려하기 때문이다. 『안나 카레니나』에서 톨스토이는 그 시대의 사회관습과 갈등을 빚는 인간의 아픈 감정을 표현하고 있을 뿐, 사회주의와 결합된 그의 종교적 신비주의는 안나가 겪는 갈등, 그녀의 인간적 고뇌를 해소해 줄 길이 없다. 그러나 호손의 헤스터는 이런 갈등을 겪지 않는다. 톨스토이의 소설에서 보여주는 거의 신성에 가까운 극단적인 일변도는, 더 나아갈 길 없는, 출구 없는 꽉 막힌 공간에서, 결국 안나를 자살로 몰고 간다. 사회적 배신행위를 저지른 안나가 느끼는 도의적 절박감이 헤스터에게는 없다.

CHARACTERS: ANNA KARENINA; COUNT VRONSKY

SCENE: VRONSKY has come to see ANNA at a time when he knows her husband is away. He finds her on the garden terrace and stands for a moment, watching her and loving her in silence. Suddenly, she turns to him with a sick and anxious look on her face.

VRONSKY

(*Going to her and taking her hands*) What's the matter, Anna? Are you ill?

ANNA

No, I am well. I . . . I did not expect you.

VRONSKY

What cold hands!

ANNA

You startled me, Aleksey. I am here alone. My little son has gone for his walk and I am waiting for him to return. (*She seems ready to cry at any moment.*)

VRONSKY

Forgive me for coming, but I couldn't pass the day without seeing you. I am racing this afternoon — and I wanted to see you before I —

등장인물: 안나 카레니나; 브론스키 백작

장면: 안나의 남편이 출타중인 것을 알고 브론스키 백작이 그녀를 방문한다. 정원 테라스에 있는 그녀를 사랑의 눈길로 잠시 가만히 지켜보고 서있다. 갑자기 핼쑥한 걱정스런 표정의 그녀가 그를 돌아다본다.

브론스키

(*그녀에게 다가서서 손을 잡는다.*) 왜 그래요, 안나? 어디 아파요?

안나

아니요. 괜찮아요. 난 . . . 난 당신이 오리라고는 기대하지 않았어요.

브론스키

어찌 이리 손이 차오!

안나

알렉세이, 날 놀래주는군요. 여기 혼자 있었어요. 산보나간 아들아이를 기다리고 있는 중이어요. (*그녀는 곧 눈물이 터질 것 같은 표정이다.*)

브론스키

이렇게 찾아온 걸 용서하오. 당신을 하루라도 못 보면 견딜 수가 없어서요. 오늘 오후 경마가 있어요. 경마에 출전하기 전에 당신이 보고 싶어서 —

ANNA

Forgive you? Aleksey, I am so glad to see you!

VRONSKY

But you are ill . . . or worried. What were you thinking of just now?

ANNA

(*With a gentle smile*) Always the same thing — my happiness . . . and . . . (*Almost a whisper as she turns away from him*) . . . my unhappiness.

VRONSKY

(*Leading her to a seat*) I can see that something has happened. (*He sits near her.*) I cannot be at peace knowing you have a trouble I am not sharing. Please, tell me.

ANNA

(*Searches his face for a moment.*) Shall I really tell you? You . . . must realize how . . . how serious . . .

VRONSKY

Yes, yes . . . tell me!

ANNA

(*Grasping his hands*) I'm pregnant.

VRONSKY

(*He starts, then bows his head, allowing her hands to drop from his.*) The turning point has come. Yes, neither you nor I have looked on our relations as a passing amusement — it was so much more than that. And now our fate is sealed. It is absolutely necessary to put an end to the deception in which we are living.

안나

용서해달라고요? 알렉세이, 당신을 보니 너무 기뻐요!

브론스키

그런데 어디 아픈 모양이요 . . . 아니면 무슨 걱정이라도. 무슨 생각

을 하고 있었소?

안나

(*부드럽게 미소 지으며*) 항상 똑같은 생각이지요 — 나의 행복 . . . 그

리고 . . . (*돌아서서 거의 속삭이는 소리로*) . . . 나의 불행.

브론스키

(*자리로 인도하면서*) 무슨 일이 있었군요. (*그는 그녀 가까이 앉는다.*)

당신과 함께 할 수 없는 문제가 있다면 내 마음이 편할 수 없지요. 어

서 말해 봐요.

안나

(*잠시 그의 얼굴을 살핀다.*) 말해 줄까요? 문제의 심각성이 . . . 얼마

나 큰지 . . . 당신도 알아야 할 것 같아요 . . .

브론스키

그래요. 그럼요 . . . 말해줘요!

안나

(*그의 손을 꼭 잡으면서*) 나 임신했어요.

브론스키

(*놀란다. 그녀가 손을 빼는 것을 허용하면서 머리를 떨군다.*) 드디어

우리의 전환점이 왔어요. 그래요. 당신이나 나나 우리 관계는 그저 가

볍게 즐기는 게 아니니까 — 훨씬 의미 있는 관계니까. 우리의 운명은

결정되었습니다. 그동안 우리가 남의 눈을 속이고 지낸 생활을 이젠

청산해야 합니다.

ANNA

(*Calmer*) Put an end? How put an end, Aleksey?

VRONSKY

You must leave your husband and make our life one.

ANNA

It is one as it is.

VRONSKY

Yes, but altogether. Altogether, Anna!

ANNA

But how? Is there any way out of our position? Am I not the wife of my husband?

VRONSKY

There is a way out of every situation. We must make a decision. Anything is better than the situation in which you're living now. Of course, I see how you torture yourself over everything — the world, your son, your husband.

ANNA

(*Quickly*) Not my husband! I don't think of him. He doesn't exist for me.

VRONSKY

You are not speaking sincerely. I know you, Anna. You worry about him, too.

ANNA

Oh, he doesn't even know about us, although I believe he suspects. (*She turns away, ashamed.*) Let's not talk of him.

안나

(*더욱 차분하게*) 청산한다고요? 어떻게 끝낸다는 거예요. 알렉세이?

브론스키

당신이 남편 곁을 떠나서 당신과 내가 하나 되는 겁니다.

안나

지금도 우린 하나인데요.

브론스키

그래요. 그렇지만 온전한 하나, 완전한 하나가 되어야지요, 안나!

안나

그렇지만 어떻게요? 우리 형편을 벗어날 길이 있나요? 난 지금 한 남자의 아내가 아닌가요?

브론스키

어떤 상황에도 방법은 있어요. 결정을 해야 합니다. 어떤 경우도 지금의 당신 사정보다는 나아질 것이요. 물론 모든 것을 감내해야 할 당신의 고통을 알아요 ― 세상 사람들 눈, 당신 아들, 당신 남편.

안나

(*급히*) 남편은 아니에요! 난 그 사람 생각은 하지 않아요. 그 사람은 내겐 존재하지 않아요.

브론스키

지금 당신은 진지하게 얘기하는 게 아니지요. 난 당신을 압니다, 안나. 당신은 남편 걱정도 하고 있어요.

안나

그 사람은 우리 관계를 의심은 하지만 모르고 있어요. (*그녀는 무안해하며 얼굴을 돌린다.*) 남편 얘기는 우리 하지 말아요.

VRONSKY

Whether he knows or not, that's nothing to do with us. We cannot continue like this, especially now, after what you have told me.

ANNA

Then what's to be done?

VRONSKY

You must tell him everything, and then leave him.

ANNA

And suppose I do that? Do you know what the result would be? I can tell you beforehand. (*She rises and mimics her husband's awkward walk and sneering tone.*) "Oh, you love another man, and have entered into a criminal liaison with him? I warned you of the consequences from the religious, the civil, and the domestic points of view. You have not listened to me. Now I cannot let you disgrace my name!" (*In her own voice*) In general terms, he'll say in his official manner, and with all distinctness and precision, that he cannot let me go, but will take all measures in his power to prevent scandal. And he will calmly and punctually act in accordance with his words. Oh, Aleksey, he's not a man, he's a machine, and a very spiteful machine when he's angry.

VRONSKY

(*Gently*) But, Anna, we must tell him and then be guided by the line he takes.

브론스키

당신 남편이 알든 모르든, 우리와는 상관없소. 특히 오늘 내게 들려준 사실을 알고 나서는 더욱 이런 관계를 지속할 수는 없소.

안나

그럼 어떻게 해야 돼요?

브론스키

남편한테 모든 사실을 말하고 그 사람 곁을 떠나요.

안나

내가 그렇게 하면? 그 결과가 어떨지 아세요? 내가 미리 말해 줄게요. (*그녀는 자리에서 일어나 남편의 어줍은 걸음걸이와 목소리를 흉내 낸다.*) "오, 다른 남자를 사랑하는 불륜의 범죄를 저질렀다고? 난 종교적, 사회적, 가정적 관점에서 이런 결과를 이미 경고했는데, 당신은 내 말을 듣지 않았소. 그런 일로 내 명예를 더럽힐 수는 없소!" (*그녀의 목소리로*) 대체로 남편은 이런 식으로, 직업적 태도를 보일 거예요. 분명하게, 정확하게 나를 떠나보내지 않겠다고 할 겁니다. 그가 할 수 있는 모든 권력 수단을 동원해서 추문을 막을 겁니다. 그리고 그 사람은 차분하게 어김없이 그의 말을 행동에 옮길 것이고요. 오, 알렉세이, 그 사람은 인간이 아니어요. 그이는 기계예요. 화낼 때는 더 악독한 기계가 돼요.

브론스키

(*부드럽게*) 그렇지만, 안나, 우린 당신 남편에게 말해야만 합니다. 남편이 가리키는 길을 보면서 빠져나갈 궁리를 해야 해요.

ANNA

You mean run away?

VRONSKY

Why not? I don't see how we can keep on like this.

ANNA

I must run away . . . and become your mistress?

VRONSKY

Anna . . .

ANNA

Yes, become your mistress and complete the ruin of . . .
(*Almost a whisper*) . . . my son. Oh, I beg you, Aleksey, I
entreat you, never speak of this to me again.

VRONSKY

But, Anna . . .

ANNA

Never! Leave things to me. I know all the baseness and horror
of my position, but it's not so easy to arrange as you think.
Leave it to me and do as I say. Never speak to me of it.
Promise me!

VRONSKY

I promise, but after what you have told me today, I can't be at
peace when you are not at peace.

ANNA

I? Oh, yes, I am worried sometimes, but that will pass. It only
worries me when you talk about it.

안나

도망간다는 뜻인가요?

브론스키

그럼 왜 안 됩니까? 이대로 계속 살 수는 없잖소.

안나

내가 도망을 간다 . . . 그래서 당신의 정부가 된다?

브론스키

안나 . . .

안나

그래요. 당신의 정부가 되서 완전히 . . . (*거의 속삭이며*) . . . 내 아들은 망가질 거예요. 오, 부탁이에요, 알렉세이, 제발 도망간다는 말은 하지 마세요.

브론스키

그렇지만, 안나 . . .

안나

절대 그런 말은 하지 마세요! 나한테 전부 맡기세요. 치사스럽고 끔찍한 내 처지를 알지만 당신 생각처럼 그렇게 쉽게 해결되지 않아요. 나한테 맡기고 내 말을 따라요. 도망 얘기는 다시는 꺼내지 말고요. 약속해줘요!

브론스키

약속하겠소. 그렇지만 오늘 그 말을 듣고, 당신이 편치 않은데 내가 어떻게 편할 수가 있겠소.

안나

나요? 아, 그래요. 때로는 걱정이 되지만, 이 일도 괜찮아질 거예요. 당신이 그 말을 꺼낼 때만 걱정될 뿐이어요.

VRONSKY

I don't understand. How can you endure this state of deceit and not desire to get out of it?

ANNA

I know how hard it is for your truthful nature to lie, and I grieve for you. I often think you have ruined your whole life for me.

VRONSKY

I was just thinking the same thing, how could you sacrifice everything for my sake? I can't forgive myself for making you so unhappy.

ANNA

Unhappy? (*With all her love in her voice*) I am like a hungry man who has been given food. I may be cold and dressed in rags, and deeply ashamed, but not unhappy. No, Aleksey, you are my happiness. Don't you understand that from the day I loved you, everything has changed for me? For me there is one thing, and one thing only — your love. If that is mine, I feel so exalted, so strong . . .

VRONSKY

And yet, you will not leave your husband?

ANNA

He will never let me go. He will save his reputation at any price. But I can no longer be his wife. You are everything to me now.

브론스키

난 이해할 수 없소. 이런 부정한 상태를 해결하지 않고 어떻게 견딜 수 있다는 거요?

안나

당신같이 진실한 사람에게 거짓말이 얼마나 힘든 건지 나도 알아요. 그래서 당신을 생각하면 마음이 아파요. 나 때문에 당신 인생이 해를 입는다는 생각을 가끔 해요.

브론스키

나도 당신에 대해 같은 생각을 하고 있었소. 날 위해 어떻게 그런 희생을 할 수가 있는지? 당신을 불행하게 만들고 있는 나를 용서할 수가 없소.

안나

불행? (*애정에 찬 음성으로*) 난 굶주린 사람에게 음식이 주어진 그런 사람과 같아요. 몸은 춥고, 낡은 옷을 걸친 창피한 삶을 살지 몰라도 불행하지는 않아요. 아니에요, 알렉세이, 당신은 내 행복이어요. 당신을 사랑한 그 날로부터 나의 모든 것이 변한 걸 모르겠어요? 내게는 한 가지 뿐이어요. 오직 한 가지 — 당신의 사랑뿐입니다. 당신이 날 사랑하면 내 기분은 하늘로 올라갈 듯 뿌듯하고, 강해져서 . . .

브론스키

그런데도 남편을 떠나지 않겠다는 거요?

안나

그 사람은 날 절대로 떠나게 두지 않을 거예요. 어떤 값을 치루더라도 자기 명예를 지키려고 할 것입니다. 그렇지만 난 더 이상 그의 아내가 될 수 없고, 내게는 이제 당신이 전부여요.

VRONSKY

And you to me, no matter that we both shall suffer for it. (*He kisses her.*) Anna . . . you are my life!

ANNA

(*Suddenly breaking away*) I hear my son's voice. He is returning with the servant.

VRONSKY

We can never be truly alone!

ANNA

(*Takes his face in her hands and kisses both his eyes, then his mouth.*) I will come see you in the race today. Now you must go.

VRONSKY

I must see you after the race. I'll send a message. (*He releases her, reluctantly, and goes.*)

브론스키

내게도 당신이 전부요. 우리 두 사람이 어떤 고통을 당한다 해도. (*그
는 그녀에게 키스한다*.) 안나 . . . 당신은 나의 생명이요!

안나

(*갑자기 그에게서 벗어나면서*) 아들 소리가 들려요. 하인하고 돌아오
고 있어요.

브론스키

우린 진정 단 둘이 있을 수가 없구려!

안나

(*그의 얼굴을 두 손으로 감싸고 그의 두 눈과 입에 키스한다*.) 오늘 오
후 당신 보러 경마장에 갈게요. 어서 가보세요.

브론스키

경마 후에 만나요. 메시지를 보내리다. (*그는 그녀를 놓아주고 내키지
않는 발걸음을 옮긴다*.)

『벤허』(*Ben Hur*)

루 월리스 Lew Wallace, 1827~1905

■ **줄거리 요약**

아테네, 힌두, 이집트 사람 셋이 만나서 별을 따라 유대 땅에 새로 태어난 아기를 보러간다. 헤롯 왕도 그 아기를 보고 싶다며 이들에게 어디 있는지 알려달라고 한다. 베들레헴의 마구간에서 태어난 아기를 본 이들은 헤롯 왕에게 돌아가지 말라는 꿈을 꾸고 그에게 알리지 않는다.

당시 예루살렘에는 유대인 허 씨의 명문가문이 있었는데 지금은 사망한 아버지 허는 로마황제에게 충직했다. 그에게 아들 벤과 딸 티르자가 있고 그의 아내는 유대인의 긍지와 유대문화에 투철한 여인이다. 로마에서 공부하고 돌아온 벤의 어린 시절 친구인 로마인 메살라는 오만하고 잔인한 사람으로 변하여 두 사람의 우정은 이제 끝날 것임을 벤은 예감한다.

로마군의 행렬을 지붕 위에서 지켜보던 벤은 흔들리는 기왓장을 잘못 놓아 총독에게 떨어진다. 총독은 이를 자기 목숨을 노린 고의적 행동으로 믿는다. 메살라가 이끄는 로마인들은 벤허 가족을 체포하고 그의 재산을 몰수한다. 쇠사슬에 묶여 갤리선에 끌려가는 도중 목이 탄 벤허를 불쌍히 여긴 한 청년이 그에게 물을 준다. 갤리선의 노잡이로 있을 때 로마 관리 퀸투스 아리우스 사령관이 벤허를 비범한 자로 눈여겨보고, 그를 불러 어떻게 해서 갤리선 노예가 되었는지 이유를 묻는다. 이후 해적의 습격을 받았을 때 아리우스는 그의 생명을 구해준 벤허를 양자로 삼는다. 로마 시민이 된 벤허는 양부가 사망했을 때 그의 재산을 상속받는다.

벤허는 안티옥에서 부친의 하인 시모니데스가 상인으로 성공한 것을 알게 되고, 시모니데스는 아들 벤허의 하인이 될 것을 간청한다. 벤허는 그의 딸 에스더에게 끌린다. 나이 든 이집트인이 우물가에서 낙타에게 물을 주는데 낙타 등에는 벤허가 지금까지 본 바 가장 아름다운 여인이 타고 있었고, 뒤이어 메살라가 모는 마차가 달려온다. 이 이집트 노인은 아기 탄생을 보러 베들레헴으로 가던 세 명 중 한 사람인 발사자이고 낙타 등의 미녀는 그의 딸 아이라스다.

오만한 메살라가 안티옥에서 마차경기에 나서는 것을 알게 된 벤허는 그를 패배시켜 모욕주려는 목적으로 경기에 참여한다. 경기가 시작되고 첫 번째 돌림에서 메살라는 갑자기 벤허의 말들을 회초리로 때린다. 그러나 벤허는 흔들리지 않고 침착하게 말들을 다룬다. 경기의 마지막 한 바퀴를 돌 때 벤허는 마차를 메살라의 마차에 바짝 댄다. 그로 인해 바퀴가 엉기면서 튕겨 나온 메살라는 자신의 말 밑에 깔려 평생 불구가 된다. 심판관들은 메살라가 먼저 경기 초반에 비겁한 반칙을 했기 때문에 벤허를 우승자로 선포하고 메살라는 파멸된다.

발사자는 벤허에게 그가 경배하러 갔던 유대 왕은 정치적 왕이 아닌 영적 왕이라 하고, 시모니데스도 장차 올 약속의 왕은 유대인을 이끌고 로마를 패배시킬 진정한 구원자라고 벤허에게 말한다. 벤허는 어머니와 누이를 찾아 예루살렘으로 가서, 그곳에서 그의 가족을 파괴한 메살라의 역할을 알게 된다. 벤허가 체포된 후 어머니와 누이를 옥에 가두고 벤허 가문의 재산을 총독과 메살라가 나누어 갖는다. 지하 감옥으로 이송된 모녀는 문둥병에 걸리고, 새로 부임한 총독 빌라도가 정치범들을 모두 풀어주어 두 모녀는 자유의 몸이 되었지만, 문둥병에 걸린 이들은 도시 밖의 동굴에서 살다 죽어야 한다. 신앙심 깊은 늙은 하인 시모니데스가 이들을 찾아내, 모녀의 이름을 밝히지 않겠다는 맹세 아래 매일 모녀에게 음식을 날라다 준다. 모녀는 벤허에게는 그들이 죽은 것으로 하라고 하인에게 이른다. 시모니데스는 벤허를 위해서 허 씨 가문의 집을 샀고, 에스더, 발사자, 아이라스와 함께 한 집에 산다. 벤허는 로마 지배를 뒤집고 미래의 유대인 왕을 따를 군대를 만들 계획을 세운다.

어느 날 벤허는 문둥이 구역 근처를 지나면서, 수년 전 그가 노예로 끌려갈 때 그에게 물을 주었던 그 청년을 본다. 그는 예수였다. 시모니데스는 티르자와 어머니를 설득하여 예수가 지나갈 때 그들의 병든 몸을 보여주도록 한다. 예수님의 기적으로 모녀는 고침을 받는다. 벤허는 두 문둥병 환자가 그의 모친과 누이로 변신한 것을 보고 유대인 왕에 대한 태도가 변한다. 그는 예수님의 왕국은 영적인 것을 확신하고, 그날로부터 그의 가족은 기독교도가 된다.

몇 년 후 에스더는 아이라스의 방문을 받고, 그녀를 못살게 괴롭혔던 메살라를 그녀가 죽였다는 말을 듣는다. 아이라스는 메살라를 위해서 아버지 발사자를 버렸던 딸이다. 벤허는 에스더와 두 아이들과 행복하게 살고, 벤허와 시모니데스는 그들의 재산을 탄압받는 기독교도들을 위해

헌납한다. 네로가 로마에 있는 기독교도들을 핍박하기 시작할 때 기독교 인들이 안전하게 예배드릴 수 있도록 도시의 땅 밑에 카타콤을 지으러 간 사람은 벤허였다.

■ 해설

1880년에 출판된 『벤허』는 미국 남북전쟁의 루(이스) 월리스 장군이 쓴 예수의 이야기를 다룬 흥미진진한 책이다. 예루살렘의 한 집안의 장자인 벤허는 어린 시절 친구 메살라에 의해 억울하게 노예가 되었다가 구제되어, 명예를 회복하고 예수 그리스도를 알게 되는 운명의 주인공이다. 19세기에 가장 영향력 있는 기독교 책으로 300만부 이상 팔렸다. 해리엇 비쳐 스토의 『톰 아저씨의 오두막』(1852)도 능가한 베스트셀러였다. 이 책은 성서를 다룬 소설과 영화에 많은 영감을 주었고, 1936년 마가렛 미첼의 소설 『바람과 함께 사라지다』의 출현 이전까지 계속 베스트셀러 리스트에 올라 있던 소설이다. 1959년 MGM 사의 영화로 수천만 명이 관람했고 월리엄 와일러(1902-81) 감독의 이 영화는 이듬해 11개의 아카데미상을 받았다.

유대사회의 전통관습과 로마와 유대의 역사에 대한 작가의 풍부한 지식은 독자들에게 재미와 함께 이 책의 가치와 중요성을 공감케 한다. 글 쓰는 일 이외에도, 군인, 변호사, 뉴 멕시코 특별영역 지사, 터키 공사 같은 여러 직업에 종사한 월리스의 폭 넓은 경험은 역사소설을 쓰는데 큰 도움이 되었다.

역사소설은 우선, 역사적으로 실재하는 사건과 인물이 기본 자료일 것이다. 기독교 태동에 반대하여 기독교도들을 박해한 로마의 통치와 헤롯 왕, 발사자, 빌라도, 네로, 예수 등 실제 인물들이 소설의 주제를 돋

보이기 위해 등장한다. 그리고 또 하나의 요소는 작가가 들려주고 싶은 이야기를, 역사기록에는 없는 인물이지만 작가의 상상으로 창조된 주인공이 작가의 메시지를 채우고 전달하는 일이다. 『벤허』에서 월리스는 역사소설의 고전적 요소들을 선명히 드러내주고 있다.

복수를 다룬 이 이야기는 인정과 용서의 이야기로 변한다. 벤허는 가족을 불행에서 구하고 가족의 명예를 되찾고 참한 유대인 규수 에스더의 사랑을 얻는 고매한 청년 주다 벤허의 낭만적인 이야기와 기독교의 구원과 이방인에 대한 하나님의 은총의 주제를 포함하는 용서의 이야기다. 예수님의 십자가 사건을 목격한 주다는 그리스도의 삶은 복수와는 전혀 다른 차원의 목적을 위한 삶임을 알게 된다. 그는 기독교도가 되고 이 땅이 아닌 천국으로 가는 열쇠 이야기를 한다. 소설은 주인공이 로마에 있는 카타콤의 재정적 후원을 결심하는 것으로 끝난다.

카타콤은 로마의 초기 기독교에 대한 핍박을 피하기 위해서 세워진 기독교인들의 동굴, 즉 은신처요, 피난처를 가리키는 말이다. 흥미로운 점은 주인공의 성 허(Hur)는 히브리어로 "동굴"이란 뜻이고 벤(ben)은 "누구의 아들"이라는 의미이다. 작가들이 제목이나 등장인물 이름을 지을 때 주제와 관련하여 의미를 두고 짓는 경우가 많듯, 이 소설의 이름 선택도 우연은 아니다.

발췌된 장면은 갤리선 밑에서 노를 젓는 노잡이 노예 주다를 보고 군함의 책임자 로마 사령관 퀸투스 아리우스는 그가 보통 인물이 아니라고 생각한다. 아리우스는 벤허에 대해 좀 더 알아보기 위해 그를 불러들여 그의 불운이 어떻게 시작되었는지에 대하여 듣는다.

CHARACTERS: JUDAH BEN-HUR; QUINTUS ARRIUS

SCENE: ARRIUS, dressed as befits a Roman tribune, is seated on a bench. JUDAH, in the dirty rags of a slave, approaches him respectfully.

JUDAH

(*Bowing*) The chief called you the noble Arrius and said it was your will that I come to you.

ARRIUS

(*Looking him over carefully*) I am told that you are the best rower on this ship. I have seen you at your labor. Have you seen much service?

JUDAH

About three years.

ARRIUS

At the oars?

JUDAH

I cannot recall a day of rest away from them.

ARRIUS

The labor is hard. Few men bear it a year without breaking. You are hardly more than a boy.

등장인물: 주다 벤허; 퀸투스 아리우스

장면: 제복을 입은 로마사령관 아리우스가 벤치에 앉아있고, 더러운 누더기 노예 옷을 입은 주다가 정중하게 앞에 다가선다.

주다

(*절하면서*) 존귀하신 아리우스 사령관님이 저를 부르셨다는 상사의 말을 듣고 왔습니다.

아리우스

(*그를 자세히 훑어보면서*) 네가 이 배에서 노를 제일 잘 젓는다고 들었다. 노 젓는 네 모습을 본 적이 있지. 얼마 동안 노를 젓느냐?

주다

약 3년 됩니다.

아리우스

노를 3년 동안 저었느냐?

주다

예, 노를 젓지 않은 날은 단 하루도 없었습니다.

아리우스

그건 중노동인데. 쉬지 않고 일 년을 계속 노를 젓는 노예는 거의 없지. 거기다 넌 아직 어려 보이는 청년이 아니냐.

JUDAH

The noble Arrius forgets that the spirit has much to do with endurance. By its help the weak sometimes thrive when the strong perish.

ARRIUS

From your speech I note that you are a Jew.

JUDAH

(*Standing erect*) My ancestors, further back than the first Roman, were Hebrews.

ARRIUS

The stubborn pride of your race is not lost in you.

JUDAH

Pride is never so loud as when in chains.

ARRIUS

What cause have you for pride?

JUDAH

I am a Jew!

ARRIUS

(*With a smile*) I have not been to Jerusalem, but I have heard of its princes. I knew one of them — a merchant who sailed the seas. He was fit to have been a king. Of what degree are you?

JUDAH

I must answer from the bench of a galley. I am of the degree of slaves. But my father was a prince of Jerusalem and was a merchant who sailed the seas.

주다

정신력은 인내에 있다는 사실을 고귀하신 사령관님께서 잊으셨나 봅니다. 강자가 무너질 때에도 정신력 있는 약자는 살아남습니다.

아리우스

네가 하는 말을 들으니 너 유대인이구나.

주다

(*꼿꼿이 몸을 세우면서*) 저의 선조는 로마인이 처음 있기 훨씬 전부터 있던 히브리인입니다.

아리우스

너의 종족이 지닌 완고한 자존심이 너한테도 아직 살아있구나.

주다

자존심은 사슬에 묶여 있을 때 더 큰 소리를 냅니다.

아리우스

자존심을 갖는 이유가 뭐냐?

주다

저는 유대인입니다!

아리우스

(*미소를 지으며*) 난 예루살렘에 가 본 적은 없지만 그곳 군주들 이야기는 들어보았지. 내가 아는 군주가 한 사람 있었는데 — 상선을 타는 상인이었어. 왕이 될 만한 손색없는 인물이었지. 너는 어떤 계층에 속하느냐?

주다

노예선 밑바닥 계층부터 말씀드려야 할 것 같습니다. 저는 노예입니다. 그러나 저의 부친은 예루살렘의 군주였고 상선을 타는 상인이었습니다.

ARRIUS

His name?

JUDAH

Ithamar, of the house of Hur.

ARRIUS

(*Astonished*) You are a son of Hur? What brought you here?

JUDAH

(*Lowers his head, struggling to control his feelings.*) I was accused of attempting to assassinate Valerius Gratus, the procurator.

ARRIUS

You! You that assassin? All Rome rang with that story. I thought the family of Hur had been blotted from the earth.

JUDAH

(*Unable to contain himself any longer*) My mother! My mother and my little sister, Tirzah! Where are they? O noble tribune, if you know anything of them, tell me! (*He falls to his knees.*) Tell me if they are living, and if so, where are they and in what condition? I pray you, tell me! (*He realizes he must control himself; rises, remembering with pain.*) The horrible day is three years gone, and every hour a whole lifetime of misery with not a word from anyone — not a whisper! Oh, if in being forgotten, we could only forget! If only I could hide from that scene! My sister torn from me, my mother's last look! And mine was the hand that laid them low.

아리우스

　부친 이름은?

주다

　허 가문의 이타마르입니다.

아리우스

　(*놀라면서*) 네가 허 집안 아들이냐? 어쩌다 여기까지 오게 되었느냐?

주다

　(*머리를 숙이고 감정을 억제하려고 애쓴다.*) 지방총독 발레리우스 그라투스의 암살시도를 했다하여 고발당했습니다.

아리우스

　네가! 네가 그 암살자였다고? 온 로마가 그 얘기로 떠들썩했었지. 허씨 가문은 이 땅에서 몰살된 것으로 알고 있는데.

주다

　(*자신을 더 이상 억제하지 못하고*) 제 어머니! 어머니와 누이동생 티르자가 있어요! 저의 가족은 어디 있나요? 오 귀하신 사령관님, 혹시 저의 가족이 어디 있는지 아시면 말씀해 주세요! (*그는 무릎을 꿇는다.*) 어머니와 동생이 살아있는지 가르쳐 주세요. 살아있다면 어디서 어떤 상태로 계신지요? 제발 부탁입니다. 말씀해주세요! (*그는 감정을 억제할 필요를 깨닫고 고통스럽게 기억을 되살리며 일어난다.*) 저는 끔찍스런 그날 이후 누구한테서도 — 한 마디 못 듣고 3년간의 시간을 비참하게 보내고 있습니다! 오, 잊힌 존재로 잊을 수만 있다면야! 제 동생을 저에게서 떼어내던 그때의 장면을 잊을 수만 있다면! 어머니의 마지막 표정이 머리에서 떠나지 않습니다! 어머니와 동생은 저 때문에 파멸당한 것입니다.

ARRIUS

(*Sternly*) Do you admit your guilt?

JUDAH

(*Suddenly enraged, he clenches his fists.*) You have heard of the God of my fathers, the infinite Jehovah. By his truth and almightiness and by the love with which He has followed Israel from the beginning, I swear I am innocent! O noble Roman, give me a little faith! Into my darkness, deeper darkening every day, send a light!

ARRIUS

(*Obviously moved, he rises and paces slowly*) Did you not have a trial?

JUDAH

No!

ARRIUS

(*Surprised*) No trial? No witnesses? Who passed judgment on you?

JUDAH

I appealed to the man who had been the friend of my youth — (*With hatred*) Messala! We had recently quarreled, but for the love of my mother and sister, I forgot that quarrel. "Help them, Messala! Remember our childhood and help them! I, Judah, pray you!" I begged him to intervene. But he affected not to hear. He turned away and gave his brutal orders. The soldiers bound me with cords and dragged me to a vault in the

아리우스

(*준엄하게*) 너는 네 죄를 인정하느냐?

주다

(*갑자기 화가 난 그는 두 주먹을 불끈 쥔다.*) 사령관님께서는 저의 조상의 영원한 여호와 하나님을 들어보셨지요. 이스라엘을 사랑하사, 우리 민족을 처음부터 도우신 전지전능하신 진리의 하나님께 맹세코 저는 죄가 없습니다! 오, 고귀하신 로마인이시여, 저를 조금이라도 믿어 주십시오! 나날이 점점 더 어두워지는 캄캄한 저에게 한 가닥 빛을 주십시오!

아리우스

(*감동받은 모습이 분명한 그는 일어나서 천천히 왔다갔다 걷는다.*) 재판을 받지 않았느냐?

주다

받지 않았습니다!

아리우스

(*놀라면서*) 재판이 없었다고? 증인이 하나도 없었어? 누가 너에게 판결을 내렸느냐?

주다

제 어린 시절의 친구에게 호소했습니다 ― (*증오에 차서*) 메살라! 그 당시 우리는 언쟁을 좀 한 적이 있었어요. 그러나 어머니와 누이동생 염려 때문에 그 때 그 언쟁은 잊었어요. "메살라, 우리 어머니와 누이를 도와다오! 우리의 지난 어린 시절을 생각해서라도 도와다오! 나 주다가 간청한다!" 저는 이렇게 간절히 청하면서 그 친구가 개입해서 도와주기를 원했어요. 그러나 메살라는 들은 척을 하지 않았어요. 돌아서서 잔인한 명령을 내렸어요. 병정들이 저를 쇠사슬에 묶어 지하 감

tower. I saw no one. No one spoke to me. The next day soldiers took me to the seaside. I have been a galley slave ever since.

ARRIUS

If there had been a trial, what could you have proved?

JUDAH

I was a boy, too young to be a conspirator. Gratus was a stranger to me. If I had meant to kill him, that was not the time or the place. He was riding in the midst of a legion and it was broad day. I was of a class most friendly to Rome. My father had been distinguished for his services to the emperor. We had a great estate to lose. Ruin was certain to myself, my mother and my sister. I had no cause for malice, while every consideration, property, family, life, conscience, the Law — to a son of Israel as the breath of his nostrils — would have stayed my hand though the foul intent had been ever so strong. I was not mad. Death was preferable to shame, and believe me, I pray, it is so yet.

ARRIUS

Who was with you when the blow was struck?

JUDAH

I was on my father's housetop. Tirzah was with me. Together we leaned over the parapet to see the legion pass. A tile gave way under my hand and fell upon Gratus. (*With a shudder*) I thought I had killed him.

옥으로 끌고 갔어요. 저는 사람을 아무도 보지 못했고 저에게 말을 건 사람도 없었어요. 다음 날 병정들이 저를 바닷가로 데리고 가서 그날로부터 군함의 노잡이 노예가 된 것입니다.

아리우스

재판이 있었더라면 너는 무엇을 증명할 수 있었느냐?

주다

저는 소년에 불과하여 음모자가 되기에는 너무 어렸어요. 그라투스는 제가 모르는 인물입니다. 그를 죽일 의도가 있었다면 때와 장소가 달라야지요. 그분은 환한 대낮에 군단에 둘려 싸여 한 가운데서 말을 타고 행진했어요. 저는 로마에 가장 친근한 계층에 속했고, 저의 부친은 황제에 대한 출중한 봉사로 유명했던 분입니다. 저의 집은 막대한 사유지를 빼앗겼습니다. 저와 어머니 그리고 누이동생의 파멸은 의심의 여지가 없었고요. 저는 악의를 품을 이유가 없었습니다. 아무리 악랄한 의도를 품고 있다 해도 ― 이스라엘의 귀중한 아들에게 꼭 필요한 재산, 가족, 생명, 양심, 율법 ― 이런 것들을 고려할 때 그런 악한 행동은 할 수 없는 것입니다. 저는 정신 나간 미친 자가 아니었습니다. 차라리 죽는 게 수치보다 낫지요. 믿어주십시오. 지금도 마찬가지입니다.

아리우스

사건이 났을 때 너는 누구와 같이 있었느냐?

주다

누이 티르자와 같이 아버지 집 지붕 위에 있었습니다. 지붕 난간에 기대서서 우리 남매는 군대가 행진하는 것을 구경하고 있었어요. 기왓장 한 개가 제 손 밑에서 미끄러져 그라투스 위에 떨어졌어요. (*떨면서*) 저는 그때 그분이 죽은 줄 알았어요.

ARRIUS

Where was your mother?

JUDAH

In her chamber below.

ARRIUS

What became of her?

JUDAH

I do not know! I saw them drag her away. Out of the house
they drove every living thing — the servants, even the cattle,
and they sealed the gates so that no one should ever enter
them again. Oh, for one word! My mother, at least, was
innocent!

ARRIUS

(*To himself*) A whole family blotted out to atone an accident?
(*After a moment, turns to JUDAH.*) Enough. Go back to your
place at the oars.

JUDAH

(*Bows, starts to go, then turns back.*) If you ever think of me
again, noble tribune, let it not be lost in your mind that I
asked only for word of my people, my mother, and my sister.

ARRIUS

(*Turning aside*) With teaching, what a man for the arena! What
an arm for the sword! (*To JUDAH*) Stay! If you were free,
what would you do?

JUDAH

The noble Arrius mocks me.

아리우스

어머니는 어디 계셨느냐?

주다

아래층 침실에 계셨습니다.

아리우스

어머니는 어찌 되었느냐?

주다

모르겠어요! 어머니를 끌고 가는 것을 보았어요. 저의 집에 살던 사람들 ― 하인들, 가축 떼까지 전부 집밖으로 몰아내고 대문마다 모두 폐쇄하고, 다시는 아무도 집에 못 들어가게 했습니다. 오, 맹세코! 최소한 저의 어머니는 죄가 없습니다!

아리우스

(*혼잣말로*) 사고 하나를 보상하려고 온 가족을 말살한다? (*잠시 후 주다에게 몸을 돌린다.*) 잘 알겠다. 노잡이 네 자리로 돌아가거라.

주다

(*절하고 나가려다 다시 돌아선다.*) 저를 한 번만 더 생각해 주신다면, 고귀하신 사령관님, 제가 오로지 저의 민족, 저의 어머니, 제 누이동생을 위해 부탁드리는 것임을 기억해 주시기 바랍니다.

아리우스

(*몸을 옆으로 비끼면서*) 너는 다른 사람 가르치는 연설이 대단하구나! 단단한 팔을 보니 칼도 잘 다루겠군! (*주다에게*) 잠깐! 만약 너에게 자유가 주어진다면 무얼 하고 싶으냐?

주다

고귀하신 사령관님께서 저를 조롱하십니다.

ARRIUS

No! By the gods, I do not.

JUDAH

I would know no rest until my mother and Tirzah were restored to home. I would give every hour and day to their happiness.

ARRIUS

I spoke of your ambition. If your mother and sister were dead, or not to be found, what would you do?

JUDAH

(*Again struggling to control himself*) Only the night before the dreadful day of which I have spoken, I obtained permission to be a soldier.

ARRIUS

Go now, and do not build on what has passed between us. Perhaps I do but play with you. Or, if you do think of this with any hope, choose between the renown of a gladiator and the service of a soldier. The former may come by the favor of the emperor. There is no reward for you in the latter. You are not a Roman. (*He leaves.*)

JUDAH

(*Looking after him*) Noble tribune, you have given me bread upon which I will feed my hungry spirit. Surely something good will come of this! (*He looks upward with clasped hands.*) O God! I am a true son of the Israel you have so loved! Help me, I pray you! And in the hour of your vengeance, O Lord, let it be my hand to put it upon Messala!

아리우스

아니다! 절대 조롱하는 게 아니다.

주다

저의 어머니와 티르자가 돌아오기 전까지 저는 쉴 수가 없습니다. 매일 매일, 매 시간 어머니와 동생의 행복을 기원하기 위해 살 것입니다.

아리우스

난 네 야망에 대해 말하고 있다. 너의 모친과 누이가 죽었다면, 혹은 찾을 수가 없다면, 넌 무얼 하고 싶으냐?

주다

(*다시 자제하려고 애쓰면서*) 말씀드렸던 그 끔찍한 사건이 있기 바로 전날 밤 저는 군인이 되는 인증서를 받았습니다.

아리우스

이제 가 보거라. 우리 사이에 있었던 말을 의지하지 마라. 그저 너하고 내기를 해보는 거다. 아니면, 혹 만일 네가 내 말에 어떤 희망을 건다면, 검투사로 명성을 얻는 것과 군인으로서의 복무, 이 두 가지 중 선택하려무나. 검투사는 황제의 특별한 호의로 될 수 있지. 군인은 보상 받을 건 없다. 넌 로마인이 아니니까. (*그는 자리를 뜬다.*)

주다

(*그의 뒷모습을 바라보면서*) 고귀하신 사령관님, 당신은 굶주린 제 영혼에 빵을 주셨습니다. 좋은 일이 확실히 있겠지요! (*두 손을 꼭 잡고 위를 올려다본다*) 오 하나님! 하나님이 그토록 사랑하시는 이스라엘의 진정한 아들이 여기 있습니다! 도와주십시오, 기도합니다! 하나님이 복수하시려는 그 때는, 오 주님, 메살라를 제 손으로 복수할 수 있게 하여 주옵소서!

『제인 에어』(*Jane Eyre*)
샬롯 브론테 Charlotte Brontë, 1816~55

■ 줄거리 요약

제인 에어는 어려서 부모를 잃고 외숙모 리드 부인 손에 자란 고아다. 게이츠헤드의 외삼촌은 죽으면서 아내에게 제인을 돌봐줄 것을 부탁했다. 제인은 10년 동안 외숙모 밑에서 차별 받으며 살아간다. 어느 날 사촌이 그녀를 바닥에 쓰러트려서 제인이 대항하자 리드 부인은 제인을 캄캄한 방에 가둔다. 그 방은 삼촌이 죽은 방으로 아저씨의 유령을 보았다고 생각한 제인은 의식을 잃고 병이 난다. 리드 부인은 더 이상 그녀를 돌보기를 원치 않아 로우드 학교로 보낸다.

　　　로우드 학교에서 제인은 부지런하여 선배들의 호감을 얻고, 특히 템플 선생님의 배려가 컸다. 학교에 열병이 돌아 많은 애들이 죽어가고, 제인의 가장 가까운 친구 헬렌도 죽는다. 6년의 학업을 마치고 그곳 선생님이 되어 2년간 근무했으나 학교생활에 권태를 느낀 제인은 손필드의 페어팩스 부인과 가정교사 계약을 맺는다.

손필드에서 제인이 돌보는 프랑스 소녀 아델레의 후견인은 제인의 고용주인 에드워드 로체스터 씨이다. 제인은 이곳의 조용한 고택과 아름다운 풍경 그리고 책이 가득한 서재와 자신의 독방이 따로 있는 환경이 마음에 든다. 제인은 산보하던 중 로체스터를 처음 만나는데 그에게 매력을 느낀다. 그러나 로체스터는 블랑쉬 잉그람과 사귀면서 수많은 파티에 참석한다.

한편 죽어가는 리드 부인이 제인을 보고 싶어 하여 게이츠헤드로 찾아간다. 리드 부인은 제인에게 3년 전에 마데이라에 사는 아저씨 존 에어가 보낸 편지 한 통을 보여준다. 존 에어는 조카 제인을 양녀로 입적하려고 그녀를 보내 줄 것을 요청했으나, 리드 부인은 제인이 로우드에서 전염병에 걸렸다고 거짓말하였다. 제인에게 이 소식을 숨긴 리드 부인은 양심에 가책을 느꼈다. 제인은 이제 그녀의 집으로 생각하는 손필드에 돌아온다. 제인은 로체스터가 잉그람 양과 결혼할 줄 알았는데 의외로 자기에게 청혼하자, 이를 승낙하고 결혼식을 준비한다. 그녀는 마데이라에 있는 아저씨에게 리드 부인의 속임수가 있었음을 설명하고 로체스터와의 결혼소식도 알린다.

결혼식이 있기 전에 어떤 여자가 제인의 방에 들어와 결혼 베일을 써보고는 찢는다. 교회에서 결혼을 서약할 때 낯선 사람이 이 결혼에 문제가 있음을 선언한다. 그는 언젠가 손필드 방문 중 부상을 입었던 메이슨 씨였다. 그는 그의 여동생 베르다 메이슨과 로체스터가 15년 전에 자메이카에서 결혼한 확인증을 내놓는데, 로체스터는 이를 인정한다. 손필드 3층에 사는 그레이스 풀이 돌보고 있는 미친 여자가 바로 베르다 로체스터이며, 제인의 베일을 찢은 그 여인이었다.

제인은 다음 날 그곳을 떠나 이틀 후 북쪽 황야에 도달한다. 그녀는 배가 고파 음식을 구걸해야했고, 결국 신진(세인트 존의 발음) 리버스 목사와 그의 여동생들의 도움으로 건강을 회복한다. 제인은 엘리엇이라는 가명으로 지내면서 로우드 생활 이외에는 그녀의 과거에 관한 어떤 얘기도 하지 않는다. 얼마 후 신진 리버스는 가족 변호사로부터 존 에어가 제인 에어에게 이만 파운드의 유산을 남기고 마데이라에서 죽었다는 소식을 전한다. 제인이 사라졌기 때문에 변호사는 그녀의 그 다음 가장 가까운 친족인 신진 리버스를 통해 제인을 찾으려는 것이었다. 제인의 정체는 로우드 학교의 인연으로 드러나면서 놀랍게도 신진과 그의 여동생들이 제인의 사촌임이 밝혀진다. 제인은 유산을 사촌들과 나눌 것을 주장한다.

신진은 선교사로 인도에 갈 결정을 하면서 제인에게 함께 가자고 청혼한다. 신진이 그녀의 답을 기다리는 동안 제인은 로체스터가 그녀를 부르는 꿈을 꾼다. 손필드로 돌아와 보니 고택은 불에 탔다. 로체스터는 불타는 지붕에서 불을 지른 미친 아내를 구하려했으나 그녀는 죽고 그가 하인들을 구해준 얘기를 듣는다. 그는 화재로 한 손을 못 쓰고 장님이 되어 펀딘의 외딴 농가에 살고 있었다. 제인은 즉시 그곳으로 찾아가고 두 사람은 결혼한다. 2년 뒤 로체스터의 한 쪽 시력이 회복되어 그의 팔에 안긴 첫 아들을 볼 수 있게 된다.

■ 해설

샬롯 브론테는 『제인 에어』를 "커러 벨"이라는 여성적이지도 남성적이지도 않은 가명으로 1847년 출판했지만, 이 이야기의 감성은 다분히 여성적이다. 과장성, 멜로드라마, 어설픈 구성 등의 비판을 듣기도 하지만, 지속적인 독자들의 사랑을 보면 이 소설이 지닌 매력은 충분히 증명되는 셈이다. 자서전적 형식의 이 소설은 낭만주의의 새로운 발전을 보여주고, 새로운 타입의 지성적이고 열정적인 여주인공을 소개한다.

브론테의 다른 여주인공들처럼 제인도 가족이 없다. 가정은 여인에게는 그 사회와 공동체에 참여할 수 있는 수단이었기 때문에 고아인 제인은 사회와 절연 상태로 살아야했다. 따라서 제인은 모든 문제를 혼자 해결해야 했고, 가까운 친구 관계가 형성되어도 그 관계는 끝까지 유지되지 못한다. 이를테면 게이츠헤드에서의 베시와 로우드 학교에서의 헬렌 번즈와 템플 선생님, 그리고 손필드에서의 페어팩스 부인과의 가까운 관계도 끊어지게 됨을 체험한다. 이들과는 친족이 아니었기 때문에 주위의 관계, 죽음, 또는 결혼으로 쉽게 절연될 수 있다는 사실을 경험한다. 이런 상황이 샬롯 브론테의 여주인공에게 독립적이고 낭만적인 개인주의를 탐색할 수 있는 길을 열어 준다.

『제인 에어』는 단순하고 동화 비슷한 교훈적인 이야기이다. 제인이 하는 선택에는 갈등이 없다. 갈등하는 경우는 그녀가 로체스터의 연인이 되기를 거부하고 돈 한 푼 없이 홀로 손필드를 떠나기로 결정할 때일 것이다. 의논할 가족도 친구도 없는 그녀의 상황은 힘들었을 것이다.

이 소설에는 동화 같은 신비와 미신이 많이 담겨있다. 손필드에는 신비한 현상들이 일어나고, 로체스터는 제인을 부를 때 가끔 요정 또는 마술쟁이 등의 호칭을 쓰기도 한다. 청혼을 받아들인 날 밤, 예고라도 하듯, 너도밤나무가 번개에 맞아 둘로 쪼개진다. 제인과 로체스터가 육체적으로는 떨어져 있어도 함께 있듯이 쪼개진 나무의 두 부분은 하나로 묶여 있다. 이와 같은 상징적 요인들을 이 소설은 많이 담고 있다.

이 책에 수록된 작품 가운데 어린이/청소년이 주인공인 경우, 공통점이 있다. 톰 소야, 헉클베리 핀, 제인 에어, 하이디, 이들은 부모 중 한 쪽이나 양쪽 모두 잃은 아이들이다. 그럼에도, 어려움이나 고통을 인내하면서, 남에게 의존하지 않고 당면한 문제들을 스스로 해결하고 나아가려는 독립심과 자아의식이 강한, 환경이 다른 사회에서 자신들의 위치를 찾아가는 홀로 설줄 아는 아이들이다. 서양문학의 기본 화두는 "나는 누구인가?"로 요약할 수 있다. 그리스 비극의 대표작인『오이디푸스 왕』의 문제는 "나"를 찾는 수수께끼이다.

제인이 외로움과 고통을 이겨낼 수 있었던 것은 독자적인 자유스런 태도가 있었기 때문이다. 자유는 혼자 있는 것과 같다고 볼 수 있고, 혼자 있는 것은 외로움과 통하는 것이다. 물론 누군가와 함께 있다고 외로움이 없어지는 것은 아니다. 제인처럼 떠돌이 생활을 한 사람이 외롭지 않을 수 있겠는가! 그러나 제인이 외로움을 극복하는 것은 로체스터와의 결합의 결과가 아니고, 그녀의 자아의식에서 발전한 독립성에 기인한 것이다. 외로움은 인식된 효과에 불과하므로 자유가 가져다주는 자신감을 통해서 외로움은 극복될 수 있다.

전형적인 빅토리아 시대의 산물인『제인 에어』는 동생 에밀리 브론테의『폭풍의 언덕』과 함께 영국소설의 고전임에는 틀림없다.

이 소설에서 제인의 아주머니는 제인을 로우드 학교에 보낸다. 이곳에서 제인은 엄한 규율 아래 선생님들께 복종하도록 강요받는 통제된 생활을 한다. 독립성이 강한 제인은 적응을 힘들어하지만 최선을 다하려고 노력한다. 그러나 그

CHARACTERS: JANE EYRE, age 10; HELEN BURNS, age 14; MISS TEMPLE, a teacher.

SCENE: JANE sits on a bench, wiping her eyes. HELEN enters with a cup of water and a piece of bread.

HELEN

(*Gently*) Jane, I've brought your supper. You must eat something.

JANE

I'm not hungry.

HELEN

(*Sits beside her.*) Perhaps later then.

JANE

(*After a moment*) Helen, why do you sit here with a girl whom everybody believes to be a liar?

HELEN

Everybody? Why, there are only eighty people who have heard you called so, and the world contains hundreds of millions.

JANE

But what have I to do with them? The eighty I know despise me.

녀에게 문제가 생긴다. 발췌된 장면은 제인이 전교생 앞에서 부당하게 모욕당한 후 조용한 곳에 혼자 앉아서 울고 있다. 제인보다 나이가 위인 헬렌 번즈는 그녀의 친한 친구로서 제인을 위로한다.

등장인물: 제인 에어, 10세; 헬렌 번즈, 14세; 템플 선생

장면: 제인은 벤치에 앉아 눈물을 닦고 있다. 헬렌이 물 한 컵과 빵 한 조각을 들고 등장한다.

헬렌

(*부드럽게*) 제인, 요기할 거 갖고 왔어. 뭘 좀 먹어야지.

제인

나 배 안 고파.

헬렌

(*옆에 앉는다.*) 그럼 나중에 먹든지.

제인

(*잠시 후*) 헬렌, 넌 왜 다른 애들이 모두 거짓말쟁이라고 비난하는 내 옆에 앉는 거니?

헬렌

모두 비난한다고? 이 세상에는 수억만 인구가 있는데, 그 말 들은 사람은 팔십 명 뿐이잖아.

제인

그렇지만 세상 사람들하고 내가 무슨 상관이야. 내가 알고 지내는 팔십 명이 나를 멸시하는데.

HELEN

No, Jane, you are mistaken. Probably not one in the school despises or dislikes you. Many, I am sure, pity you very much.

JANE

How can they pity me after Mr. Brocklehurst sat me up on that high stool in front of the whole school and called me a liar?

HELEN

Mr. Brocklehurst is not a god. He is not even a great or admired man. He is little liked here. Had he treated you as a favorite, you would find enemies all around you. As it is, the greater number of girls would offer you sympathy if they dared.

JANE

(*Surprised*) Would they?

HELEN

I'm sure of it. Both teachers and pupils may look coldly on you for a day or two, but friendly feelings are concealed in their hearts.

JANE

If only I could be sure! (*She moves closer and puts her hand in HELEN's.*)

HELEN

(*Clasping her hand*) What does it matter, Jane, if all the world hates you and believes you wicked? If your own conscience absolves you from guilt, you will not be without friends.

헬렌

그건 그렇지 않아, 제인. 네가 잘못 알고 있는 거야. 이 학교에서 너를 멸시하거나 싫어하지 않는 사람이 한 명은 여기 있잖아. 분명히 말할 수 있는데 너를 동정하는 애들이 많단다.

제인

브로클허스트 선생님이 나를 전교생 앞에서 높은 의자 위에 앉혀놓고 거짓말쟁이라고 공표하셨는데, 애들이 날 어떻게 동정할 수 있겠니?

헬렌

브로클허스트 선생님은 신이 아니야. 위대하지도 않고 존경받는 분도 아니잖아. 이 학교에서 그 선생님 좋아할 사람 아마 없을 걸. 만일 그 선생님이 행여 널 편애했더라면 네 주변은 적으로 둘려 싸여있을 거야. 실은 애들이 용기가 없어서 그런 거지, 너를 많이 동정하고 있어.

제인

(*놀라면서*) 그럴까?

헬렌

확실하다니까. 다른 선생님들이나 애들이 하루 이틀 정도는 겉으로 너한테 냉담하게 대하겠지만, 속으로는 너에 대한 따뜻한 감정을 숨기고 있는 거야.

제인

그걸 믿을 수만 있으면 얼마나 좋겠니! (*그녀는 헬렌 가까이 다가앉으면서 헬렌의 손을 잡는다.*)

헬렌

(*제인의 손을 꼭 잡아주면서*) 제인, 온 세상이 너를 미워하고 너를 나쁘다 해도 그게 무슨 상관이니? 양심에 떳떳하고 네가 옳으면 친구들은 항상 네 옆에 있을 텐데.

JANE

(*With a sigh*) I know I should think well of myself, but that is not enough if others don't love me. I cannot bear to be alone and hated, Helen.

HELEN

Yet it is your duty to bear whatever you cannot avoid. It is weak and silly to say you cannot hear what you must.

JANE

But you must suffer so much, Helen. That teacher, Miss Scatcherd, is so cruel to you. She flogged you for nothing!

HELEN

Cruel? Not at all. She is severe. She dislikes my faults and never punishes me for no reason.

JANE

If I were in your place, I should dislike her. I should resist her if she struck me with that rod!

HELEN

It is far better to endure patiently a smart which nobody feels but yourself than to commit a hasty action whose evil consequences will extend to all connected with you.

JANE

But it seems disgraceful to be flogged! How can you have faults? To me you seem very good.

HELEN

Then learn from me not to judge by appearances. I am, as Miss Scatcherd said, slatternly. I seldom put and never keep

제인

(*한숨을 쉬면서*) 나도 내가 잘못한 게 없으면 괜찮을 줄 알면서도, 그런데도 다른 사람들이 나를 좋아해주지 않는다는 생각을 하면 참 힘들어. 외톨이가 되고 미움받는 건 견딜 수 없어, 헬렌.

헬렌

피할 수 없는 어쩔 수 없는 일을 당해도 참아야 할 때는 참아야지. 참고 이겨야 하는데, 그걸 할 수 없다고 하면 마음이 약하고 어리석은 거야.

제인

너도 고통이 많잖니, 헬렌. 그 선생 말이야. 그 스케쳐드 선생은 너무 잔인해. 아무 일도 아닌데 너를 때리셨잖아!

헬렌

잔인하다고? 천만에. 엄격하신 것뿐이야. 내 잘못을 싫어하신 때문이지, 이유 없이 날 벌하신 적은 없어.

제인

내가 너라면 난 당연히 그 여선생님을 싫어할 거다. 내가 그렇게 회초리로 맞았다면 틀림없이 저항했을 거야!

헬렌

성급하게 행동해서 괜히 너하고 관련된 모든 일에 좋지 않은 인상만 주면 곤란하잖아. 그보다는 고통을 혼자 새기는 편이 훨씬 낫지.

제인

그렇지만 매를 맞는다는 건 수치야! 네가 무슨 잘못을 했다는 거야? 내가 보기에 넌 너무 착한데.

헬렌

그러면, 내 경우를 보고 사람을 외모로 판단하면 안 된다는 걸 배우렴. 스케쳐드 선생님 말씀대로 난 지저분해. 물건을 어질러놓고 정돈하는

things in order. I am careless. I forget rules. I read when I should learn my lessons. This is all very provoking to Miss Scatcherd, who is naturally neat, punctual, and particular.

JANE

And cross and cruel! If only more of our teachers were like Miss Temple!

HELEN

(*Smiling*) Miss Temple is full of goodness. It pains her to be severe to anyone. She sees my errors and tells me of them gently, and if I do anything worthy of praise, she gives me my portion of it liberally.

JANE

She is always kind to me. Only this morning she told me she was pleased with my progress, and she promised to teach me drawing and French. Just when I was doing so well in my lessons, Mr. Brocklehurst has ruined me! Now, everything is lost!

HELEN

You must not think this, Jane. I know you are innocent of this charge which Mr. Brocklehurst has pompously made, repeated secondhand from your aunt. You see, I read a sincere nature in your eyes. And I'm certain Miss Temple does not believe it either.

MISS TEMPLE

(*Enters.*) I have come on purpose to find you, Jane Eyre.

법도 없고, 주의성도 없고. 공식도 잊어버리고. 암기해야 하는 공부도 읽기만 하잖아. 스케쳐드 선생님 같이 타고나기를 깔끔하고 정확하고 까다로운 분은 나 같은 애를 보면 화가 치밀게 되어 있어.

제인

화 잘 내고 잔인하고! 선생님들이 템플 선생님만 같으면 얼마나 좋을까!

헬렌

(*미소를 지으면서*) 템플 선생님은 선하기 그지없는 분이지. 자신이 괴로워서도 남한테 심하게 못하셔. 그 선생님은 내가 잘못하는 걸 보면 조용히 가르쳐 주셔. 칭찬 받을 만한 일은 편견 없이 칭찬해 주시고.

제인

템플 선생님은 나한테도 친절하게 잘해주셔. 내 공부가 진전한 걸 보시고 칭찬해 주신 게 바로 오늘 아침이었는데. 그림그리기와 불어 공부를 가르쳐 주겠다고 약속하셨는데. 하필이면 내가 공부를 그렇게 잘하고 있을 때 브로클허스트 선생님이 날 망친거야! 이젠 다 틀렸어!

헬렌

그렇게 생각하면 안 돼, 제인. 그건 그 선생님이 너의 아주머니한테 전해들은 얘기를 과장해서 그런 거야. 직접 듣지도 않은 얘기를 반복적으로 지어내셨기 때문이야. 넌 그런 비난받을 잘못이 하나도 없어. 나는 네 눈에서 진심을 읽었어. 그리고 템플 선생님도 그런 비난을 믿지 않으실 거라고 난 확신해.

템플 선생

(*등장한다.*) 널 찾고 있었어, 제인 에어.

JANE

(*Jumps up, hastily wiping her eyes.*) Miss Temple.

HELEN

(*Rising*) Miss Temple.

MISS TEMPLE

Sit down, Helen. You look very tired. (*As HELEN sits down, MISS TEMPLE sits beside JANE.*) Is it all over, Jane? Have you cried your grief away?

JANE

I'm afraid I shall never do that.

MISS TEMPLE

Why?

JANE

Because I have been wrongly accused, and you, ma'am, and everybody else will now think me wicked.

MISS TEMPLE

We shall think of you what you prove yourself to be, Jane. Continue to act as a good girl and you will satisfy me.

JANE

(*Hopefully*) Shall I, Miss Temple?

MISS TEMPLE

Yes. And now, tell me, who is the lady whom Mr. Brocklehurst called your benefactress?

JANE

She is not my benefactress! Mrs. Reed is my uncle's wife. When my father died, I was sent to live with my uncle and aunt. And when my uncle died, he left me to Mrs. Reed's care.

제인

(벌떡 일어서면서 급히 눈물을 닦는다.) 템플 선생님.

헬렌

(일어나면서) 템플 선생님.

템플 선생

앉아라, 헬렌. 지쳐 보이는구나. (헬렌이 자리에 앉자 템플 선생은 제인 옆에 앉는다.) 이제 괜찮니, 제인? 좀 울고 나니까 서러움이 날아갔니?

제인

서러움이 사라질 것 같지 않아요.

템플 선생

그건 왜지?

제인

억울하게 야단맞았으니까요. 그리고 선생님도 애들도 다 절 나쁜 애로 보잖아요.

템플 선생

우린 네가 보여주는 모습 그대로 널 생각할 거야. 제인, 네가 계속 착한 애로 있으면 난 만족한다.

제인

(희망을 갖고) 그래요, 선생님?

템플 선생

그럼. 그런데 브로클허스트 선생님이 너의 후원자라고 하던 그 부인이 누군지 말해 주겠니?

제인

그 부인은 제 후원자가 아니어요! 리드 부인은 제 아저씨의 부인인데요, 아버지가 돌아가신 후, 전 아저씨와 아주머니와 함께 살게 되었어요. 그리고 아저씨가 돌아가실 때 저를 아주머니께 부탁하셨고요.

MISS TEMPLE

Did she not adopt you of her own accord?

JANE

No, ma'am. She was sorry to keep me, but my uncle made her promise that she would before he died.

MISS TEMPLE

Well, Jane, surely you know that when a criminal is accused, he is always allowed to speak in his own defense. You have been charged with lying. Now you must defend yourself to me as well as you can.

JANE

(*Breathlessly*) You will really listen to me?

MISS TEMPLE

Yes, Jane.

JANE

I was never happy at Gateshead with Mrs. Reed. However carefully I obliged, however hard I tried to please her, she always treated me with miserable cruelty. The worst thing she ever did was to shut me up in the Red Room!

MISS TEMPLE

And what is the Red Room?

JANE

A horrible place! There was a ghost in it, the ghost of my uncle, for he died in that room and was laid out there. No one would go into it at night if they could help it, but Mrs. Reed shut me up in there alone, without a candle! I cried and begged her to let me out, but she wouldn't! I was so frightened! I was suffocating!

템플 선생

넌 자연히 아주머니의 양녀가 된 게 아니었어?

제인

아니에요. 아주머니는 저를 맡아 기르는 걸 원치 않으셨지만 아저씨가 돌아가시기 전에 약속을 받아 두셨어요.

템플 선생

제인, 범인이 비난 받을 때는 언제든 변론할 수 있다는 걸 너도 잘 알지. 넌 거짓말했다고 고발당했어. 이제 네가 할 수 있는 만큼 나한테 너를 변호해 보렴.

제인

(숨을 죽이고) 제 얘기를 정말 들어 주시겠어요?

템플 선생

그럼, 제인.

제인

리드 아줌마와 게이츠헤드에 살면서 행복한 때가 없었어요. 아무리 순종하고 아줌마 마음에 들려고 애써도 아주머니는 저를 비참할 만큼 비정하게 대했어요. 제일 끔찍한 때는 저를 붉은 방에 가두었을 때에요!

템플 선생

붉은 방이 어떤 건데?

제인

무서운 곳이에요! 아저씨가 돌아가실 때 누워 계시던 방인데, 아저씨 유령이 있는 방이에요. 가능하면 밤에는 아무도 그 방에 들어가려 하지 않았어요. 그런데 리드 아주머니가 촛불도 없이 저를 혼자 가두었어요! 내보내달라고 울며 애걸했지만 아주머니는 듣지 않았어요! 너무나 무서웠어요! 숨이 막혔어요!

MISS TEMPLE

Why did Mrs. Reed do this?

JANE

Because her wicked son, John Reed, threw a book at me which cut my head, and when I screamed, he rushed at me and began to beat me with his fists, and I tried to defend myself and pushed him down. And then his sisters, Eliza and Georgiana, flew at me and called me a rat and a murderer, and said I deserved everything I got because I was less than a servant and would always be poor. And they could treat me as cruelly as they liked because I was an orphan and had no money and must depend on them for my living. And Mrs. Reed blamed me for hurting John and locked me up in the Red Room to punish me. Oh, I hated that place! I wished to go away from it. I told Mr. Lloyd so, and he said he would help me come away to school.

MISS TEMPLE

Who is Mr. Lloyd?

JANE

The good apothecary who came to see me when I was ill. For I was very ill after that night in the Red Room.

MISS TEMPLE

(*Gently*) That's enough for now, Jane. I will write to Mr. Lloyd. If his reply agrees with what you have just told me, you shall be publicly cleared of every accusation before the entire school. To me, Jane, you are clear now.

템플 선생

리드 부인이 왜 너를 가두었는데?

제인

그건 그 집의 못된 아들 존 리드가 저한테 책을 던져서 제 머리가 그만 깨졌거든요. 제가 비명을 지르자 존이 달려들어 두 주먹으로 저를 마구 때렸어요. 그래서 저는 방어하느라고 그를 밀어서 쓰러트렸는데, 그때 존의 누나, 엘라이자와 조지아나가 저한테 덤벼들어 저를 쥐새끼라고 하고 살인자라고 했어요. 제가 하녀만도 못한 가난뱅이라면서 매를 맞아도 싸다는 거였어요. 저는 고아고 돈도 없고, 그 집에 얹혀사니까 마음대로 잔인하게 대해도 된다고 생각한 거지요. 아주머니는 제가 존을 다치게 했다면서 꾸중하시고 붉은 방에 가두어 벌을 주신 거예요. 아, 그 집이 얼마나 끔찍했던지 몰라요! 전 아주머니 집에서 나갈 수 있기를 간절히 바랐어요. 로이드 씨에게 그 말을 했더니 학교에 갈 수 있도록 저를 도와주겠다고 하셨어요.

템플 선생

로이드 씨는 누군데?

제인

제가 아팠을 때 방문하신 약사 선생님이에요. 붉은 방 사건이 있던 날 밤 후로 제가 병이 크게 났거든요.

템플 선생

(*부드럽게*) 제인, 그만하면 충분히 들었어. 로이드 씨에게 내가 편지를 쓸게. 지금 너한테 들은 얘기를 그분이 인정하는 답신을 보내오면, 그때 너는 전교생 앞에서 공식적으로 억울한 네 누명을 깨끗이 벗게 되는 거야. 제인, 이제 난 네가 아무 잘못이 없다는 걸 알았다.

JANE

Oh, thank you, Miss Temple!

MISS TEMPLE

Now you must come with me to my room. We'll have tea together.
And since Helen Burns is here with you, she may come, too.

HELEN

Thank you, Miss Temple.

MISS TEMPLE

(*With concern*) How are you tonight, Helen? Have you
coughed much today?

HELEN

Not quite so much as usual, I think, ma'am.

MISS TEMPLE

And the pain in your chest?

HELEN

It is a little better.

MISS TEMPLE

I hope so. Come with me now, both of you. You will be my
special guests tonight. (*Rises and starts out.*) I have a little seed
cake that we all can share with our tea. I've been saving it for
a special occasion. (*She exits.*)

HELEN

You see, Jane, you are not without friends as long as you have
me and Miss Temple. It is an honor to be invited to tea with her.

JANE

I think I am hungry now, after all. Oh, Helen, how good she is
to believe my story! (*She takes HELEN's hand and they follow
MISS TEMPLE off.*)

제인

　오, 감사합니다, 선생님!

템플 선생

　자 이제 내 방에 가서 차 한 잔 같이 하자. 헬렌 번즈도 같이 가지.

헬렌

　감사합니다, 선생님.

템플 선생

　(*관심 있게*) 오늘 저녁 몸은 좀 어때, 헬렌? 오늘도 기침 많이 했니?

헬렌

　보통 때보다는 덜 한 것 같아요, 선생님.

템플 선생

　가슴 통증은 어떠니?

헬렌

　좀 나아졌어요.

템플 선생

　다행이다. 자 가자. 오늘 밤 너희 두 사람은 나의 특별한 손님이야.
(*자리에서 일어나 나간다.*) 내 방에 차하고 같이 먹을 수 있는 씨 과자
가 있어. 이런 특별한 때를 위해서 아껴두었지. (*그녀는 퇴장한다.*)

헬렌

　알겠지, 제인. 넌 친구가 없는 게 아니야. 템플 선생님도 계시고 또 내
가 있잖아. 선생님 방에서 차 마실 수 있는 영광스런 초대도 받았잖니.

제인

　이제야 배가 고픈 것 같아. 오, 헬렌, 선생님이 내 말을 믿어주셔서 너
무 좋아! (*그녀는 헬렌의 손을 잡고 템플 선생을 따라 나간다.*)

『돈키호테』(*Don Quixote*)
미겔 드 세르반테스 Miguel de Cervantes, 1547~1616

■ 줄거리 요약

스페인의 라만차 지역에 알론조 키하노라는 은퇴한 가난한 신사가 살고 있다. 그는 기사도에 관한 책을 너무 많이 읽은 탓에 기사도의 환상으로 가득 차 있다. 라만차의 돈키호테로 이름을 바꾸고 여인숙을 궁으로 알고 주인을 군주로 공대하면서 간청하여 여인숙 주인으로부터 기사 작위도 받았다. 그는 증조부의 투구와 갑옷을 입고 말라빠진 말 로시난테를 타고 방방곡곡을 돌아다니면서 약자를 돕고 악과 부정을 물리치고 정의를 바로 잡겠다는 기사도 정신을 실천하기 위해 모험에 나선다. 주막을 성으로 착각한 그는 싸움에 도전하여 험하게 두들겨 맞는다. 기사 로맨스를 너무 많이 읽어서 광기에 걸렸다고 생각한 마을 신부와 이발사는 돈키호테의 환상을 고쳐주려고 그의 서재에 있는 기사도 책을 모두 태워버린다. 그럼에도 꺾이지 않고 기사도의 열망에 불붙어 있는 돈키호테는 농부인 산초 판사를 종자로 대동하고 다시 모험 길에 나선다. 그는 곤경에 처한 귀부인들을 구해주는, 스스로를 고도의 기사도 정신의 본보기로 하고자 한다. 기사로서 흠모하는 귀부인이 있어야 하므로 그가 기사의 명예를 걸고 용감히 헌신하기로 한 여인은 돼지고기 절이는 기술로 유명한 몸집이 풍만한 계집아이이다. 그는 그녀를 엘토보소의 둘시네아로 정하고 이 가공의 여인을 상대로 산초는 사랑의 메신저 역할을 한다.

돈키호테는 숱한 기이한 모험을 한다. 스무 개의 풍차를 거인으로 상상하고 공격한 일을 비롯하여 문제를 계속 일으킨다. 두 명의 수도승과 함께 마차를 타고 가는 귀부인을 납치된 공주로 알고 풀어줄 것을 요구하다 얻어맞는 일, 양떼가 일으키는 먼지를 중세의 적군으로 착각하고 끼어들어 양떼들이 다쳐서 흩어지고, 이에 몹시 화가 난 목동들이 그에게 돌을 던진 일, 밤에 장례행렬을 괴물로 오인하여 조객들을 공격하는 일 등등의 수많은 기상천외한 모험을 한다. 순회 이발사의 이발 도구 대야를 맘브리노 황금 투구로 착각하여 격렬한 다툼을 통해 빼앗고, 갤리선으로 끌려가는 쇠사슬에 묶인 노예들을 풀어주고 나서, 이에 겁이 난 산초가 돈키호테를 안전하게 산으로 피신시키는 사건 등의 기이한 일들이 계속된다. 잠결에 악마와 싸우고 칼을 휘둘러 여관주인의 귀한 포도주 가죽통을 찢는 사건도 있다. 순회 이발사는 여관에 와서 돈키호테에게 대야와 길마(鞊馬)를 돌려달라고 한다. 갤리선 노예를 풀어준 돈키호테와 산초를 체포하겠다고 관리가 영장을 들고 왔으나 신부로부터 돈키호테의 이상한 정신상태 이야기를 듣고 떠난다.

그 고장 학생 카라스코는 머리 돈 노인을 바로 잡겠다고 약속한다. 돈키호테의 목적지는 엘토보소의 둘시네아를 찾아가는 것이다. 기사가 숲에서 기다리는 동안 산초는 농부 여인들이 마을을 벗어나는 것을 보고 둘시네아가 두 명의 시녀들과 오고 있다고 돈키호테에게 전한다. 여자들이 돈키호테가 하는 말을 듣고 도망가자, 돈키호테는 못된 마법사의 횡포로 여인들이 마술에 걸렸다고 선언한다.

"숲의 기사"라고 불리는 기사와 종자가 도착하여 스페인의 모든 기사들을 물리쳤다고 자랑하자 돈키호테는 그 기사에게 도전한다. 돈키호테는 기적적으로 "숲의 기사"를 말에서 떨어트린다. "숲의 기사"는 카라스코의 위장 인물로 결투에서 돈키호테에게 일부러 져준다.

사건들이 계속 벌어지는 가운데, 돈키호테는 목적지를 바르셀로나로 정한다. 바르셀로나의 백월(白月) 기사는 돈키호테에게 도전하여 그를 무찌른다. 백월 기사로 가장한 카라스코는 돈키호테에게 고향으로 돌아가 일 년 동안 편력기사의 모험을 포기하도록 명한다.

돈키호테는 이제 목동의 삶을 살기로 결심하고 고향으로 돌아간다. 늙고 지친 그는 이성을 회복하고 모든 것이 무의미하다며 기사도 정신을 부인하고 죽는다. 그러나 그의 고귀한 정신과 고매한 성품에서 진정한 기사도 정신이 드러났음을 그는 깨닫지 못했다.

■ 해설

1604년 처음 출판된 이 작품을 모르는 사람도 "돈키호테"라는 이름에는 익숙하다. 전편과 후편을 10년 간격을 두고 쓴 『돈키호테』는 작가의 폭 넓은 인생관을 볼 수 있는 세계 최초의 장편 소설로, 당시 유럽문화의 선두에 있었던 스페인의 사회상을 잘 보여준다. 기사도 시기가 끝날 무렵의 스페인의 삶과 사상, 감정의 단면도를 주인공이 벌이는 희한한 모험과 좌절의 이야기를 통해 제공한다. 세르반테스와 셰익스피어는 같은 시기의 유럽의 두 거물 작가로, 우연하게도 두 사람은 1616년 4월 23일 같은 날 죽었다.

세르반테스는 당시 인기 절정이던 허황되고 황당무계한 로맨스 책들을 조롱하기 위해서 이 소설을 썼다고 한다. 지극히 비현실적인 환상 형태를 깨고 진실 된 문학형식을 세워보려는 비판적 시각이 그의 출발점이었다. 그 시대 스페인 문학의 화두이던 기사도의 낭만과 거창한 모험담을 스스로 기사가 된 돈키호테를 통해 공격하고 풍자한다. 로맨스의 해악을 고치기 위해서 로맨스 인물을 주인공으로 삼은 것은 아이러니다. 그러나 허황된 환상을 깨트리기 위해서는 허황된 대상이 필요하기에 먼저 허황된 주인공을 만들어 놓지 않았겠는가.

　　서양문학/연극의 뿌리 깊은 이슈 하나는 환각과 현실 사이의 괴리이다. 무엇이 진짜 리얼한 것이냐. 겉으로 보이는 것이냐, 눈에 보이지 않는 다른 그 무엇이냐 사이의 힘든 괴리가 오랜 서구문학의 주제이다. 『돈키호테』는 이상/환상과 현실 사이의 괴리를 주제로 다루고 있다.

　　역자가 다니던 학교 뒷동산에 미국 선교사들의 주택이 있었다. 공사를 하느라고 뜰 한가운데 상당히 넓고 깊게 파놓은 웅덩이에서 일곱 살 정도의 노랑머리 소년이 놀고 있었다. 그 어린이는 찢어진 우산을 펴들고 웅덩이 가장자리에 서서 그 아래로 무조건 뛰어내렸다. 그리고 다시 기어올라와서 똑같은 행동을 지칠 줄 모르고 반복했다. 소년은 비행기에서 떨어지는 낙하산 장면을 진지하게 실행하고 있었다. 소년에게 그의 행위는 환상이 아니고 현실의 재현이었다. 당시 역자의 눈에는 무모하고 허황된, 그리고 참으로 위험천만한 놀음으로 보였으나, 아랑곳하지 않고 일념에 빠져 있는 소년의 모습은 진지하기 이를 데 없었다. 돈키호테의 모험은 이 어린아이의 심각한 게임과 같은 것이다. 이래서 에밀리 디킨슨(1830-86)은 광기와 감각을 동일시하여, "커다란 광기란/ 알아보는 눈에는 탁월한 감각이요/ 대단한 감각은 두드러진 광기로다"라고 쓰면서, 대다수가 동의하면 제정신이고 동의를 받지 못하면 위험한 미친 짓으로 규정하는 세태를 꼬집고 있다.

주인공 돈키호테는 소설의 끝 부분으로 가면 비극적 인물이 되지만 그의 철학이 실패한 것은 아니다. 자기실속만 차리면 그만인 지극히 현실적인 인물 산초는 처음에는 주인을 우습게 여겼지만, 점차 주인의 이상을 이해하고 존경하게 된다. 인간의 선한 뜻과 이상은 승리한다는 주인의 환상을 산초도 결국 따라간다. 오히려 정상에서 벗어나는 것을 허용하지 않는 사회, 일탈을 견딜 수 없어 하는 사회가 실패이다. 시인 김승희 (1952-)는 그녀의 시 "제도"에서, "엄마, 엄마, 크레파스가 금 밖으로/ 나가면 안 되지? 그렇지?" 하고 묻는 아이에게 "금을 뭉개버려라, 랄라. 선 밖으로 북북 칠해라"고, 엄마가 아니면 말하겠는데 엄마라서 그렇게 말하지 못하는 자신을 "엄마는 제도다" "총독부다"라고 표현한 뼈아픈 대목이 있다. 어쨌든, 북북 뭉개버리라는 시인의 표현을 읽을 때 독자의 가슴이 시원하고 통쾌한 기분이 드는 이유는, 비록 글로나마 틀을 벗어나는 해방감의 희열을 독자가 느끼기 때문일 것이다.

세르반테스는 기사 돈키호테를 경멸적으로 만들지 않았고 경멸스럽게 대하지도 않는다. 소설의 풍자성에도 불구하고 돈키호테는 동정적인 인물이다. 시간을 뒤로 밀어내려고 애쓰는 그의 노력은 모두 어처구니없는 헛짓임에도 고귀하게 그려져 있다. 어찌 보면 돈키호테에 대한 측은지심은 모든 것을 마음껏 거머쥐고 성공하는 인물과 비교할 때 사회 약자에 대한 동정에서 나올 수 있다.

사회적 문학적 전통을 조롱하는 황당한 당시의 로맨스소설에 대한 억제할 수 없는 작가의 고도의 정신과 풍부한 상상력은 그가 의도했던 풍자적 목적을 뛰어넘어 위대한 소설을 탄생시켰다.

기사도 문학을 탐닉한 돈키호테는 이에 집착하여 기사도 정신을 실천하기 위해서 시골 농부 산초 판사를 종자로 대동하고 집을 떠난다. 발췌된 장면은 돈키호테가 볼품없는 모습의 지저분한 시골처녀를 상상 속의 이상 여인인 엘토보소의 둘시네아로 착각하고 접근하는 모습이다.

CHARACTERS: DON QUIXOTE, a Spanish Knight; SANCHO PANZA, his squire; A PEASANT GIRL.

SCENE: DON QUIXOTE and SANCHO, continuing their search for the Lady Dulcinea, come to the city of El Toboso where the knight is convinced she resides. It is very late at night.

(DON QUIXOTE and SANCHO enter, very dusty, weary, and disheveled from their long day's ride.)

DON QUIXOTE

Sancho, my son, lead on to the palace of Dulcinea. It may be that we shall find her awake.

SANCHO

Great heavens! Is this a likely hour to find the gate open? And would it be right for us to start knocking till they hear us and open for us, and put all the people into uproar and confusion? Besides, how are we to recognize our lady's house in the dark, even though you must have seen it thousands of times?

DON QUIXOTE

You will drive me to despair, Sancho. Have I not told you a thousand times that I have never seen the peerless Dulcinea in

등장인물: 돈키호테, 스페인 기사; 산초 판사, 그의 종자; 시골 처녀

장면: 돈키호테와 산초는 둘시네아 부인을 계속 찾아다니며, 그녀가 살고 있는 곳으로 돈키호테가 확신하는 엘토보소 도시에 온다. 때는 늦은 밤이다.

(하루 종일 말과 당나귀를 타고 먼지를 뒤집어쓴 돈키호테와 산초는 봉두난발의 지친 모습으로 등장한다.)

돈키호테

산초, 애야, 둘시네아 부인의 궁전으로 안내하거라. 부인께서는 아직 잠자리에 들지 않았을지 몰라.

산초

아이고, 맙소사! 이 시간에 성문이 열려 있을 것 같아요? 문을 두들겨 모두 깨우는 소란법석을 피우면 그게 옳은 태도일까요? 그 뿐 아니라, 이 어둠 속에서 둘시네아 부인 집을 어떻게 알아봅니까? 주인께서는 비록 수천 번이나 보았다고 하지만 말입니다.

돈키호테

넌 날 절망시키느냐, 산초. 내 평생 비할 데 없는 둘시네아 부인을 한

all the days of my life, nor ever crossed the threshold of her palace, and that I am only enamoured of her by hearsay and because of the great reputation she hears for beauty and wisdom?

SANCHO

Well, sir, day's coming on apace. It'll be better for your worship to hide in some bushes somewhere near. I will then come and not leave a corner of this whole place unsearched for the house, castle, or palace of my lady. And when I find it, I will speak to her Grace and tell her where and how your worship is waiting and expecting her to give you orders and instructions how you may see her without damage to her honor and reputation.

DON QUIXOTE

Sancho, I welcome this advice and accept it with very good will. I will hide myself, then you go, and do not be confused when you find yourself before the light of the sun of beauty you are going to seek. (*They move to one side.*) How much more fortunate you are than all other squires in the world! Bear in your mind, and let it not escape you, the manner of your reception; whether she changes color whilst you are delivering her my message; whether she is stirred or troubled on hearing my name; whether she shifts from her cushion, should you, by chance, find her seated on the rich dais of her authority. If she

번도 본 적 없고, 그녀의 궁전에 들어가 본 적도 없고, 나는 오직 미모와 지혜로 명성이 자자한 그녀의 소문만 듣고 사랑에 빠졌노라는 말을 너에게 수천 번 하지 않았느냐?

산초

주인님, 곧 날이 밝을 텐데요. 근처 숲속에 숨어 있다 가시는 편이 좋겠어요. 저는 주인님의 연인이 어디 있는지 집집마다 성마다 궁전마다 구석구석 찾아보고 올게요. 찾게 되면 그 부인께 우리 주인이 어디서 어떻게 부인을 기다리고 있는지 알려주고, 우리 주인님이 부인을 부인의 명예나 명성에 손색없이 만날 수 있는 방법과 명령을 기다리겠다고 전할게요.

돈키호테

산초, 네 충고를 선의의 뜻으로 기꺼이 받아들이마. 숨어 있을 터이니 너는 가서 그 귀부인을 찾아보고, 부인을 찾으면 그녀의 빛나는 해 같은 광채에 정신을 잃지 말기 바란다. (*두 사람은 한 쪽으로 비켜선다.*) 이 세상 모든 종자들에 비해 너는 얼마나 복이 많으냐! 잊지 말고 그분의 모습을 꼭 살펴 두어라. 내 메시지를 듣는 동안 그녀의 안색이 어떻게 변하는지, 내 이름을 들을 때 자극을 받는지 귀찮게 여기는지, 의자에서 몸을 뒤척이는지도 잘 보고, 우연이라도 살필 수 있으면, 단 높은 권위 있는 의자에 앉았는지도 보거라. 만약 서있다면 다리를 한 쪽씩

is standing, watch whether she rests first on one foot and then on the other; whether she repeats her reply to you two or three times; whether she changes from mild to harsh, from cruel to amorous; whether she raises her hand to her hair to smooth it, although it is not untidy. In fact, my son, watch all her actions and movements, because if you relate them to me as they were, I shall deduce what she keeps concealed in the secret places of her heart as far as concerns the matter of my love. For you must know, Sancho, that between lovers the outward actions and movements they reveal when their loves are under discussion are most certain messengers, bearing news of what is going on in their innermost souls. Go, friend, and may better fortune than mine guide you and send you better success than I expect, waiting between fear and hope in this bitter solitude where you leave me.

SANCHO

I'll go and come back quickly. Cheer up that little heart of yours, dear master, for it must be no bigger now than a hazel nut. Remember the saying that a stout heart breaks bad luck, and where there are no flitches there are no hooks, and they say, too, where you least expect it, out jumps the hare.

DON QUIXOTE

Indeed, Sancho, you always bring in your proverbs very much to

번갈아 바꾸어 가면서 쉬는지도 유심히 보기 바란다. 너에게 답을 두 번, 세 번 반복하는지, 부드러운 태도에서 냉정하게 변하는지, 냉혹한 태도에서 따뜻하게 변하는지, 머리카락이 흐트러지지 않았는데도 살살 만져주려고 손을 들어 올리는지, 그것도 살펴보아라. 애야, 이를테면, 그 부인의 모든 행동 하나하나 자세히 살펴보아야 한다. 왜냐하면 부인의 행동을 나하고 결부시키려면, 여인의 마음속에 깊이 숨겨진 비밀스런 것들과 내 사랑의 관계를 추론해 봐야 하니까. 산초, 연인들 사이에 사랑을 논할 때는 외적 행동이 확실한 전달 표시가 된단다. 가장 깊은 영혼 속에 일어나는 일을 가장 확실하게 전달해주는 것은 겉으로 나타나고 드러나는 행동임을 기억해야 한다. 두려움과 희망 사이를 오락가락하며 처절한 고독 속에 기다리는 나를 두고 너는 어서 가 봐라. 나의 행운보다 더 나은 행운이 네 길을 인도하여 내가 기대했던 것보다 더 큰 성과를 가져오기 바란다.

산초
속히 다녀오겠습니다. 지금은 밤톨만큼 쪼그라든 주인님 심장이지만 기운을 내세요. 담대한 마음은 악운을 깨트린다는 격언을 기억하십시오. 훈제 돼지고기 없는 곳에는 갈고리도 없고요, 전혀 기대하지 않았던 뜻밖의 곳에서 산토끼가 튀어 나온다는 말도 있잖습니까.

돈키호테
그렇다, 산초. 너는 격언을 언제나 정확하게 꼭 맞는 목적에 사용한단

the purpose of our business. May God give me as good luck in my ventures as you have in your sayings. (*He crouches down at one side with his back to SANCHO, looking very anxious and sad.*)

SANCHO

(*Sees that his master is settled, then goes off a little way to commune with himself.*) Now, brother Sancho, where are you going? What are you going to look for? I am going to look for a Princess, and in her the sun of beauty and all heaven besides. And where do you expect to find this thing you speak of, Sancho? In the great city of El Toboso. Very well, and on whose behalf are you going to see her? On behalf of the famous knight Don Quixote de la Mancha, who rights wrongs, gives meat to the thirsty, and drink to the hungry. All this is right enough. Now, do you know her house? My master says it will be some royal palace or proud castle. And have you by any chance ever seen her? No, neither I nor my master have ever seen her. And, if the people of El Toboso know that you are here for the purpose of enticing away their Princesses and disturbing their ladies, do you think it would be right and proper for them to come and give you such a basting as would grind your ribs to powder and not leave you a whole bone in your body? Yes, they would be absolutely in the right. (*He shudders and begins to pace about.*)

Well now, I have seen from countless signs that this master of mine is a raving lunatic who ought to be tied up, and me, I

말이야. 네 격언처럼 내 모험도 성공하기를 하나님께 빈다. (*그는 기대감과 슬픔 섞인 표정으로 산초에게 등을 돌리고 한쪽 편으로 몸을 구부린다.*)

산초

(*주인이 안정된 모습을 보고 좀 떨어진 곳에서 심사숙고하며 혼자 말을 주고받는다.*) 자, 산초 형제여, 자네는 어디로 가는가? 무얼 찾으려고 가는가? 나는 해처럼 빛나는 하늘이 내려준 미모의 공주를 찾으러 간다네. 자네가 말하는 그 공주를 어디서 찾을 수 있을 것 같으냐, 산초? 그건 엘토보소의 큰 도시에서 찾을 수 있지. 좋아. 그럼 누굴 위해 찾으려는 것이냐? 그건 잘못된 일을 바르게 고치고, 목마른 자에게 고기를, 배고픈 자에게 물을 주는 라만차 마을의 저 유명한 기사 돈키호테를 위해서지. 다 잘하는 노릇이다. 그럼 자네는 그 여인이 어디 사는지 아느냐? 주인님 말로는 왕궁이나 거대한 성에 살 거라고 했지. 자넨 혹 우연이라도 그 여인을 본 적이 있는가? 아니. 나도 주인도 실제로 본적은 없지. 그렇다면, 엘토보소 주민들이 자네가 공주들을 납치하고 귀부인들을 괴롭힐 목적으로 여기 온 줄 알면 어찌겠느냐. 그런 줄 알면, 주민들이 가만있지 않고 자네 갈비뼈를 으스러트려 양념을 치고 뼈도 못 추릴 터인데, 그런 주민들 행동은 정당하다고 생각지 않느냐? 그렇지. 그 사람들로서는 절대적으로 옳은 일을 하는 셈이지. (*그는 겁이 나서 몸을 떨며 서성거린다.*)

어째야 좋으냐, 우리 주인은 헛소리하고 날뛰는 미치광이야. 묶어서 가두어둬야 할 사람인 걸 나도 수없이 보았어. 나로 말하면 주인보

can't be much better, for since I follow him and serve him, I'm more of a fool than he — if the proverb is true that says, tell me what company you keep and I will tell you what you are. Well, he's mad, and it's the kind of madness that generally mistakes one thing for another, and thinks white black and black white, as was clear when he said that the windmills were giants, and the friar's mules dromedaries, and the flocks of sheep hostile armies, and many other things to this tune. So it won't be very difficult to make him believe that the first peasant girl I run across is the lady Dulcinea. If he doesn't believe it, I'll swear and if he swears, I'll outswear him, and if he sticks to it, I shall stick to it harder, so that, come what may, my word shall always stand up to his. Perhaps if I hold out, I shall put an end to his sending me on any more of these errands. Or perhaps he'll think, as I fancy he will, that one of those wicked enchanters who, he says, have a grudge against him, has changed her shape to vex and spite him.

(*A very plain, coarse-looking PEASANT GIRL wanders in. She is dirty, dressed in rags, and wears a stupid, surly expression. She carries an armful of sticks, which she suddenly drops, and stoops to pick up.*)

다 더 나을 것이 없지. 그런 사람을 주인이랍시고 따라다니고 도와주고, 그런 나는 주인보다 더 못난 바보지 — 격언이 맞는다면, 네가 누구하고 어울려 노느냐에 따라 널 알 수 있다고 하지 않는가. 우리 주인은 미쳤어. 사물을 분간 못하는 미치광이야. 흰 것은 검다하고 검은 것은 희다하고, 풍차를 보고 거인이라 하지 않나, 수사가 탄 노새를 단봉낙타라 하지 않나, 양떼를 적군인줄 알고 마구 찔러대고, 이런 식의 미친 날들이 허구하니. 그러니 내가 지금부터 마주치는 첫 번째 시골여자를 둘시네아 부인이라 해도 주인이 믿도록 하는 일은 어렵지 않으렷다. 혹 믿지 않는다면, 내가 맹세코 믿게 할 것이고, 주인 역시 맹세코 아니라고 하면, 난 더 세게 우겨대야지. 주인이 고집을 부리면 난 주인보다 더 강하게 고집부리고, 해볼 테면 해보라지. 어떤 일이 있어도, 주인이 하는 말에 나도 용감히 맞서 응수할 테니까. 내가 마지막까지 견디고 저항하면, 필경 난 심부름만 잔뜩 더 하고 끝날게 빤하지만. 아니면, 주인은 내가 상상한대로 받아들일지도 몰라. 주인 말에 의하면, 주인에게 원한을 품은 못된 마법사 놈이 부인의 모습을 변화시켜서 주인을 미워하고 멸시하게 만들었다는 거야.

(*못생긴 거친 모습의 시골처녀가 어슬렁거리며 들어온다. 더러운 넝마 같은 옷을 입고 표정은 바보 같다. 나무 가지들을 한 아름 안고 등장해서 갑자기 바닥에 떨구고 다시 집으려고 허리를 구부린다.*)

SANCHO

(*With a chuckle*) Now here is the answer to my dilemma! This village girl will pass for the Lady Dulcinea with a little help from me. (*He rushes to DON QUIXOTE.*) Master, you have nothing more to do than to come into the open to see the Lady Dulcinea del Toboso who has come to meet your worship. (*He helps him up.*)

DON QUIXOTE

What is that you say, Sancho, my friend? See that you do not deceive me, or seek to cheer my real sadness with false joys.

SANCHO

What could I gain by deceiving your worship? Come and see your Princess, our mistress, dressed and adorned as befits her, to dazzle the senses. (*Trying not to smile, he leads him to where the GIRL is squatting in the road, picking up and dropping her sticks.*)

DON QUIXOTE

(*Staring*) What is this, Sancho? I see nothing but a very dirty village girl.

SANCHO

God deliver me from the Devil! Wipe your eyes, sir, and look again!

DON QUIXOTE

My eyes see only a very awkward and ugly village girl on her hands and knees in the road.

산초

(*낄낄 웃으면서*) 골치 아픈 내 문제를 해결해 줄 답이 여기 있구나! 이 시골 처녀가 약간의 내 도움만 받으면 둘시네아 부인으로 둔갑을 하렷다. (*그는 돈키호테에게 달려간다.*) 주인님, 엘토보소의 둘시네아 부인께서 주인님을 만나려고 여기 나타나셨으니 서둘러 어서 나오십시오. (*그는 돈키호테를 도와서 일으켜 세운다.*)

돈키호테

산초, 내 친구야, 너 지금 뭐라 했느냐? 슬픈 내 기분을 돋아주려고 거짓 기쁨으로 날 속이면 못 쓴다.

산초

주인님을 속여서 내가 얻을 게 뭐가 있는데요? 어서 우리의 여주인인 공주님을 만나보시기나 하세요. 어찌나 어울리게 잘 차려입으셨는지 보는 사람의 감각을 온통 황홀하게 합니다. (*웃지 않으려 애쓰면서 그는 길가에서 몸을 구부리고 나무 가지들을 들었다 놓았다 반복하고 있는 시골처녀에게로 안내한다.*)

돈키호테

(*그녀를 뚫어지게 쳐다보면서*) 이게 뭐냐, 산초? 내 눈에 보이는 건 더러운 시골계집애 뿐인데.

산초

하나님 저를 악에서 구하옵소서! 주인님, 눈을 부비고 다시 보십시오!

돈키호테

내 눈에 들어오는 건 길바닥에 무릎 꿇고 두 손을 짚고 어정쩡 엎드려 있는 저 추한 촌뜨기 계집애뿐이다.

SANCHO

Oh, sir, come and do homage to the mistress of your thoughts who is here before you, awaiting your greeting. (*To the GIRL, with a comical bow*) Queen and Princess and Duchess of beauty, may your Highness and Mightiness deign to receive into your grace and good liking your captive knight, who stands here, turned to marble stone, all troubled and unnerved at finding himself in your magnificent presence. I am Sancho Panza, his squire, and he is the travel-weary knight, Don Quixote de la Mancha, called also by the name of the Knight of the Sad Countenance.

GIRL

(*Rises, staring at SANCHO in amazement and then at DON QUIXOTE who stares at her in turn, wiping his eyes in disbelief. Harshly*) Get out of the road, confound you, and leave me in peace!

SANCHO

(*On his knees*) O Princess and world-famous Lady of El Toboso! How is it that your magnanimous heart is not softened when you see the column and prop of knight errantry kneeling before your sublimated presence?

GIRL

(*Threatening SANCHO with a stick*) Wait till I get my hand on you, you great ass! Who are you petty gentry to come and make fun of a village girl, as if I couldn't give you as good as you bring! Get on your way and leave me alone!

산초

오, 주인님, 주인님이 상상하던 귀부인께서 주인님의 문안을 기다리고 여기 앞에 서 계십니다. 어서 경의를 표하십시오. (*처녀 앞에 우스꽝스러운 절을 하면서*) 여왕이고 공주이신 아름다운 공작부인이시여, 지존이신 귀부인께서, 장려한 부인의 존재 앞에, 존귀하신 부인 앞에 사로잡혀 기력을 잃고 떨며 대리석이 되어 굳어 서 있는 여기 이 기사의 알현을 허락하옵소서. 이 몸은 이 기사의 종자 산초 판사이고, 여행길에 지친 기사는 라만차의 돈키호테라고도 하고 슬픈 얼굴의 기사라고도 합니다.

처녀

(*일어나서 놀란 눈으로 산초를 쳐다보고, 또 믿기지 않는 듯 눈을 부비며 그녀를 바라보고 서 있는 돈키호테를 쳐다보면서, 거친 음성으로*) 길을 비켜, 이 망할 놈들아, 날 조용히 놔두란 말이야!

산초

(*무릎을 꿇으며*) 오 공주님, 엘토보소의 세계적인 명성의 귀부인이시여! 고매하신 지존께 무릎 꿇는 기사도 정신의 버팀목인 이 종자를 눈앞에 보시면서 어찌 고결한 부인의 심장이 녹지 않으시나이까?

처녀

(*산초를 막대기로 위협하면서*) 이 바보 멍청아, 한 대 얻어맞고 싶냐! 시골 처녀나 농락하고 찌질이 신사 노릇하는 넌 누구냐? 내가 너한테 당하는 만큼 갚아 주지 못할 줄 아냐, 이놈아! 네 갈 길이나 가고 내 앞에서 꺼져버려!

DON QUIXOTE

Rise, Sancho, for I see that Fortune, unsatisfied with the ill already done me, has closed all roads by which any comfort may come to this wretched soul I bear in my body. (*Moves closer to the GIRL with arms outstretched.*) And you, O perfection of all desire! Pinnacle of human gentleness! Sole remedy of this afflicted heart that adores you! Now that the malignant enchanter persecutes me and has put clouds and cataracts into my eyes, and has changed and transformed the peerless beauty of your countenance into the semblance of a poor peasant girl, if he has not at the same time turned mine into the appearance of some spectre to make it abominable to your sight, do not refuse to look at me softly and amorously, perceiving in this submission and prostration, which I make before your deformed beauty, the humility with which my soul adores you. (*He kneels.*)

GIRL

Tell that to my grandmother! Do you think I want to listen to this nonsense? Get out of the way and leave me alone, I tell you! (*She spits at him, picks up her bundle of sticks, and runs off, threatening them both with upraised stick.*)

DON QUIXOTE

Oh, do you see now what a spite the enchanters have against me, Sancho? See to what extremes the malice and hatred they

돈키호테

일어나라, 산초. 운명의 여신이 지금까지 내게 내려진 악운에 만족치 못하고, 이 몸을 지탱해야 할 불쌍한 내 영혼에 위안이 되는 모든 길을 다 막아버렸어. (*두 팔을 뻗고 처녀에게 다가간다.*) 모든 욕망의 대상인 완벽한 그대여! 우아한 인간미의 절정인 그대여! 그대를 연모하는 이 괴로운 가슴의 유일한 치료자시여! 고약한 마법사가 나를 괴롭히고 내 눈을 구름에 씌워 혼탁케 하여, 비길 데 없는 그대 미모의 자태를 볼품없는 촌 계집으로 둔갑시켰으니, 그놈의 마법사가 동시에 내 모습도 그대 눈에 구역질나는 흉측스런 꼴로 만들지 않았다면, 그대의 변형된 모습 앞에 엎드려 보여드리는 순종과 그대를 흠모하는 내 영혼의 겸손을 보시고, 이 몸을 다정한 사랑의 눈길로 보아주시기를 거부하지 말아주옵소서. (*그는 무릎을 꿇는다.*)

처녀

우리 할망구한테나 가서 그런 말을 하시지! 말도 안 되는 너의 그 늙은이 소리를 내가 듣고 싶은 줄 아냐? 내 앞에서 어서 꺼져 버려! 자 경고한다! (*그녀는 그에게 침을 뱉고 나무 가지 묶음을 집어 든다. 두 사람을 향해 막대기 하나를 위협적으로 높이 흔들면서 뛰어나간다.*)

돈키호테

마법사들이 어떤 악한 짓을 내게 하는지 너 알겠지, 산초? 이 악당들이 내게 보내는 증오와 악의가 어디까지 가는지 지켜보아라. 내가 응당

bear me extend, for they have sought to deprive me of the happiness I should have enjoyed in seeing my mistress in her true person. (*He struggles to get up, and Sancho helps him to his feet.*) In truth, I was born a very pattern for the unfortunate, and to be a target and mark for the arrows of adversity. You must observe also, Sancho, that these traitors were not satisfied with changing and transforming my Dulcinea into a figure as low and ugly as that peasant girl's. They have also deprived her of something most proper to great ladies, which is the sweet smell they have from always moving among ambergris and flowers. I tell you, Sancho, that I got such a whiff of raw garlic from her as stank me out and poisoned me to the heart.

SANCHO

(*Stamping about with clenched fists*) Oh, the curs! Oh, wretched and spiteful enchanters! I should like to see you strung up by the gills like pilchards on a reed! Wise you are and powerful, and much evil you do! It should be enough for you, ruffians, to have changed the pearls of my lady's eyes into corktree galls, and her hair of purest gold into red oxtail bristles, and all her features, in fact, from good to bad, without meddling with her smell!

DON QUIXOTE

(*Sadly, moving slowly away*) I say once more, Sancho, and I

누려야할 내 귀부인의 진정한 실체를 볼 수 있는 행복을 내게서 빼앗아 갔어. (*일어나려고 애쓰는 그를 산초가 도와준다.*) 진정 난 불행하게 태어나 적들의 화살과녁이 된 거야. 산초, 넌 분명히 지켜보아야 한다. 마법사 반역자들은 나의 여인 둘시네아를 단순히 천하고 추한 시골뜨기로 둔갑시키는 데 만족한 게 아니야. 이놈들은 내 여인에게서 위대한 귀부인이라면 응당 풍겨야 하는 용연향이나 꽃과 같은 그 달콤한 향내까지도 제거해 버렸어. 확실해, 산초, 그녀한테서 나는 생마늘 악취는 구역질나고 내 심장까지 독을 퍼트리는구나.

산초

(*두 주먹을 불끈 쥐고 발을 구르면서*) 오, 개새끼들! 오, 야비한 고약한 마법사 놈들! 네 놈들 아가리가 정어리처럼 갈대에 꽂혀 매달리는 꼴을 반드시 보고 싶다! 네 놈들이 지혜가 있고 힘이 있다지만, 고약한 짓을, 해도 해도 너무 하는구나! 악당들아, 우리 귀부인의 진주 같은 눈을 황병나무 즙처럼 누리튀튀하게 만들고, 순수한 황금빛 머리칼을 시뻘건 황소의 뻣뻣한 꼬리털로 바꾸고, 귀부인의 우아한 자태를 고약한 형체로 변형시키는 것만으로도 모자라서, 체취까지 조작하는 장난을 했단 말이냐!

돈키호테

(*슬픔에 차서 천천히 움직인다.*) 내가 한 번 더 말하겠는데, 산초, 내가

will repeat it a thousand times — I am the most unfortunate of men!

SANCHO

(*Going after him*) Oh, come, pull yourself together, your worship. Cheer up and show that gay spirit knights errant should have. What despondency is this? Let all the Dulcineas in the world go to Old Nick! The well-being of a single knight errant is worth more than all the enchantments and transformations on earth. Come, sir, the road lies open before us! (*He leads his master off but unable to resist one glance back at the way the GIRL went, he cannot squelch a hearty laugh poorly disguised as a cough.*)

수천 번 반복할 테지만 ─ 나야말로 이 세상에서 가장 불행한 인간이다!

산초

(*그의 뒤를 따라간다.*) 오, 제발 정신 차리십시오, 주인님. 기운을 내고, 기사수련자라면 마땅히 지녀야 할 쾌활한 기분을 보여 주십시오. 그렇게 의기소침하면 되겠습니까? 온 세상 둘시네아 부인들은 악마한테나 가라 하시오! 지구상의 온갖 마술과 변형보다는 단 한 명의 무술 수련자의 안녕이 더 값진 것입니다. 자, 가십시다, 주인님. 우리 앞에 길이 활짝 열려 있습니다! (*그는 주인을 인도하고 나가면서, 한편으로는 처녀가 사라진 곳을 보고 싶은 마음을 떨치지 못하고 돌아다보고, 터지려는 웃음을 억누를 수 없어 기침으로 위장하여 어설픈 소리를 낸다.*)

『모비 딕』(*Moby Dick*)

허만 멜빌 Herman Melville, 1819~91

■ **줄거리 요약**

이 소설의 화자인 이슈마엘은 무료한 학교 선생 생활에 싫증을 내고 어느 날 맨하탄을 떠나 포경선에 오른다. 뉴베드포드에 온 그는 그날 밤 여관 방이 부족하여 남태평양 출신의 작살 잡이 퀴케그와 방을 함께 쓴다. 온 몸이 문신으로 가득한 퀴케그는 야만스런 외모와는 달리 친근한 사람으로 둘은 친구가 되어 같은 포경선 피쿼드 호에 오르기로 한다.

      항해가 시작된 후 여러 날 동안 선장은 나타나지 않고 포경선은 두 항해사 스타벅과 스터브가 조종한다. 어느 날 배가 남쪽으로 갈 때 에이합 선장이 갑판에 나타난다. 선장의 한 쪽 다리는 고래의 턱뼈로 만든 의족이고 얼굴 한 쪽의 심한 상처는 옷깃 속으로 이어져 마치 머리끝에서 발끝까지 상처가 이어진 듯 보인다. 배는 고래떼를 찾아 계속 남쪽으로 내려간다.

선장은 선원들을 갑판에 모으고, 일 온스짜리 금화를 돛대에 박고, 모비 딕이라는 전설적인 거대한 흰 고래를 처음 발견하는 자에게 이 금화를 주겠노라고 선언한다. 그는 그의 다리를 앗아간 흰 고래 모비 딕을 처치해야 할 악의 화신으로 보고 있다. 스타벅과 스터브를 제외한 모든 선원들은 환호하고 흥분한다. 그러나 일등 항해사 스타벅은 흰 고래에 집착하여 복수하겠다는 강박관념에 사로잡힌 선장의 광증을 비난한다. 모비 딕은 그를 죽이려는 자에게 위협적이다. 과거에 에이합 선장은 모비 딕과의 싸움에서 다리를 하나 잃었으나 또 싸우게 되면 생명을 잃을 수도 있다. 그럼에도 그는 스타벅의 말을 듣지 않고 모비 딕의 파멸을 기원하며 선원들에게 술을 돌리고 격려한다.

선원들은 고래잡이로 바삐 움직이며 잡은 고래를 자르고 분리하고 저장하는 작업에 분주하다. 다른 포경선들을 만날 때마다 선장은 흰 고래의 행방을 묻는다. 다른 선장들이 모비 딕을 쫓는 일은 바보짓이라고 경고하지만 에이합의 집착은 변함이 없다.

한편 열병이 난 퀴퀘그는 자신이 죽을 것을 예감하고 그의 종족의 관습에 따라 카누 모양의 관을 만들어 줄 것을 요청한다. 관은 만들어졌지만 퀴퀘그는 회복하여 관에 희귀한 무늬를 조각하고 이를 상자로 사용한다.

선장은 파르시 교도인 페달라를 높이 평가한다. 페달라는 선장의 죽음을 예언한다. 어느 날 밤 무서운 폭풍이 일고 번개를 맞은 돛대에 불이 붙는데, 이는 마치 하나님의 손이 고향으로 돌아가라고 채찍질 하는 것 같이 보인다. 오직 에이합 선장만 겁을 내지 않고 악의 화신처럼 불붙는 돛대 아래서 흰 고래를 찾아 죽이고 말겠다는 결심을 선언한다.

며칠 후 모비 딕이 발견되고 보트들의 추격전이 벌어진다. 모비 딕이 작살을 맞아 요동치자 보트가 조각나고 선원들은 물에 빠진다. 모비 딕 추격은 계속 되나 고래는 사라져 나타나지 않는다. 다음 날 모비 딕을 다시 발견하여 작살 세 개를 그의 옆구리에 꽂는다. 고래의 요동에 방향을 잃은 보트들은 부서지고 선장과 선원들은 구조되었으나 페달라는 보이지 않는다. 셋째 날 모비 딕은 지쳐 보였고 피쿼드의 보트들이 모비 딕을 잡았을 때 고래 등 작살에 묶인 페달라를 발견한다. 고래는 고통으로 분노하며 보트들을 뒤집고 깨트린다. 피쿼드 호에서 지켜보던 스타벅이 선장과 다른 선원들을 구하려고 포경선을 모비 딕 있는 곳으로 돌리자 고래는 피쿼드 호에 달려들어 배를 부셔버린다. 에이합은 작살에 목이 엉켜서 죽고, 이슈마엘만 혼자 살아남고, 선원들 모두 죽는다. 피쿼드 호가 가라앉을 때 카누 모양의 관이 떠올라 이를 붙잡고 몇 시간 표류한 이슈마엘은 지나가던 배에 의해 구조된다.

■ 해설

문학사나 예술사에서는 작품의 진가가 뒤늦게 발견되는 경우를 가끔 접하게 된다. 사무엘 베케트(1906-89)의 『고도를 기다리며』가 프랑스 무대에서 초연되었을 때 이에 대한 대부분의 평론가들의 반응은 좋지 않았고 관객의 야유는 대단했다. 그러나 오늘 날 이 작품은 부조리극을 대변하는 현대극의 고전이 되었다. 『모비 딕』도 이와 같은 수모의 경험을 했다. 이 소설은 1851년 10월 영국 런던에서 처음 출판되었는데, 당시 유력한 문학지들이 졸작이라는 낙인을 찍어 멜빌을 완전히 짓밟아버렸다. 한 달 후 미국에서 출판되었을 때도 어느 정도는 영국의 영향이 미쳤다. 그로부터 70여년이 지난, 1920년대 초엽 이 책의 위대성이 재발견 되었고, 멜빌은 포(1809-49), 에머슨(1803-82), 호손, 휘트만(1819-92), 소로(1817- 62) 등과 더불어 19세기 미국문학의 거장일 뿐만 아니라, 그의 『모비 딕』은 세계문학의 최고봉에 올랐다.

뉴욕 시에서 태어난 멜빌은 글쓰기를 시작하기 전까지, 은행원, 세일즈 맨, 농부, 교사, 엔지니어, 선실 심부름꾼, 고래잡이 등 다양한 일에 종사했다. 작가는 바다 생활의 경험을 통해 여러 가지 타입의 인물들을 창조하였다.

소설 『모비 딕』에 담긴 뜻과 의미는 인간의 깊이만큼, 아니 우주만큼 깊고, 넓고 복잡해서 해설 자체가 힘들다는 평자들의 공통된 의견이 있다. 많은 평자들은 이 소설의 핵심을 한쪽만 보려는 인간 욕망에 반대되는 우주에 내재한 이원성(duality)의 암시에서 찾는다. 멜빌은 모든 사건, 모든 대상은 다양한 여러 개의 의미가 있는데, 인간은 대체로 한 가지만 몰두해서 보려는 경향이 있음을 지적한다. 하나님은 무한한 의미의 우주를 창조했으나 인간은 영원히 한 가지 구체적인 의미에만 안주한다는 것이다. 구약성경의 요나와 고래에 대한 본문을 갖고 매플 신부는 "하나님께 복종하기 위해서 우리는 우리 자신을 부정해야 한다"는 열정적인 설교를 한다. 즉 우리는 한 가지 의미만 고집하는 우리 안의 경향을 거부하라는 뜻이다. 궁극적으로 삶의 진정한 기쁨과 성취는 법이나 권력, 힘을 통해서가 아니라 하나님을 인정할 때라는 점이 신부의 설교 요지이다.

에이합 선장은 흰 고래를 우주의 악의 상징으로 볼 뿐, 다른 다양한 의미로 보기를 허락하지 않는다. 마지막 클라이맥스 장면에서 멜빌은 에이합의 운명이 바뀌지 않음을 보여준다. 스타벅은 지금이라도 늦지 않았으니 단념하도록, "모비 딕은 선장을 찾지 않습니다. 그를 미친 듯이 찾아다니는 쪽은 선장님입니다!"고 부르짖으며 선장을 설득한다. 스타벅이 강조하는 것은 선장이 보는 것은 흰 고래 자체가 아니라 선장이 악의 상징으로 믿고 이를 처치하겠다는 것이 문제라는 것이다. 자신의 다리를 앗아간 흰 고래를 악으로 보고 이를 복수하겠다는 일념으로, 처자식을 과부와 고아처럼 던져두고 바다에 목숨 걸고 있는 선장의 시선이 문제라는 것이다. 에이합은 그의 말을 듣지 않았고, 때는 늦었다. 이제는 죽을 일만 남았다. 맹목적인 증오의 화신이 되어 광기에 완전히 노예가 된 에이합 선장은 "내 몸을 태양에 등지고 . . . 정복되지 않는 저 고래에게 달려가야 한다"고 외친다. 선한 빛을 상징하는 태양을 등지고 어둠의 악을 향하여 몸을 돌린다. 마지막 장면에서 피쿼드 호가 물거품을 일으키는 바다 표면 아래로 사라질 때 하늘의 매 한마리가 피쿼드 호의 닻에 찔린다. 휘하 선원을 모두 죽음으로 몰아넣을 뿐 아니라, 하늘에 사는 것조차 에이합의 배에 파괴되는 아이러니한 모습을 멜빌은 상징적으로 보여주고 있다.

모비 딕은 대자연의 신비를 가리키는 셈이다. 인간의 욕망이나 희로애락과는 전혀 상관없이, 요컨대 에이합의 40년에 걸친 집념 같은 것은 한낱 하얀 물거품으로 한방에 날려버리고 고래는 유유히 바다 속으로 사라진다. 에이합이 믿고 의지하는 피쿼드 호, 그의 용감한 뱃사람들, 모두 그의 인생을 자유케 해 줄 힘이 없다. 그가 죽는 순간 그의 계획은 끝난다. 다윗 왕은 이 진리를 알았다. "방백들을 의지하지 말며 도울 힘이 없는 인생도 의지하지 말지니, 그 호흡이 끊어지면 흙으로 돌아가서 당일에 그 도모가 소멸하리로다"(시편 146:3-4). 인간이 아무리 발버둥치고 노력해도 진정 닿을 수 없는 우주의 신비한 수수께끼를 느끼게 한다.

멜빌은 이 작품에서 인간이 스스로 신처럼 행동하고 하나님이 우주에 심어 놓은 어떤 힘을 제거하려 할 때, 요컨대 하나님의 위치를 대신하려 할 때 나타나는 결과는 파멸임을 보여주려고 시도했다. 에이합 선장이 악으로 규정하고 처치하려는 흰 고래를 그의 힘으로 무찌를 수 있다는 그의 오만한 자신감, 그의 교만은 하나의 악으로 간주된다. 성경에서 교만은 하나님을 의지하지 않는 최고의 적으로 간주되어 자신의 능력이나 소유만을 의지하는 악한 소행을 뜻한다. 하나님을 대적하는 자는 하나님이 반드시 꺾는다. 고전 그리스 비극이나 로마 비극에서는 교만을 자기 파괴적인 결과나 신들에 대한 무례함 등의 주제로 변형해서 사용하였다. 에이합의 교만한 성격은 파멸을 야기하고 치욕을 불러온다.

　　작가는 제목과 인물의 이름을 지을 때 의미를 두는 경우가 많다. 에이합은 성경에 나오는 아합 왕과 이름이 같다. 이스라엘 왕 아합은 왕후 이세벨의 부추김으로 우상에게 복종하고, 그 이전의 왕보다 더 큰 악을 행하여 하나님의 분노를 일으킨 왕이다. 에이합의 목숨 건 도전은 패배할 수밖에 없다. 신의 영역에 대한 도전이기 때문이다. 패배하도록 태어난 인간, 이 점은 인간의 비극성이기도하다.

　　이 작품은 낭만주의의 특징을 보여준다. 소외된 자아, 자아 발견의 고통, 선악의 대결, 인간의 절대적 부족함, 파우스트적인 영웅주의, 절대 진리에 대한 탐구, 인간 의지력의 한계, 신념과 의문 등, 이 소설이 다루는 것들은 19세기의 중요한 이슈들이었다. 135장에 걸친 방대한『모비 딕』의 장중한 문체와 격조 높은 리듬은 멋지다. 소설가 멜빌의 서술체는 극적이다. 이는 극작가 유진 오닐(1888-1953)의 극이 서술적인 점에서, 각기 다른 영역의 두 대표작가인 소설가와 극자가 두 장르의 양상을 넘나드는 비슷한 글쓰기 스타일은 흥미롭다. 인간이 다른 동물과 크게 다른 점은 바로 언어구사력에 있다. 하긴 하나님은 인간을 하나님의 이미지로 창조하셨다고 했으니까. 불과 30세 나이에 이토록 창의성이 뛰어난 웅장한 구상을 하고, 독자를 깊은 어둠으로 끌어 들이는 멜빌의 감동적인 울림, 그의 사색과 심리적 탐색은 놀랍다. 불후의 명작을 남기고 30 안팎에 요절한 예술가들이 제법 있으니 나이를 들먹일 수만은 없겠지만, 그래도 멜빌의 경우는 번득이는 천재적 영감의 산물이 아닌, 끈기 있는 체계적 연구 조사의 결과를 30세에 내놓았다는 점이 대단하다. 『모비 딕』은 고래에 관해 많은 것을 가르쳐 주는 고래 전과지도서 같은 책이기도 하면서, 또 한편 집요한 흰 고래 사냥을 지켜보는 독자들로 하여금 영웅적 고래잡이가 되는 감동도 느끼게 해준다.

다음 장면에서 에이합 선장은 선원들에게 온 힘을 기울여 흰 고래 모비 딕을 찾으라고 부추기고 명령한다. 선장을 증오하면서 또 한편 그를 측은하게 여기는 스타벅 항해사도 선장의 광기어린 집착에 운명적으로 끌려가는 자신을 한탄한다.

CHARACTERS: CAPTAIN AHAB, of the *Pequod*; STARBUCK, Chief Mate; TASHTEGO, Harpooneer.

SCENE: Captain Ahab sights the great white whale that haunts him, and incites his crew to share his fanatic excitement.

AHAB

(*Livid with excitement*) What do ye do when ye see a whale, men?

MEN

Sing out for him!

AHAB

Good! And what do ye next, men?

MEN

Lower away, and after him!

AHAB

It's a white whale, I say, a white whale! Skin your eyes for him, men; look sharp for white water; if ye see but a bubble, sing out!

TASHTEGO

Captain Ahab, that white whale must be the same that some call Moby Dick.

등장인물: **에이합,** 피쿼드 호의 선장; **스타벅,** 일등 항해사;
타쉬테고, 작살 잡이

장면: 선장 에이합은 그가 찾아다니고 있는 흰 고래 모비 딕을 발견하고 선
원들을 부추긴다.

에이합

(*흥분하여 상기된 얼굴로*) 고래를 보면 자네들은 어떻게 할 것인가?

선원들

고래다 하고 소리치지요!

에이합

좋아! 그리고는?

선원들

보트를 내려서 고래 뒤를 좇아야지요!

에이합

근처에 지금 흰 고래가 나타났어. 알겠느냐, 흰 고래 말이다! 방심하지
말고 눈을 부릅뜨고 찾아야 한다. 흰 물살을 겨냥해라. 물거품을 보거
든 소리 쳐라!

타쉬테고

에이합 선장님, 그 흰 고래는 사람들이 모비 딕이라고 부르는 고래가
틀림없어요.

AHAB

Moby Dick? Do ye know the white whale then, Tash?

TASHTEGO

Does he fan-tail a little curious, sir, before he goes down? And has he a curious spout, too, very bushy, and a good many iron in his hide?

AHAB

Corkscrew! Aye, the harpoons lie all twisted and wrenched in him. Aye, his spout is a big one, like a whole shock of wheat, and white as a pile of our Nantucket wool after the great annual sheep-shearing. Aye, Tashtego, and he fan-tails like a split jib in a squall. Death and devils, men, it is Moby Dick ye have seen. Moby Dick!

STARBUCK

Captain Ahab, I have heard of Moby Dick — but was it not Moby Dick that took off thy leg?

AHAB

Who told thee that? Aye, Starbuck, aye, my hearties all round, it was Moby Dick that dismasted me; Moby Dick that brought me to this dead stump I stand on now. Aye, aye, it was that accursed white whale that made a poor pegging lubber of me for ever and a day. Aye, and I'll chase him round Good Hope and round the Horn and round the Norway Maelstrom and round perdition's flames before I give him up. And this is what ye have shipped for, men, to chase that white whale on both

에이합

모비 딕? 타쉬테고, 너는 그럼 그 흰 고래를 아느냐?

타쉬테고

잠수 직전 묘한 부채꼴 꼬리 모양을 하지요? 분출하는 모습도 특이하고 털이 많고, 옆구리엔 작살이 여러 개 꽂혀있지요?

에이합

나사 모양의 송곳이지! 그래. 작살이 여기 저기 뒤틀려 꽂혀있어. 그렇다. 분출이 엄청나서 흡사 밀을 묶어놓은 거대한 볏단 모습 같지. 우리 난투켓 고장 양털 깎기 연중행사 때 쌓아 놓은 털처럼 하얗지. 타쉬테고, 자네가 본대로 꼬리는 돌풍 때 볼 수 있는 갈라진 삼각형 돛대 모양이야. 자네가 본 그놈이 죽음의 악마 맞아. 그게 모비 딕이야. 모비 딕!

스타벅

에이합 선장님, 저도 모비 딕에 대한 얘기를 들어본 적이 있어요 — 선장님 다리를 앗아간 고래가 모비 딕 아닌가요?

에이합

누가 그 말을 하던가? 그래, 스타벅, 맞아. 이보게 동지들, 내 몸을 망가트린 놈이 바로 모비 딕일세. 내게 의족을 안겨 준 놈이야. 그렇다. 그 저주받은 흰 고래 때문에 내가 영원히 이렇게 선원답지 못한 처참한 꼴이 되었어. 그래, 그렇다. 난 그놈의 저주받은 흰 고래를 계속 쫓아서 어디까지든, 남아프리카 남단 희망봉이든, 남미 최남단 케이프혼이든, 노르웨이 근해 화방수, 아니 지옥의 불구덩이까지도 포기하지 않고 쫓아가서 찾아낼 것이다. 자네들이 이 배에 탄 이유도 그놈을 잡기 위해서지. 흰 고래를 찾아 대양 끝까지, 지구 온 천지를 추적할 것

sides of land, and over all sides of earth, till he spouts black blood and rolls fin out. What say ye, men, will ye splice hands on it, now? I think ye do look brave.

TASHTEGO

Aye, aye! A sharp eye for the white whale; a sharp lance for Moby Dick!

AHAB

God bless ye! But what's this long face about, Mr. Starbuck? Wilt thou not chase the white whale? Art not game for Moby Dick?

STARBUCK

I am game for his crooked jaw, and for the jaws of death, too, Captain Ahab, if it fairly comes in the way of the business we follow; but I came here to hunt whales, not my commander's vengeance. How many barrels will thy vengeance yield thee even if thou gettest it, Captain Ahab? It will not fetch thee much in our Nantucket market.

AHAB

Nantucket market! Hoot! If money's to be the measurer, man, and the accountants have computed their great countinghouse the globe, by girdling it with guineas, one to every three parts of an inch, then, let me tell thee, that my vengeance will fetch a great premium here!

STARBUCK

Vengeance on a dumb brute, that simply smote thee from blindest instinct! Madness! To be enraged with a dumb thing, Captain Ahab, seems blasphemous.

이다. 그놈이 시꺼먼 피를 토하고 뒤집어져 뻗어버릴 때까지 말이다. 어떤가, 자네들도 힘을 합쳐야지? 자네들은 아주 용감해 보이니까.

타쉬테고

예, 알겠습니다! 눈을 부릅뜨고 흰 고래를 찾겠습니다. 작살을 꽉 잡고 모비 딕을 잡아야지요!

에이합

하나님의 가호를 빌겠네! 그런데 스타벅, 자네는 왜 우울한 표정을 하고 있나? 흰 고래를 쫓지 않으려는가? 모비 딕과 한판 붙지 않을 텐가?

스타벅

우리가 추구하는 고래잡이 사업만 제대로 한다면, 에이합 선장님, 비뚤어진 흰 고래 아가리도 박살내고 그놈을 사지로 몰 것입니다. 그러나 저는 이곳에 고래를 잡으러 왔지, 상관의 복수심을 만족시키려고 온 것은 아닙니다. 선장님의 복수심을 채우기 위해서, 모비 딕을 잡기까지 얼마나 많은 고래들을 잡으며 세월을 보내야 하는 겁니까, 에이합 선장님? 그 흰 고래를 잡는다 해도 저희 난투켓 시장에서는 보상금이 그리 대단치 않을 텐데요.

에이합

난투켓 시장! 집어 치우게! 돈이 잣대라면, 이보게, 회계사들이 이 지구덩이 전체를 거대한 회계사무소로 만들고, 온 지구 주위를 금화로 두른다 해도, 잘 알아두게, 내 복수의 엄청난 보상금은 여기 이 자리 바다 한 가운데 있네!

스타벅

이건 말 못하는 한 마리 물짐승에 대한 선장님의 맹목적 복수심이 불타는 것뿐입니다! 미친 짓입니다! 몸 덩어리 큰, 그깟 고래 한 마리를 향한 선장님의 분노는 불경스러워 보입니다.

AHAB

All visible objects, man, are but as pasteboard masks. But in each event, in the living act, the undoubted deed, there, some unknown but still reasoning thing puts forth the mouldings of its features from behind the unreasoning mask. If man will strike, strike through the mask! How can the prisoner reach outside except by thrusting through the wall? To me, the white whale is that wall, shoved near to me. Sometimes I think there's naught beyond. He tasks me; he heaps me; I see in him outrageous strength, with an inscrutable malice sinewing it. That inscrutable thing is chiefly what I hate, and be the white whale agent, or be the white whale principal, I will wreak that hate upon him. Talk not to me of blasphemy, man; I'd strike the sun if it insulted me. For could the sun do that, then could I do the other; since there is ever a sort of fair play herein, jealousy presiding over all creations.

Attend now, my braves. Drink, ye harpooneers!! Drink and swear, ye men that man the deathful whaleboats bow! Death to Moby Dick! God hunt us all, if we do not hunt Moby Dick to his death!

TASHTEGO

Death to Moby Dick! (*He exits.*)

STARBUCK

(*Under his breath*) God keep me — keep us all!

에이합

이보게, 눈에 보이는 모든 물체는 실체 없는 껍데기 탈에 불과한 걸세. 그러나 사건 하나하나, 실제 행동에서는, 의심의 여지없는 행동에서는 말일세. 알 수는 없어도 이성 있는 그 무언가가 불합리한 껍데기 뒤에서 형체를 내밀고 있어. 그 형체를 명중시키려면 껍데기를 내쳐야하는 거야! 갇혀있는 죄수가 벽을 뚫고 밀어내지 않고서야 어떻게 바깥세상에 닿을 수 있겠나? 저 흰 고래는 나한테 가까이 밀고 들어오는 바로 그 벽이란 말이다. 때때로 난 그 벽 너머에는 아무것도 존재하지 않는다는 생각이 들어. 그놈은 날 괴롭히고 계속 내 분노를 끓어오르게 하고, 불가사의한 악이 그놈의 힘을 부추기고 있어. 내가 무엇보다도 증오하는 건 바로 흰 고래 대행자, 아니, 주동자라 할까, 숨어 있는 그 불가사의한 악이야. 그놈에게 내 증오를 퍼부어 원한을 갚고 말 것이다. 그러니, 불경스럽다는 따위의 말은 내게 꺼내지 말게. 태양이라도 날 모욕하면 가만두지 않을 테니까. 왜냐하면 태양한테 그런 모욕을 받으면 나도 받은 모욕을 돌려줄 수밖에 없으니까. 모든 피조물에는 질투가 도사리고 있기 때문에 일종의 정정당당한 행동을 하는 거지.

용감한 나의 선원 제군들이여, 이제 각별한 주의를 기울여 주기 바라네. 건배 하세, 작살 잡이들이여!! 그대들 목숨 건 포경보트들이 복종하는 선장에게 건배하고 맹세하라! 모비 딕에게 죽음을! 우리가 모비 딕을 죽음으로 몰고 가지 않으면 신이 우리를 죽음으로 몰고 갈 것이다!

타쉬테고

모비 딕에게 죽음을! (*그는 퇴장한다.*)

스타벅

(*숨을 죽이고*) 하나님, 저를 지켜 주소서 — 우리 모두를 지켜 주소서!

AHAB

(*Sitting down, looking out over the sea*) Oh, time was, when as the sunrise nobly spurred me, so the sunset soothed. No more. This lovely light, it lights not me. All loveliness is anguish to me, since I can ne'er enjoy. Gifted with the high perception, I lack the low, enjoying power; damned, most subtly and most malignantly! Damned in the midst of Paradise! But what I've dared, I've willed; and what I've willed, I'll do!

They think me mad — Starbuck does; but I'm demoniac! I am madness maddened! That wild madness that's only calm to comprehend itself! The prophecy was that I should be dismembered, and aye! I lost this leg. I now prophesy that I will dismember my dismemberer. Now, then, be the prophet and the fulfiller one. The path to my fixed purpose is laid with iron rails, whereon my soul is grooved to run. Over unsounded gorges, through the rifled hearts of mountains, under torrents' beds, unerringly I rush! Naught's an obstacle, naught's an angle to the iron way!

STARBUCK

(*Watching him, quietly*) My soul is more than matched; she's overmanned, and by a madman! Insufferable sting, that sanity should ground arms on such a field! But he drilled deep down, and blasted all my reason out of me! I think I see his impious

에이합

(*바다를 바라보며 의자에 앉는다.*) 오, 떠오르는 태양이 나를 번쩍 일으켜 세우고, 지는 해는 나를 진정시켜 주던 때가 있었는데. 이제는 그렇지가 않구나. 이 아름다운 일몰은 나를 비추지 않는다. 감상하고 즐길 수 없게 된 나에게는 이제 모든 아름다움이 고통일 뿐이니. 뛰어난 인식력을 갖고도 작은 즐거움조차 느끼지 못하다니. 난 지독히도 교활한, 악한 저주를 받았구나! 낙원 한복판에서 저주 받은 신세로다! 그러나 담대히 내 뜻을 펼 것이다. 뜻을 품은 이상 반드시 이루고 말 것이다!

선원들은 날 미쳤다고 생각하겠지 — 분명 스타벅은 그렇게 생각하고 있어. 난 악마와 같아! 광기가 발광하는 거야! 광기를 이해할 때야 발광증이 진정돼지. 나에 대한 예언은 내 손발이 잘릴 것이라고 했겠다. 그렇다! 난 다리를 잃었어. 이제는 내가 예언하거니와, 내 몸을 불구로 만든 그놈의 몸뚱이를 다 잘라버릴 것이다. 자, 그러면, 예언자와 예언을 행하는 자는 이제 하나가 되는 거야. 나의 확고한 목표를 향한 길은 강철로 되었고, 내 영혼은 그 위를 달리도록 철로에 박혀있다. 측량 못할 깊은 골짜기든, 위험한 오지의 산속이든, 급류 바다이든, 어디든 어떤 험한 곳도 피하지 않고 적중해서 돌진할 것이다! 어떤 것도 장애가 될 수 없으니, 강철로 된 길이 휘는 법은 없지!

스타벅

(*조용히 그를 지켜보면서*) 내 영혼이 제 짝을 만났구나. 한 미치광이에게 끌려다니고 있으니! 정신이 온전히 박힌 자라면 이렇게 고통스런 전투장에서는 항복하고 무기를 내던질 수밖에 없으련만! 그런데 선장은 내 이성에 구멍을 깊이 뚫고 폭파시켜 버렸어! 그의 불경스런 종말이

end, but feel that I must help him to it. Will I, nill I, the ineffable thing has tied me to him; tows me with a cable I have no knife to cut. Horrible old man! Who's over him, he cries; aye, he would be a democrat to all above; look, how he lords it over all below! Oh, I plainly see my miserable office, to obey, rebelling; and worse yet, to hate with touch of pity! For in his eyes I read some lurid woe would shrivel me up, had I it. Yet is there hope. Time and tide flow wide. The hated whale has the round watery world to swim in, as the small goldfish has its glassy globe. His heaven-insulting purpose, God may wedge aside. I would up heart, were it not like lead. But my whole clock's run down; my heart the all-controlling weight, I have no key to lift again.

눈에 보이지만, 그래도 그의 목적을 도와서 끌어주어야 한다는 느낌이 드는 걸 어쩌랴. 좋든 싫든, 말로 표현할 수 없는 그 무엇이 나를 그에게 묶어놓고 있어. 칼로 잘라지지 않는 굵은 밧줄에 나를 달아매고 끌고 다니는, 끔찍스런 늙은이! 그를 지배하는 저 위에 계신 분에게는 부르짖고, 그래, 자기보다 위에 있는 자에게는 평등하게 민주적이지. 그런데 저보다 아래 있는 자들에게는 어떻게 군림하는가 보라! 오, 반항심을 갖고 복종해야 하는 나의 처절한 임무가 눈앞에 똑똑히 보이는구나. 더 고약한 것은 내가 선장을 불쌍히 여기면서 증오한다는 이 사실! 그의 눈에 담긴 소름끼치는 근심이 나를 오그라들게 하고 있어. 그럼에도 아직은 희망이 있다. 세월과 조류는 넓게 흐른다. 유리그릇 속이 온 우주인줄 알고 노는 작은 금붕어들처럼 증오의 대상인 저 고래는 온 대양을 헤엄치고 돌아다니겠지. 하늘을 모욕하는 선장의 목적을 하나님께서 제발 제거해주시기를. 내 심장이 납덩어리 같지만 않아도 희망을 갖고 힘을 내겠건만, 내 온 육신은 완전히 탈진했어. 이 몸을 지탱하는 심장의 기력을 다시 일으켜 세울 방도가 내겐 없구나.

『모드 멀러』(*Maud Muller*)

존 그린리프 휘티어 John Greenleaf Whittier, 1807~92

■ **해설**

미국의 열렬한 노예제도폐지 운동가이며 퀘이커교도인 휘티어는 시골 농가에서 가난하게 자랐다. 투철한 종교심에 인도주의자였던 그는 사회의식이 강한 열렬한 독서광이었다. 정치에 관심이 많던 그는 1832년 국회의원에 출마했으나 낙선한 이후 노예제도를 반대하는 여러 신문사의 주간을 거치면서 사회의 도덕성을 바르게 하는 일에 중추적 역할을 했다. 그러나 그가 깨달은 것은 정치가 배제된 도덕적 설득만으로는 영향력을 발휘할 수 없고, 제도적 변화를 수반할 때 비로소 도덕운동이 성공할 수 있음을 알았다. 그래서 그는 1839년 자유당의 설립 멤버가 되었다. 에머슨(1803-82)과 롱펠로에게도 입당을 권했으나 이들은 사양했다. 휘티어는 노예제도폐지운동의 지지를 넓히는 데는 자유당의 정치적 호소가 가장 좋은 방법이라고 믿었다.

휘티어의 시는 가끔 육체적, 정신적, 경제적인 모든 종류의 억압들을 노예(slavery)로 상징하여, 독자들에게 논리보다는 감정에 호소함으로 좋은 반응을 얻었다. 그가 쓴 시 "우리의 주님"(Dear Lord and Father of Mankind)은 "그 영원하신 사랑은 넓고도 깊어서/ 늘 나눠줘도 여전히 깊어서 다함이 없도다"라는 찬송가로 불려진다.

휘티어 시의 주제는 주로 가정생활, 어린 시절의 순수성, 사회에서의 인간의 동등성, 도덕적 행동의 가치 등을 강조한다. 휘트먼(1819-92), 포우(1809-49), 디킨슨(1830-86), 에머슨 같은 19세기 미국을 대표하는 동시대 시인들과 견주어 볼 때 시적 이미지와 철학적 깊이가 그들보다 떨어질지는 모르나, 휘티어의 풍속 시는 질박한 뉴잉글랜드 정서를 보여준다.

설화 시 『모드 멀러』의 시상은 시인이 메인 주 여행에서 얻은 것이다. 여행 중 잠시 쉬려고 사과나무 그늘 아래 멈추었을 때 눈에 들어온 광경을 떠올리고 쓴 시다. 시인은 들판에서 건초를 베고 있던 아름다운 젊은 여인과 이야기를 나누는 가운데 여인이 자신의 맨발과 햇볕에 검게 그을린 피부를 부끄러워하는 것을 알아보았다. 휘티어는 이 단순한 일상 사건을 『모드 멀러』 시 속의 "그런 사람이 되었을지도 모르는데" 이야기의 근거로 삼고 있다.

이 시는 미국시인 로버트 프로스트(1874-1963)의 "걸어보지 않은 길"을 연상시킨다. "이쪽 길을 택하지 않고 저쪽 길로 갔더라면 내 인생은 달라지지 않았을까" 하는 내용의 시다. 그대로 보면 『모드 멀러』의 내용과 비슷하지만 프로스트 시 속의 "두 길"은 인생의 선택을 상징하고 있으며, 시인은 두 길을 모두 걸어 보고 싶은 것이다. 선택의 문제는 선택한 길이 좋든 싫든 선택하지 않은 길에 대한 미련은 남아 있기 마련이다. 그러나 휘티어 시 속의 여인은 이를테면, "나도 도회지 넉넉한 집안에 태어나 저런 남자를 만났으면 얼마나 좋았을까" 하고 넋두리를 한다. 선택권이 주어졌으면 다분히 판사 같은 신사를 반려자로 택했을 터이지만, 그녀에게 그런 선택의 기회는 없고 그런 남자를 만날 환경에 있지도 않다. 그리고 판사 역시 농촌의 아련하고 느슨한 향수를 느낄 뿐, 농부로 태어나지 않은 자신의 처지를 후회하지 않는다. 왜냐하면 그는 권력과 출세를 원했기 때문이다. 따라서 함축적 의미에서 『모드 멀러』의 여인과 『걸어보지 않은 길』의 화자 사이에는 차이가 있다.

　　우리도 모드 멀러와 비슷한 생각과 경험을 한다. 그 때 내가 이 사람이 아닌, 저 사람하고 인연이 되었더라면, 첫 번째 선 본 사람과 결혼했더라면, 그랬으면 내가 바라고 꿈꾸던 생활을 할 수 있었을지도 모르는데 하는 등의 회한을 듣는다. 발췌된 장면은 바로 그런 인생모습을 보여준다.

CHARACTERS: NARRATOR; MAUD MULLER; THE JUDGE

NARRATOR

Maud Muller on a summer's day

Raked the meadow sweet with hay.

Beneath her torn hat glowed the wealth

Of simple beauty and rustic health.

Singing, she wrought, and her merry glee

The mock-bird echoed from his tree.

But when she glanced to the far-off town,

White from its hill-slope looking down,

The sweet song died, and a vague unrest

And a nameless longing filled her breast;

A wish that she hardly dared to own,

For something better than she had known.

The Judge rode slowly down the lane,

Smoothing his horse's chestnut mane.

THE JUDGE

I drew my bridle in the shade

Of the apple-trees, to greet the maid,

And ask a draft from the spring that flowed

Through the meadow across the road.

She stooped where the cool spring bubbled up,

And filled for me her small tin cup,

And blushed as she gave it, looking down

등장인물: 해설자; 모드 멀러; 판사

해설자

어느 여름 날 모드 멀러는

향기로운 목초지에서 건초를 베고 있었네.

찢어진 모자 밑으로 소박하게 아름다운

시골 처녀의 건강미가 빛나고,

노래 부르며 일하는 그녀의 즐거움을

입내새들도 나무에서 화답했네.

그러나 언덕 아래 저 멀리

뽀얗게 눈에 들어오는 읍내를 내려다볼 때

그녀의 달콤한 노래는 사라지고, 가슴 속에

막연한 불안감과 이름 모를 그리움,

그녀가 지금까지 알던 것보다 한층 높은,

감히 바라볼 수 없는 갈망이 솟구쳤네.

말을 탄 판사가 갈색 말머리를 쓰다듬으며

천천히 언덕길을 따라 내려왔네.

판사

나는 사과나무에 말고삐를 묶고

길 건너 목초지에 흐르는

샘물 한 모금을 청하러 여인에게 다가갔다.

그녀는 몸을 구부려, 거품 부글거리는

시원한 샘물을 작은 양철 컵

하나 가득 떠서 내게 건넸다.

자신의 벌거숭이 발과 낡은 옷을

On her feet so bare, and her tattered gown.

"Thanks!" said I then; "A sweeter draft

From a fairer hand was never quaffed."

I spoke of the grass and flowers and trees,

Of the singing birds and the humming bees;

Then talked of the haying, and wondered whether

The cloud in the west would bring foul weather.

NARRATOR

And Maud forgot her brier-torn gown

And her graceful ankles bare and brown;

And listened while a pleased surprise

Looked from her long-lashed hazel eyes.

At last, like one who for delay

Seeks a vain excuse, he rode away.

Maud Muller looked and sighed:

MAUD MULLER

Ah me! That I the Judge's bride might be!

He would dress me up in silks so fine,

And praise and toast me at his wine.

My father should wear a broadcloth coat;

My brother should sail a painted boat.

I'd dress my mother so grand and gay,

And the baby should have a new toy each day.

And I'd feed the hungry and clothe the poor,

내려다보며 여인은 얼굴을 붉혔다.

나는 말했다. "고맙소! 댁보다 더 고운 손으로 떠주는

이런 맛좋은 물을 마셔 본 적이 없소"라고.

나는 풀과 꽃과 나무에 대해서, 그리고

지저귀는 새와 윙윙대는 벌에 대해서 이야기했고,

건초매기에 관해서도, 또 서쪽 구름이 궂은 날씨를

몰고 올 것 같아 염려된다는 말도 했다.

해설자

그래서 모드는 풀뿌리에 찢긴 옷도

햇볕에 그을린 갈색 맨발의 우아한 발목도 잊고,

속눈썹이 긴 갈색 눈은 즐겁고 놀란 표정으로

뜻하지 않은 판사의 말에 귀를 기울였네.

머물기 위해 괜한 구실을 찾았던 사람처럼

판사는 이내 말을 타고 떠났고,

모드 멀러는 그를 바라보며 한숨지었네.

모드 멀러

아 내 신세! 저 남자의 신부도 될 수 있을 텐데!

그러면 좋은 실크 옷도 입겠지.

포도주를 건배하며 나를 칭송해 주고,

우리 아버지께는 폭 넓은 고급 코트도 입혀드리고,

남동생은 화사하게 칠한 보트로 항해하고,

어머니는 우아한 밝은 드레스를 입으실 수 있고,

우리 아기 장난감은 매일 새 것으로 바뀔 텐데.

굶주린 사람들을 먹여주고 헐벗은 사람들을 입혀주고,

And all should bless me who left our door.

NARRATOR

The judge looked back as he climbed the hill,

And saw Maud Muller standing still.

THE JUDGE

A form more fair, a face more sweet,

Ne'er hath it been my lot to meet.

And her modest answer and graceful air

Show her wise and good as she is fair.

Would she were mine, and I today

Like her, a harvester of hay;

No doubtful balance of rights and wrongs,

Nor weary lawyers with endless tongues,

But low of cattle and song of birds,

And health and quiet and loving words.

Then I thought of my sisters, proud and cold,

And my mother, vain of her rank and gold.

So, closing my heart, I then rode on.

MAUD MULLER

And I was left in the field alone.

NARRATOR

But the lawyers smiled that afternoon,

When he hummed in court an old love-tune;

And the young girl mused beside the well

Till the rain on the unraked clover fell.

그러면 우리 집을 거쳐 간 사람들은 모두 나를 축복하겠지.

해설자

판사는 언덕을 올라가며 뒤돌아보고

그대로 서 있는 모드 멀러를 바라보았네.

판사

저렇게 아름답고 저렇게 상냥한 얼굴을

만날 수 있는 운이 내게는 없었구나.

저 여인의 겸손한 대답과 우아한 자태는

아름다운 만큼 현명하고 선한 여인으로 보이는데.

저 여자가 내 여자라면, 오늘 나는

저 여인처럼 여기서 함께 풀을 베고 있겠지.

옳으니, 그르니, 의심의 형평을 따지면서

피곤한 변호사들과 끝없는 변론도 하지 않겠지.

그 대신 소 우는 소리, 새 지저귀는 소리,

조용히 흐르는 건강한 사랑의 소리를 듣겠지.

그 순간, 거만하고 차가운 내 여동생들 얼굴과

세상 부귀와 허영에 들뜬 어머니 모습이 떠올라

나는 마음을 닫고, 말을 몰아 내 길을 갔다.

모드 멀러

들판에 나 홀로 남아 있구나.

해설자

그러나 그날 오후, 흘러간 사랑 노래를 흥얼거리는

재판정의 판사를 본 변호사들은 미소 지었네.

젊은 여인은 아직 다 거두지 못한 토끼풀 위에

비가 떨어질 때까지 샘가에 서서 생각에 잠겨 있었네.

THE JUDGE

I wedded a wife of richest dower,

Who lived for fashion, as I for power.

Yet oft in my marble hearth's bright glow,

I watched a picture come and go;

And sweet Maud Muller's hazel eyes

Looked out in their innocent surprise.

Oft, when the wine in my glass was red,

I longed for the wayside well instead;

And closed my eyes on my garnished rooms

To dream of meadows and clover-blooms.

I, a proud man, sighed, with a secret pain.

"Ah, that I were free again!

Free as when I rode that day,

Where the barefoot maiden raked her hay!"

MAUD MULLER

I wedded a man unlearned and poor,

And many children played round my door.

But care and sorrow, and childbirth pain,

Left their traces on heart and brain.

And oft, when the summer sun shone hot

On the new-mown hay in the meadow lot,

And I heard the little spring brook fall

Over the roadside, through the wall,

판사

내가 권력을 추구하듯, 오직 모양만 일삼는

지참금 두둑한 부유한 여인과 나는 결혼했다.

가끔 대리석 벽난로 불빛 속에

오락가락 스치는 그림 하나,

상냥한 모드 멀러의 갈색 눈빛이

순진한 놀램으로 내다보았다.

붉은 포도주 잔을 손에 들고 있을 때면

나는 가끔 노변의 샘물을 그리워하며

장식 화려한 내 방에 눈을 감고

토끼풀 가득한 들판을 꿈꾸었다.

자존심 강한 나는 고통스런 비밀에 한숨지었다.

"아 다시금 내게 자유가 주어졌으면!

말 타고 가던 그 날, 맨발의 처녀가

건초 베던 그런 자유가 주어졌으면!"

모드 멀러

나는 교육 없는 가난한 농부와 결혼했고,

문 앞에서 많은 우리 애들이 놀았으나,

근심과 슬픔 그리고 산통은

내 마음과 머릿속에 흔적을 남겼다.

갓 베어 낸 건초더미에

여름 햇살 뜨겁게 내려 쪼이고

들판 둑 너머 작은 고랑에

물소리 들릴 때면, 가끔

In the shade of the apple-tree again

I saw a rider draw his rein.

And gazing down with timid grace,

I felt his pleased eyes read my face.

Sometimes my narrow kitchen walls

Stretched away into stately halls;

The weary wheel to a spinet turned,

The tallow candle an astral burned,

And for him who sat by the chimney lug,

Dozing and grumbling o'er pipe and mug,

A manly form at my side I saw,

And joy was duty and love was law.

Then I took up my burden of life again,

Saying only, "It might have been."

NARRATOR

Alas for maiden, alas for Judge,

For rich repiner and household drudge!

God pity them both! And pity us all,

Who vainly the dreams of youth recall.

For of all sad words of tongue or pen,

The saddest are these:

THE JUDGE & MAUD MULLER

It might have been!

사과나무 그늘 아래 말고삐 잡고 있는

한 사람이 눈에 들어왔다.

부끄럼타는 수줍음으로 눈을 들지 못한 나는

내 얼굴을 즐거워하는 그의 눈빛을 느꼈다.

때때로 나의 좁은 부엌 벽은

당당한 거대한 방으로 뻗어 갔고

지친 수레바퀴는 소형 피아노로 변하고

수지양초는 수많은 별빛 되어 타 올랐다.

굴뚝 모서리에 앉아 꾸벅꾸벅 졸며

파이프와 머그잔을 들고 투덜대는 그이 대신

내 옆에 남자다운 한 모습을 보았다.

기쁨은 의무였고 사랑은 법이었다.

나는 다시 내 생활의 무거운 짐을 지고,

"그런 사람이 되었을지도 모르는데" 하고 한숨지었다.

해설자

여인도 가엾고 판사도 가엾구나.

유족한 불평 자와 가사에 찌든 여인!

신이여, 이 두 사람을 불쌍히 여기소서! 우리 모두를,

젊은 날의 꿈을 헛되이 돌아보는 우리를 불쌍히 여기소서.

모든 슬픈 말과 글 가운데

가장 슬픈 것은 이것이니:

판사와 모드 멀러

그런 사람이 되었을지도 모르는데!

『데카메론』(*The Decameron*)

지오반니 보카치오 Giovanni Boccaccio, 1313~75

■ 해설

보카치오는 단테(1265-1321), 페트라르카(1304-74)와 더불어 14세기 이탈리아 르네상스의 등대로 간주되었다. 보카치오는 그리스 언어를 좋아해서 제목을 『데카메론』으로 쓴 것을 알 수 있다. Decameron은 deca("ten") + meron("day")을 합친 복합어로 "10일"은 등장인물들이 각각 이야기를 들려주는 기간을 의미한다.

1348년 흑사병이 돌던 이탈리아에서 일곱 명의 젊은 여인과 세 명의 젊은 남자들이 흑사병을 피해 플로렌스를 떠나 2주 동안 멀리 피에솔레 시골로 떠난다. 일주일 중 허드렛일을 하는 하루와 종교의식을 위한 날들을 빼고 열흘 저녁을 각각 이야기를 들려주며 보낸다. 그래서 2주 동안 들려준 이야기는 모두 100편이다.

부유한 남녀 열 명은 각각 하루 씩 돌아가며 왕 또는 여왕이 된다.

왕이나 여왕은 그날 이야기의 주제를, 운명의 힘, 인간의 의지력, 비극적인 사랑 이야기, 희극적인 사랑 이야기, 화자를 구해주는 지혜로운 이야기, 남자에 대한 여인의 술수, 여인에 대한 남자의 술수, 서로에 대한 사람들의 술수, 덕망의 예, 이러한 주제 가운데서 왕/여왕이 선택한 제목의 예를 들려주어야 한다.

세련되고 이상화된 중세의 이야기 속의 장소는 피사, 시에나, 플로렌스, 시실리, 로도스 섬, 사이프러스 등 실제 이탈리아 지도상에 존재하는 곳들이다. 프랑스, 잉글랜드, 스페인도 배경에 나오고 바벨론 술탄의 어여쁜 딸이 납치되어 그리스, 터키, 알렉산드리아 등에서 4년간 지내는 동양 이야기도 있다. 『아라비안나이트 이야기』처럼 서로 돌아가면서 들려주는 설화 형식의 『데카메론』은 세속적인 외설스런 이야기도 풍자적으로 재치 있게 들려준다.

이렇게 하여 『데카메론』의 이야기는 통일된 철학적 사고를 드러낸다. 중세 때 흔한 주제인 "운명의 쳇바퀴"의 영향으로 인한 흥망성쇠가 주로 지배적이다. 단테의 『신곡』의 전통적 교육을 받은 보카치오는 이야기의 문학적 사건과 기독교 메시지의 연결을 다양한 차원의 알레고리로 보여준다. 그러나 『데카메론』은 단테의 모델을 사용하여 독자를 교육시키기 위함이 아니고, 교육의 방법을 풍자하여, 로마 가톨릭교, 신부들, 종교적 신념을 코미디의 자료로 사용하였다. 이는 흑사병 이후 나타난 역사적 경향으로 당시 널리 퍼져있던 교회에 대한 불만의 표출이었다.

신랄한 사회비판이 담겨 있는 이 책은 이탈리아 문학뿐 아니라 다른 나라의 문학에까지 영향을 미쳤으며, 특히 중세 영국작가 초서(1304?-1400)의 『캔터베리 이야기』에 끼친 영향은 두드러진다. 이야기의 플롯은 보카치오가 원래 지어낸 것은 아니지만 중세의 원전에서 우화나 일화, 기담을 활용한 것이다. 여기 발췌된 이야기는 첫날 세 번째 순서로 필로메나가 들려준다. 화자의 지혜로운 답변이 화자를 위험에서 구해주는 카테고리에 속하는 이야기다.

보통은 장자를 중시하기 십상인데 여기 필로메나의 이야기에 등장하는 부자 아버지는 아들 셋을 똑같이 사랑하다보니 반지를 누구에게 물려주어야할지 고민한다. 구약 성서에 나오는 이삭의 두 아들 에서와 야곱은 쌍둥이다. 아버지는 전통에 따라 장자를 중시하지만 어머니 리브가는 동생 야곱만을 절대편애 한다. 만약 이삭 가문에 그 중요한 반지가 있었더라면 리브가의 꾀로 반지는 틀림없이 야곱의 소유가 되었을 것이다. 그런데 『데카메론』의 부자는 참으로 공명정대하다.

어느 사회나 마찬가지겠지만, 우리 사회에서도 돈과 재산/재물이 많은 부모는 고민이 많다. 자식들의 용틀임하는 재산 싸움이 이 나라의 뉴스거리로 등장할 때가 제법 있다. 재산이 많으면 많은 대로 적으면 적은 대로, 재물 있는 곳에는 욕심이 있으니, 돈의 위력이 대단한데 이를 마다할 사람 있겠는가? 있다한들 그 수는 극히 적으리라. 『데카메론』의 부자는 참으로 지혜롭게 이 문제를 풀었다. 중요한 결과는 누가 그 반지를 소유하느냐의 문제보다, 아버지의 뜻을 헤아리고 세 아들이 의좋게 잘 살았다는 형제애의 미담이 듣기 좋다.

여기 발췌된 부분은 첫 날 세 번째 필로메나가 들려주는 살라디노에 대한 이야 기다. 중동의 왕인 살라디노는 재정이 어려워지자, 멜키세덱이라는 돈 많은 유대인의 재산을 뺏으려 한다. 왕은 멜키세덱에게 이슬람교, 유대교, 기독교 중 어느 종교가 가장 우수하냐고 묻는다. 그가 어느 종교를 택하든 왕은 그에게 다른 종교를 모독했다는 죄를 물을 참이었다. 멜키세덱은 진귀한 반지를 유산으로 받고 싶어 하는 세 아들에 대한 어느 아버지의 이야기를 들려준다. 아버

CHARACTERS: FILOMENA, a young woman; **SALADIN,** sultan of Egypt; **MELCHIZEDEK,** a Jewish moneylender; the **RICH MAN.**

SCENE: FILOMENA sits at one side, as the storyteller, speaking to the audience as her companions.

FILOMENA

I am reminded of the story of a moneylender who once found himself in a perilous situation. Have we not all heard fine things concerning God and the truth of our religion, and wondered about them? After hearing my story, you may all wish to be more cautious in answering questions addressed to you. It is a fact, my sweet companions, that just as folly often destroys men's happiness and casts them into misery and despair, so prudence may rescue the wise from dreadful perils and guide them firmly to safety and reward. In my little tale, Saladin, whose great worth had raised him from humble beginnings to the sultanate of Egypt and brought him many

지는 진품 반지와 똑같은 모조 반지 둘을 만들어 아들들에게 주고, 어느 것이 진품인지 구별할 수 없게 한다. 아버지의 깊은 뜻을 헤아린 삼형제가 서로 우애 좋게 지냈다는 이야기다. 이 이야기를 듣고 감동한 살라디노 왕은 멜키세덱에게 돈이 필요한 처지를 솔직히 고백한다. 왕에게 돈을 빌려 준 멜키세덱은 왕과 친한 친구가 된다.

등장인물: 필로메나, 젊은 여인; 살라딘, 이집트의 군주; 멜키세덱, 유대인 대금업자; 부자

장면: 필로메나는 한 쪽에 앉아 관객을 그녀의 청중으로 삼고 이야기를 들려준다.

필로메나

한 때 위험한 상황에 처했던 어느 대금업자에 대한 이야기가 생각납니다. 우리는 하나님과 종교의 진리에 대한 좋은 말들을 듣고 또 궁금해 하지 않습니까? 제 얘기를 듣고 나면, 어떤 질문이 주어졌을 때, 대답을 하기 전에 우리는 먼저 신중해야 할 필요가 있음을 알게 될 것입니다. 친애하는 여러분, 어리석음은 이따금 인간의 행복을 무너트리고 처참과 절망에 빠지게 하지요. 그러나 세심한 분별력은 끔찍한 위험에 빠지지 않게 현명한자를 구해주고, 안전하게 인도하여 보상을 받게 해준다는 사실입니다. 여러분이 듣게 될 저의 작은 이야기에는 살라딘이 등장합니다. 그의 고귀한 성품은 그를 비천한 신분에서 이집트 군주의 자리까지 오르게 하지요. 사라센과 기독교 왕들을 물리쳐서 숱한 승리를

victories over Saracen and Christian kings, had spent all of his great treasure on the wars and in acts of generosity. He suddenly found himself in need of a great sum of money and called to his presence the Jewish moneylender, Melchizedek, who carried out his business in Alexandria. He knew that Melchizedek would have enough money to lend on short notice, if only he could be persuaded to part with it. He also knew that Melchizedek was a miserly man who would not loan his money freely of his own will. Saladin did not wish to take the money by force, so he picked his brains to find a way to compel Melchizedek to assist him, and finally resolved to use force in the guise of reason. When Melchizedek appeared before him, he gave him a cordial reception and invited him to sit down beside him. (*SALADIN and MELCHIZEDEK enter together and sit on a bench, one beside the other.*)

SALADIN

O man of excellent worth, I have heard of your great wisdom and knowledge of the ways of God. Will you tell me which of the three laws, Jewish, Saracen, or Christian, you deem to be the one true Law?

FILOMENA

Melchizedek, who was a very wise man, realized that Saladin was trying to pick a quarrel with him, and that if he praised one of the three laws over the other two, the Sultan would

거둔 살라딘이 그의 모든 재산을 수많은 전쟁과 관대한 일에 사용했습니다. 살라딘은 갑자기 큰 돈이 필요하게 되어 알렉산드리아에서 대금업을 하고 있는 유대인 멜키세덱을 불러 들였습니다. 군주는 충분한 액수의 돈을 급히 마련할 능력 있는 멜키세덱을 설득만 한다면 필요한 비용을 얻어낼 수 있음을 알고 있었지요. 군주는 또 멜키세덱이 마음대로 돈을 쉽게 빌려주지 않는 수전노라는 사실도 알고 있었습니다. 살라딘은 그의 돈을 억지로 취할 의사는 없었기 때문에 멜키세덱이 어쩔 수 없이 그를 돕게 만드는 방법을 찾기에 고심했어요. 그리고 드디어 이성을 가장한 힘을 행사하기로 결심했지요. 멜키세덱이 살라딘 앞에 나타났을 때 그는 멜키세덱을 따듯하게 맞이하였고 그의 옆자리에 앉도록 청했습니다. (*살라딘과 멜키세덱이 함께 들어와서 나란히 벤치에 앉는다.*)

살라딘

고매하신 부호시여, 그대의 지혜와 하나님의 가르침에 대한 지식이 상당하다는 얘기를 들었소. 유대 법, 사라센 법, 기독교 법, 이 세 가지 법 가운데 그대가 진정한 율법으로 간주하는 것은 어느 것인지 말해 주시겠소?

필로메나

매우 지혜로운 멜키세덱은 살라딘이 그와 논쟁을 시도하려는 뜻을 알아차리고, 어느 한 쪽의 종교법을 다른 두 종교보다 칭찬하면 군주의

succeed in his aim. Therefore, to avoid falling into Saladin's trap, he sharpened his wits very quickly and readily gave answer.

MELCHIZEDEK

My lord, your question is a good one, and my answer will be found in a story.

SALADIN

Ah! I am fond of stories. Begin!

MELCHIZEDEK

There was once a great and wealthy man who possessed in his immense treasury of jewels a precious and beautiful ring. (*The RICH MAN enters, admiring a large and beautiful ring on his finger.*) It was such a valuable ring that he wished to leave it to the son who would be his heir.

RICH MAN

I will bequeath this ring to one of my sons, but which one? Ah! The one who finds it among his possessions, or the one to whom I shall give it personally, shall be my heir and the other two will honor and respect him as the head of the family.

MELCHIZEDEK

The man's three sons were all virtuous and obedient, and he loved each of them equally. Each son hoped to receive the ring and take precedence over his brothers, and each did all that he could to persuade his father to leave him the ring when he died. But the man could not decide which son would inherit the ring. He loved each one and wished to please them all.

목적이 성공할 것임을 알았지요. 그래서 살라딘의 덫을 피하기 위해서 머리를 빨리 회전하여 재치 있게 대답하였습니다.

멜키세덱

군주님, 좋은 질문이십니다. 그에 대한 제 대답을 어느 한 이야기를 통해서 들려드리겠습니다.

살라딘

아! 난 이야기를 좋아하오. 시작해 보시오!

멜키세덱

옛적에 많은 보물을 갖고 있는 큰 부자가 있었지요. 그 중에서도 그가 특별히 아끼는 아름다운 반지가 있었습니다. (*부자가 그의 손가락에 낀 크고 아름다운 반지를 감탄하면서 등장한다.*) 그는 매우 값진 그 반지를 상속자가 될 아들에게 주기를 원했습니다.

부자

이 반지를 세 아들 중 한 아들에게 상속해야 할 터인데. 그런데 어떤 아들에게 물려줘야하나? 아! 그냥 소지품에 넣어 주어서 반지가 들어 있는 자의 소유로 할 것인가? 아니면 내가 개인적으로 주고 싶은 아들에게 넘겨주고, 그 아들이 내 상속자가 되게 하나? 그렇게 되면 다른 두 아들들은 그를 가족의 우두머리로 삼고 명예롭게 존중하겠지.

멜키세덱

부자는 덕망 있고 순종적인 그의 세 아들을 모두 동등하게 사랑했습니다. 아들들은 제각각 그 반지를 자기가 물려받아서 다른 형제들의 우위를 차지하고 싶어 했지요. 그래서 그 반지를 받기 위해 아버지가 세상을 뜰 때까지 최선을 다해 아버지를 설득했습니다. 그러나 누구에게 반지를 상속해야 할지 아버지는 결정을 못했습니다. 세 아들을 모두 사랑했고 세 아들 모두를 즐겁게 해주고 싶었기 때문입니다.

RICH MAN

There is only one thing I can do. Secretly, I will have two more rings made exactly like this one, and my sons will not be able to tell which is the original. Each will know that I love and honor him. (*He leaves, obviously pleased with his decision.*)

MELCHIZEDEK

So the man secretly commissioned a master craftsman to make two more rings, and when he was dying, he called each of his sons to him in turn and gave one ring to each. After his death, his sons were eager to succeed to his title and estate and each son produced his ring to prove his right as heir. But when they saw that all three rings were exactly alike, they could not determine which was the original, and the question of who was the rightful heir remained in abeyance — with no one holding the title. To this day it has never been settled. And I say to you, my lord, that the same applies to the three laws which God the Father granted his three peoples. Each considers itself the legitimate heir to God's estate, each believes it possesses the one true Law, and each observes God's commandments as they know them. But, as with the rings, the question as to which of them is right, or the one true Law, remains in abeyance.

부자

내가 할 수 있는 것은 오직 한 가지다. 이 반지와 똑같은 반지를 비밀리에 두 개 더 만들면 어느 게 진품인지 알 수 없겠지. 아들들은 제각각 내가 그를 가장 사랑하고 명예롭게 여겼다고 믿겠지. (*그는 그의 결정에 만족하면서 자리를 뜬다.*)

멜키세덱

그래서 부자는 비밀리에 최고의 세공기술자에게 똑같은 반지 두 개를 더 만들 것을 위촉했고, 그의 임종 시 아들을 하나씩 차례로 불러 반지를 주었습니다. 부자가 죽은 후 아들들은 아버지의 권리와 재산 소유권을 계승하기에 급급하였고, 각기 자신이 상속자임을 증명하기 위해 반지를 보여주었습니다. 그러나 반지 세 개가 똑같아서 누구의 반지가 진품인지 결정할 수가 없었지요. 누가 정당한 상속자인가 하는 문제는 어떤 아들도 그 권리를 얻지 못한 채 미정으로 남아있습니다. 오늘날까지도 결정을 보지 못하고 있답니다. 제가 군주님께 말씀 드리는 것은 이와 같은 경우가 하나님 아버지께서 그의 세 민족에게 허용한 세 개의 법에 똑같이 적용된다고 봅니다. 각 민족은 각각 하나님의 권한의 법적 상속자로 스스로 간주하고, 각 민족은 자기네 민족이 진정한 율법을 지니고 있으며, 각 민족은 하나님의 계명을 그네들이 알고 있는 대로 지키고 있습니다. 그러나 세 개의 반지의 경우처럼, 어느 율법이 옳으냐, 혹은 진정한 율법은 어느 것이냐의 문제는 미정으로 남아있습니다.

FILOMENA

When Saladin saw that Melchizedek had ingeniously sidestepped the trap he had set for him, he admired his cleverness and wisdom, and decided to make his great need known to him and ask him outright for his assistance.

MELCHIZEDEK

My lord, I will gladly provide you with everything you require.

FILOMENA

Saladin later repaid him in full and gave him many magnificent gifts besides. He became his lifelong friend and always kept him at his court in a state of importance and honor. (*SALADIN and MELCHIZEDEK exit. FILOMENA watches them go.*)

필로메나

군주 살라딘은 멜키세덱이 교묘하게 함정을 비켜가는 것을 보고 그의
영리함과 지혜에 감탄했습니다. 그리고는 군주는 그의 절실한 필요를
그에게 솔직하게 말하고 도움을 요청키로 했지요.

멜키세덱

군주님, 군주님께서 필요로 하는 모든 것을 기꺼이 준비해드리겠습니
다.

필로메나

살라딘은 후에 멜키세덱에게 진 빚을 모두 갚았고 그 외에 값진 선물
들을 하사했지요. 군주는 멜키세덱을 평생 친구로 삼아, 그에게 존귀
한 지위를 주고 항상 그의 궁전에 있도록 하였답니다. (*살라딘과 멜키
세덱이 퇴장하고 필로메나는 이들의 퇴장을 지켜본다.*)

『몽떼 크리스토 백작』(*The Count of Monte Cristo*)

알렉산드르 뒤마 Alexandre Dumas, 1802~70

■ 줄거리 요약

1815년 에드몬트 단테가 마르세유에 돌아오던 날 그는 적들에게 둘러싸인다. 선주 모렐 씨의 인정을 받아 파라옹 호의 다음 선장으로 예정된 그를 동료 선원 당글라르가 시기하고, 에드몬트의 약혼녀 메르세데스와 결혼하고 싶어 하는 페르낭 몽페고는 그를 증오한다.

당글라르와 페르낭은 에드몬트가 엘바 섬에서 파리에 있는 보나빠르트 당원에게 전할 편지를 갖고 있다는 고소장을 쓰고, 이웃인 까데루스는 이들의 음모가 잘못된 것임을 알면서도 모른 척 한다. 에드몬트는 결혼식 날 체포되어 정치적 변절자인 빌뽀르 의원 앞에 인도된다. 빌뽀르는 자신을 보호하기 위해서 에드몬트를 비밀리에 샤토 디프 지하 감옥에 투옥시킨다. 그는 그의 부친이 보나빠르트 당과 연결되어 있음이 알려질까 두려워 에드몬트를 영원히 유폐시키려는 것이다.

나폴레옹은 엘바 섬에서 돌아왔지만 에드몬트는 잊힌 존재로 감옥에 갇혀있다. 어느 날 옆방에서 바닥 파는 소리가 들리고 좁은 틈으로 노인이 모습을 드러낸다. 이탈리아 신부 파리아 노인은 땅을 파고 도주하려했으나 그가 닿은 곳은 에드몬트의 감방이다. 그 후 노인은 에드몬트에게 역사, 수학, 철학, 언어를 가르치고 그를 교양 있는 지식인으로 만든다. 에드몬트가 감옥에 있은 지 14년 되던 해에 파리아 신부는 몽떼 크리스토섬에 숨겨진 그의 거대한 보물을 에드몬트가 감옥에서 살아나가면 찾을수 있도록 알려준다. 신부는 죽고 그의 시신을 넣을 자루에 에드몬트가대신 숨는다. 바다에 던져진 자루를 찢고 헤엄쳐 나온 에드몬트는 작은섬에 닿는다. 운 좋게 그 섬은 파리아 신부의 몽떼 크리스토 섬이다. 그는함께 있던 해적단을 따돌리고 혼자 섬을 탐색하여 동굴에서 보물을 찾는다.

한편 에드몬트를 기다리다 절망한 메르세데스는 페르낭과 결혼한다. 이탈리아 신부로 가장한 에드몬트는 까데루스를 방문하여 그가 감옥에 갇히게 된 이유와 이에 가담한 자들에 대한 정보를 알아낸다. 빌뽀르는 재산과 지위를 얻었고 당글라르는 부유한 은행가가 되었고, 페르낭은그리스 전쟁에서 부와 명예를 얻은 것을 알게 된다. 이런 정보의 대가로에드몬트는 엄청난 가치의 다이아몬드를 까데루스에게 준다. 에드몬트는옛 선원 동료인 모렐 씨가 파산 지경인 것을 알고, 과거에 그에게 베푼 은혜에 보답하여 모렐 씨의 선박 사업을 파멸에서 구해준다.

에드몬트는 그의 보물 섬 이름을 따서 몽떼 크리스토 백작이 되고,그의 엄청난 부는 사회의 관심을 모은다. 그가 그리스 여행에서 데려 온신비한 아름다운 소녀 하이데와 몽떼 크리스토 백작은 파리의 이야깃거리이다. 한편 그는 그를 샤토 디프 감옥으로 보낸 네 명의 남자들에게 복수할 계획을 세운다. 다이아몬드 선물로 욕심이 생긴 까데루스는 도둑질과 살인을 하고, 감옥에서 풀려난 후 몽떼 크리스토를 약탈하려 시도했으나 공모자에 의해 치명상을 입고 죽는다. 그가 죽을 때 몽떼 크리스토는 자신의 정체를 그에게 밝힌다.

파리에서 몽떼 크리스토는 은행가 당글라르의 환심을 사고 비밀리에 그를 파멸시킨다. 페르낭이 그 다음 복수의 대상자이다. 페르낭은 1823년 그리스 혁명 때 알리 파샤를 배반한 대가로 부자가 된다. 알리 파샤의 딸 하이데는 아버지가 페르낭에게 당한 배신에 대해 말한다. 메르세데스와 페르낭 사이의 아들 알베르는 아버지의 명예를 위해 몽떼 크리스토에게 결투를 신청한다. 몽떼 크리스토는 젊은이를 죽이고 복수를 완성하려 했으나 메르세데스가 그에게 아들의 목숨을 살려달라고 애원한다. 몽떼 크리스토의 정체를 알게 된 그녀는 아들과도 중재한다. 어머니와 아들은 파리를 떠나고 페르낭은 자살한다.

몽떼 크리스토는 빌뽀르 부인과 가까워진다. 그녀는 의붓딸 발랑띤느의 재산을 차지하려는 욕망이 있다. 발랑띤느는 선박 주인의 아들 막시밀리앙 모렐이 사랑하는 여자다. 백작은 독약을 사용하도록 빌뽀르 부인에게 교묘하게 가르쳐 주었고 타락한 이 여인은 세 사람을 독살한다. 발랑띤느가 독약으로 쓰러지려 할 때 막시밀리앙은 몽떼 크리스토에게 도움을 청한다. 막시밀리앙이 사랑하는 여인이 발랑띤느임을 알게 된 몽떼 크리스토는 그녀를 살려주겠노라고 맹세한다. 에드몬트는 발랑띤느에게 죽은 것처럼 보이는 약을 주고 그녀를 몽떼 크리스토 섬으로 데려간다. 발랑띤느가 죽은 줄로 알고 따라 죽기를 바랐던 막시밀리앙에게 에드몬트는 그녀가 살아있음을 알려준다.

한편 당글라르의 딸 으제니는 독자적으로 그녀의 재산을 찾으려고 도망했고 당글라르는 파산한다.

아내의 배신과 범죄를 알게 된 빌뽀르가 아내를 협박하자 아내는 독약을 먹고 자살한다. 아들 에드와르를 위해 다른 사람들을 독살했던 그녀는 아들과 함께 죽는다. 몽떼 크리스토는 자신의 정체를 빌뽀르에게 밝히고 빌뽀르는 미친다. 에드몬트는 발랑띤느와 막시밀리앙을 몽떼 크리스토 섬에서 하나로 맺어주고 그의 재산을 물려준 후 하이데와 함께 배를 타고 떠나서 다시는 나타나지 않는다.

■ 해설

프랑스 나폴레옹 시대 이후를 배경으로 한『몽떼 크리스토 백작』은 뒤마의 거의 300편에 달하는 작품 중『삼총사』와 더불어 가장 많이 알려진 작품이다. 1845년 출판된 이 소설은 비평가들의 지적처럼 결함이 많은 작품임에도 불구하고 독자들에게는 서스펜스, 사랑, 음모, 모험이 가득한 흥미진진한 극적 이야기로 전달된다.

주인공 에드몬트 단테는 그의 적들에 의해 희생되는 인물이다. 그는 누구나 그를 아는 사람들의 호감을 사는 앞날이 창창한 19세 청년으로, 곧 선장이 될 승진 약속과 그가 사랑하는 아름답고 맘씨 고운 처녀와의 결혼식을 앞두고 있다. 이렇게 완벽해 보이는 그의 인생이 소위 말하는 가까운 사람들로부터 질시를 받아 무너진다. 에드몬트의 선박 회계담당자 당글라르는 그의 이른 출세를 시기하고, 연적 페르낭은 질투심에 차 있고, 이웃인 까데루스는 단순히 에드몬트가 자기보다 운이 좋다는 시기심으로 그의 파멸에 동조한다.

우리 사회에서도 질시로 무고한 사람을 죽이고 억울하게 옥살이를 시키는 경우가 있음을 뉴스나 신문지상을 통해 종종 보게 된다. 그래서

『몽떼 크리스토 백작』과 같은 종류의 이야기에서 사람들은 정화작용의 대리 만족을 얻는다. 마술사나 정의의 해결사는 역사상 가장 인기 있는 인물이었다. 상처 받은 억울한 약자에게 희망을 주고, 악한 자를 물리치고 착한 자를 회복시켜주는 영웅 이야기는 독자들에게 위안을 준다.

뒤마의 소설에서 재물은 불만을 해소하고 죄 없는 자에게 정의를 세워주고 죄인을 벌하는 데 사용된다. 우리는 이따금 금융 관계 뉴스 시간에 텔레비전 화면 가득한 지폐더미를 볼 때가 있다. 그럴 때면, (빚진 자라면) 빚도 다 갚고, 원하는 일, 좋은 일을 맘껏 할 수 있게 저 돈이 있으면 얼마나 좋을까 하는 턱없는 상상을 해본다. 뒤마가 꿈꾸던 로또 복권 같은 행복배달자의 틀을 『몽떼 크리스토 백작』이 제공하고 있다.

이 소설의 주인공은 야만스런 살인자가 아니고 정의를 구현하고 사라지는 철저한 복수자이다. 『몽떼 크리스토 백작』은 낭만적인 모험 이야기로, 일상생활의 좌절에서 벗어나 모든 문제를 풀어주는 능력의 주인공을 좋아하는 독자에게 호소력 있는 책이다.

> 결혼식을 앞두고 억울하게 정치적 범죄로 체포되어 14년간 복역하고 탈옥한 에드몬트 단테의 고초는 그의 선박 파라옹 호가 1815년 2월 24일 마르세유 항구에 도착하면서 시작한다.

CHARACTERS: EDMOND DANTES, a sailor;
MERCEDES, a beautiful Catalan girl;
FERNAND, a Catalan fisherman; CADEROUSSE, a drunken tailor;
DANGLARS, a supercargo (ship's clerk).

SCENE: The Cafe La Reserve in Marseilles, where MERCEDES and FERNAND sit at a table to one side, and DANGLARS and CADEROUSSE sit, drinking, at a table on the other side.

FERNAND

(*In love with MERCEDES and determined to have her*) Mercedes, Easter is nearly here. It is the right time for a wedding. You know I love you! (*Grasping her hand*) Give me an answer.

MERCEDES

I have answered you a hundred times, Fernand. (*Gently withdrawing her hand*) I have never encouraged you. I have always been fond of you as a brother, but my heart belongs to another.

FERNAND

Yes, you have always been cruelly frank with me. But I have dreamed for ten years of being your husband. I will not lose hope!

등장인물: 에드몬트 단테, 선원; **메르세데스**, 아름다운 카탈로니아 처녀;
페르낭, 젊은 카탈로니아 어부; **까데루스**, 주정꾼 재봉사;
당글라르, 상선 화물 관리인

장면: 마르세유의 라레제르브 카페에서 메르세데스와 페르낭이 한 쪽 테이블에 앉아 있고 당글라르와 까데루스가 반대 편 테이블에서 술을 마시고 있다.

페르낭

(메르세데스를 사랑하는 그는 그녀를 자기의 여인으로 만들 결심을 하면서) 메르세데스, 부활절이 가까워졌어. 결혼식 올리기에 제일 좋은 때야. 내가 너 사랑하고 있는 거 알지! *(그녀의 손을 잡는다.)* 대답해 줘!

메르세데스

백 번은 대답했잖아, 페르낭. *(부드럽게 손을 빼면서)* 난 너한테 사랑해 달라는 뜻을 보인 적이 없어. 너를 항상 오빠로 좋아했을 뿐이야. 내가 사랑하는 사람은 따로 있어.

페르낭

그래, 넌 나한테 항상 잔인할 정도로 솔직했어. 그렇지만 난 지난 십 년 동안 네 남편이 될 꿈만 꾸고 살았어. 희망을 절대 포기하지 않을 거야!

MERCEDES

We have been brought up together. You know me. When I say that you must be satisfied with my friendship, then believe me, for that is all I can give you.

FERNAND

Is this your final answer?

MERCEDES

(*Firmly*) I love Edmond Dantes, and no other man will ever be my husband!

FERNAND

(*His voice trembling*) You will always love him?

MERCEDES

As long as I live. (*He pounds the table in frustration.*) Oh, I understand you, Fernand. You would be revenged on him because I do not love you. But think of this. You would lose my friendship if he were conquered, and see that friendship change to hate if you were the conqueror. You must not give way to evil thoughts. I cannot be your wife, but I will always be your friend and sister.

FERNAND

(*Bowing his head in deep disappointment a moment, then, looking up at her and speaking between his teeth*) And if Edmond Dantes should die?

MERCEDES

Then I too shall die!

메르세데스

우리는 함께 자랐어. 날 잘 알잖아. 그냥 친구로만 만족하라고 할 때는, 정말이지 그게 내가 너한테 줄 수 있는 전부야.

페르낭

너의 최종 대답이 그거니?

메르세데스

(*단호하게*) 난 에드몬트 단테를 사랑해. 그 사람 외에는 누구도 내 남편이 될 수 없어!

페르낭

(*떨리는 목소리로*) 항상 그자를 사랑할거니?

메르세데스

내가 살아있는 동안은. (*페르낭은 좌절감에 상을 내리친다.*) 페르낭, 난 널 알아. 내가 널 사랑하지 않는 이유로 그 사람을 복수하려고 하는데, 그렇지만 이렇게 생각해봐. 네가 그 사람을 이기면 너는 나하고의 우정을 잃게 돼. 네가 승리자가 되면 내 우정은 증오로 변할 테니까. 나쁜 생각하면 안 돼. 난 네 아내는 될 수 없지만 항상 친구이자 동생으로 남아있을거야.

페르낭

(*실망하여 잠시 고개를 숙인 뒤, 이를 악물고 그녀를 올려다보면서 말한다.*) 에드몬트 단테가 만약 죽으면?

메르세데스

그럼 나도 따라 죽을 거야!

FERNAND

What if he forgets you? His ship has been gone four long months.

EDMOND

(*Rushes into the cafe, eagerly looking around; he joyously discovers MERCEDES.*) Mercedes!

MERCEDES

He is here! He has not forgotten me! (*Running to him*) Edmond! (*Their embrace of love and joy is like a knife thrust to FERNAND who watches them with a look of menace.*)

EDMOND

(*Seeing FERNAND*) Mercedes, who is this gentleman? (*His hand goes to the knife in his belt.*)

MERCEDES

He will be your best friend, Edmond, for he is my cousin, Fernand, the man whom, after you, I love best in the world. Don't you recognize him?

EDMOND

Yes, so it is. (*Extending his hand*) Fernand. (*FERNAND only stares at MERCEDES.*) Mercedes, I did not rush home to you to find an enemy here.

MERCEDES

(*Angrily, to FERNAND*) An enemy! Fernand is not your enemy. He will grasp your hand in friendship. (*FERNAND slowly rises, barely touches EDMOND's hand, then rushes to the door, unable to control his rage.*) Fernand!

페르낭

그 친구가 너를 잊어버리면 어떻게 할래? 그가 탄 배가 지금 넉 달째 돌아오지 않고 있어.

에드몬트

(*주위를 열심히 둘러보면서 카페로 뛰어 들어온다. 그는 기쁨에 넘쳐 메르세데스를 발견한다.*) 메르세데스!

메르세데스

에드몬트가 왔어! 날 잊지 않았어! (*그에게 달려간다.*) 에드몬트! (*사랑의 포옹을 하고 기쁨이 넘치는 두 사람의 모습은 페르낭에게 비수를 꽂는 것과 같다. 그는 두 사람을 위협적인 눈으로 지켜본다.*)

에드몬트

(*페르낭을 보면서*) 메르세데스, 이 신사 분은 누구신가? (*그의 손이 허리에 찬 칼을 더듬는다.*)

메르세데스

에드몬트, 이쪽은 너의 가장 가까운 친구가 될 사람이야. 내 사촌 오빠 페르낭. 네 다음으로 세상에서 내가 제일 좋아하는 사람이야. 페르낭을 몰라보겠니?

에드몬트

그래, 알아보겠어. (*손을 내밀면서*) 페르낭. (*페르낭은 메르세데스를 쳐다볼 뿐이다.*) 메르세데스, 고향에 달려와서 적을 만나리라고는 기대하지 않는데.

메르세데스

(*화를 내며 페르낭을 쳐다본다.*) 적이라니! 페르낭은 네 적이 아니야. 네 손을 잡고 너와 우정의 악수를 나눌 거야. (*페르낭은 천천히 자리에서 일어나 에드몬트의 손을 잡는 듯 마는 듯 하고는, 화를 못 참고 문쪽으로 달려간다.*) 페르낭!

EDMOND

Let him go. Come, sit with me. (*He draws her to a seat at the table.*) I am too happy to be near you again to allow anything or anyone to distract me. I have come home to make you my wife. And I have great hopes that my master, Monsieur Morrel, will soon make me captain of the *Pharaon*.

MERCEDES

Then I can know no greater happiness! (*EDMOND and MERCEDES sit together, talking softly, unaware of anything around them, especially the two men at the opposite table.*)

CADEROUSSE

(*Waving a wine bottle*) Fernand! Come, join us. Come! Can you not spend a little time with your friends? (*FERNAND looks at EDMOND and MERCEDES, then throws himself into a chair next to CADEROUSSE and thrusts his head into his hands.*) Shall I tell you what you look like, Fernand? (*With a coarse laugh*) A rejected lover!

DANGLARS

What are you saying, Caderousse? A man of Fernand's good looks is never unlucky in love.

CADEROUSSE

Ah, let me tell you how the land lies, Danglars. Fernand, whom you see here, is one of the bravest and best of the Catalans, to say nothing of being one of the best fishermen in Marseilles. He is in love with the beautiful Mercedes. Unfortunately, she

에드몬트

가라고 내버려 둬. 이리 와서 내 옆에 앉아. (*그는 그녀를 테이블에 끌어다 앉힌다.*) 네가 옆에 있으니까 너무 행복하다. 어떤 것도 어느 누구도 우리를 방해하지 못하게 할 거야. 너를 아내로 맞으려고 고향에 달려왔어. 거기다 또 주인 모렐 씨가 나를 파라옹 호 선장으로 만들어 준다는 좋은 소식도 있어.

메르세데스

이보다 더 행복할 수는 없어! (*주변을 의식하지 않는 에드몬트와 메르세데스가, 특히 반대편의 두 남자를 전혀 의식 못 한 채, 조용히 앉아서 이야기한다.*)

까데루스

(*포도주 병을 흔들면서*) 페르낭! 이리 와서 함께 마시자. 이리 오라니까! 우리하고 시간 좀 보낼 수 없겠냐? (*페르낭은 에드몬트와 메르세데스를 바라보고, 그리고는 까데루스 옆에 앉아 머리를 두 손에 감싸 쥔다.*) 페르낭, 네 행색이 어떤지 말해 줄까? (*거칠게 웃으면서*) 딱 버림받은 연인 꼴이라니까!

당글라르

까데루스, 자네 그거 무슨 소리야? 페르낭처럼 잘생긴 청년이 사랑의 불운이라니, 있을 수 없는 일이지.

까데루스

당글라르, 상황이 어떤지 내 말해 줌세. 자네 앞에 있는 이 친구 페르낭은 마르세유 최고의 어부일뿐만 아니라, 가장 용감하고 뛰어난 카탈로니아 사내가 아닌가. 그가 아름다운 메르세데스를 사랑하고 있다네.

appears to be in love with Edmond Dantes, the mate of the good ship *Pharaon*.

FERNAND

(*Furiously*) Mercedes is tied to no man and is free to love anyone she chooses, isn't she?

CADEROUSSE

But, I thought you were a Catalan, and I have always been told that a Catalan is not a man to be supplanted by a rival.

DANGLARS

(*Feigning pity*) Poor fellow! He did not expect Dantes to return so suddenly. Perhaps he thought Dantes was dead. (*Aside*) If only he were!

CADEROUSSE

When is the wedding to take place, Fernand?

FERNAND

(*Between his teeth*) A date has not been fixed.

CADEROUSSE

But surely a date will be set soon, as surely as Dantes will soon be made captain of the *Pharaon*, eh Danglars? (*Nudges him and laughs.*)

DANGLARS

(*With a sneer*) Yes. Let us drink to "Captain" Edmond Dantes and the beautiful Catalan!

FERNAND

Never! (*He dashes his cup to the floor.*)

불행하게도 그 여잔 파라옹 호 일등 항해사 에드몬트 단테를 사랑하는 모양인걸.

페르낭

(*분한 어투로*) 메르세데스는 어떤 남자에게도 묶여 있지 않아요. 그녀가 선택하는 누구하고라도 자유롭게 사랑할 수 있는 거 아닌가요?

까데루스

자네 카탈로니아 사람이라고 했지. 내가 듣기로는 카탈로니아 남자는 경쟁자에게 절대 밀리지 않는다고 하던데.

당글라르

(*불쌍한 척 하면서*) 안됐군! 단테가 그렇게 갑자기 돌아올 줄을 몰랐나 보지. 필경 그가 죽은 줄 알았던 모양이군. (*혼잣말로*) 죽었더라면 좋았을 것을!

까데루스

저 사람들 결혼식은 언제지, 페르낭?

페르낭

(*이를 악물고*) 결혼 날짜는 정해지지 않았어요.

까데루스

단테가 곧 파라옹 호 선장이 될 게 확실한 만큼 결혼 날짜도 바로 정해지겠군. 그렇지, 당글라르? (*그를 툭 치고 웃는다.*)

당글라르

(*조롱조로*) 그렇지. 에드몬트 단테 선장과 아리따운 신부에게 축배를 듭시다!

페르낭

그런 일은 절대 없을 거야! (*그는 컵을 바닥에 내던진다.*)

CADEROUSSE

(*The wine is making him mellow and reckless.*) To Edmond Dantes! Hello! Edmond! Are you too proud to speak to your friends?

EDMOND

No, I am not proud, Monsieur Caderousse, but I am in love, and love is more apt to make a man blind than pride.

CADEROUSSE

Bravo! A good excuse! Good day to you, too, Madame Dantes!

MERCEDES

That is not yet my name, monsieur, and in my country it is bad luck to call a girl by her sweetheart's name before she marries him. Call me Mercedes, if you please.

DANGLARS

(*With a bow, scarcely hiding his scorn*) Will you have your wedding soon, Monsieur Dantes?

EDMOND

As soon as possible, Monsieur Danglars. We will have the betrothal feast here at La Reserve, to which you are invited. And you, Monsieur Caderousse! And you, too, of course, Fernand. (*FERNAND turns away, unable to answer.*)

DANGLARS

You seem to be in a great hurry to be married, "Captain."

EDMOND

(*Smiling*) Do not give me the title that does not yet belong to me. As Mercedes said, it might bring bad luck.

까데루스

(*술기운으로 느슨해진 그는 거리낌 없이 행동한다*.) 단테를 위해서! 어이 이봐! 에드몬트! 자넨 너무 잘나서 우리하곤 말도 하기 싫은가?

에드몬트

그럴 리가 있겠어요. 전 잘나지도 않았는데요, 까데루스 씨. 저는 지금 사랑에 열중하고 있답니다. 사람 눈을 어둡게 하는 건 자만심보다 사랑이지요.

까데루스

잘한다! 좋은 이유다! 단테 부인께도 멋진 날이 되기를!

메르세데스

아직은 단테 부인이 아니에요. 우리 카탈로니아 지방에서는 결혼 전에 남편 될 사람 이름으로 여자를 부르면 운이 안 좋다는 말이 있어요. 아직은 그냥 메르세데스로 불러주세요.

당글라르

(*경멸적인 태도를 거의 숨기지 않고, 절을 하면서*) 곧 결혼할 건가, 단테 씨?

에드몬트

당글라르 씨, 가능하면 빨리 하고 싶어요. 우리 약혼식은 여기 라레제르브 카페에서 할 예정인데, 초청합니다. 까데루스 씨도, 물론 페르낭도 당연히 초청하고. (*페르낭은 대답하지 않고 돌아선다*.)

당글라르

결혼을 서두르는군, "선장님."

에드몬트

(*웃으면서*) 전 아직은 선장이 아니에요. 미리 그렇게 부르지 않으셨으면 합니다. 메르세데스가 말한 대로 불운을 가져올지 모르거든요.

DANGLARS

You have plenty of time. The *Pharaon* will not put out to sea again for at least three months.

EDMOND

One is always in a hurry to be happy, Monsieur, for when one has been at sea for many months, longing to hold the one he loves in his arms, it is difficult to believe in one's good fortune. However, I must go to Paris before I am married.

DANGLARS

(*Carefully*) You have business in Paris?

EDMOND

None of my own. I have a last commission of Captain LeClerc's to carry out. You remember I spoke of it on the ship.

DANGLARS

I remember. (*To himself*) Dantes' star is on the ascendant. He will marry the splendid girl. He will become captain and laugh at us all unless . . . unless I take a hand in the affair. (*Pauses*) He goes to Paris, no doubt, to deliver the letter Captain LeClerc gave him on his deathbed. This letter gives me an excellent idea. (*He takes a drink of wine.*) Dantes is not yet made captain of the *Pharaon*! (*EDMOND and MERCEDES continue a soft conversation at their table.*)

FERNAND

(*Watches them, then suddenly buries his face in his arms.*) They will drive me to despair!

당글라르

시간은 많이 있네. 파라옹 호는 최소 석 달 뒤에나 출항할 거니까.

에드몬트

바다에 여러 달 동안 나갔다 온 사람은 하루 빨리 애인을 안고 행복해지고 싶단 생각이 떠나질 않지요. 지금의 행운이 믿기질 않아요. 그런데 전 결혼식 올리기 전에 파리에 잠시 다녀와야 해요.

당글라르

(*조심스럽게*) 파리에 볼 일이 있는가?

에드몬트

제 일 때문에 가는 건 아니고요. 르클레르 선장님이 마지막 부탁하신 위임장인데요. 배에서 하던 얘기 기억나시지요.

당글라르

기억하고 있지. (*혼잣말로*) 단테의 별은 떠오르고 있다. 멋진 여자와 결혼하고, 선장이 되고, 선장이 되면 우리를 비웃겠지 . . . 이 문제에 끼어들지 않으면. (*잠시 생각한 뒤*) 저자가 파리로 간다는 것은 의심할 여지없이 르클레르 선장이 임종 때 저자에게 준 그 편지를 전하러 가는 게 틀림없어. 그 편지가 좋은 생각을 떠오르게 하는군. (*그는 포도주를 마신다.*) 단테는 아직은 파라옹 호의 선장이 아니렷다! (*에드몬트와 메르세데스는 그들 테이블에서 계속 속삭인다.*)

페르낭

(*그들을 바라보다가 갑자기 얼굴을 두 팔에 묻는다.*) 저 두 사람이 날 절망으로 몰아넣고 있어!

DANGLARS

(*Feigning sympathy*) Then you *do* love this Mercedes?

FERNAND

I adore her! And I would kill Edmond Dantes, but she has sworn she will die with him.

DANGLARS

Consider, would it not be sufficient if Dantes simply did not marry her? The marriage could easily be thwarted. (*As FERNAND looks up at him*) Absence severs as well as death. If the walls of a prison were between Dantes and Mercedes, they would be as effectively separated as if they lay under a tombstone, would they not?

CADEROUSSE

(*Very drunk*) Yes, but a man can get out of prison, and if his name is Edmond Dantes, he will seek revenge!

FERNAND

I am not afraid of Edmond Dantes!

CADEROUSSE

But why, I should like to know, would anyone put Dantes in prison? He is not a thief, or a murderer. I like Dantes! (*Downing a drink*) Dantes! Your health!

DANGLARS

Hold your tongue! You are drunk! (*To FERNAND*) You see, there is no need to kill him.

FERNAND

But how would he be arrested? Do you have the means?

당글라르

(*동정하는 척 하면서*) 자네 저 여자를 분명히 사랑하고 있는 건가?

페르낭

아주 좋아하고 있어요! 에드몬트 단테를 죽이고 싶어요! 그런데 저 자식이 죽으면 저 여자도 따라 죽겠다고 맹세했어요.

당글라르

이걸 생각해 봐. 단테가 저 여자와 결혼만 하지 않으면 되는 것 아닌가? 결혼계획을 망쳐 놓는 건 간단해. (*페르낭이 그를 올려다본다.*) 단테가 없는 동안을 이용하면 죽은 것만큼 결혼을 절단 낼 수 있지. 단테와 메르세데스 사이에 감옥의 벽이 있으면 무덤 속에 갇힌 것처럼 두 사람을 갈라놓을 수 있거든. 안 그런가?

까데루스

(*잔뜩 술이 취해서*) 그건 그렇지. 그러나 죄수는 감옥에서 나올 수 있고, 그 자의 이름이 에드몬트 단테라면, 나온 뒤에는 복수를 시도하겠지!

페르낭

전 에드몬트 단테 따위는 무섭지 않아요!

까데루스

그런데 궁금한 게 있어. 단테를 감옥에 보내려는 자가 있을까? 도둑도 아니고 살인자도 아닌데 말이야. 난 단테를 좋아하네! (*술을 단숨에 쭉 들이키면서*) 단테! 자네의 건강을 위해서!

당글라르

그런 소린 집어치우게! 자넨 취했어. (*페르낭에게*) 넌 말이다. 그를 죽일 필요까지는 없어.

페르낭

그럼 어떻게 그놈을 잡아넣을 건데요? 방법이 있어요?

DANGLARS

The means can be found. (*Leaning back, with a shrug*) But then, why should I meddle in your affairs?

FERNAND

(*Seizing his arm*) Because you have some motive of personal hatred against Dantes. I can see it! And if you hate him as much as I, and you can find the means for his arrest, I will execute it!

DANGLARS

(*Thinking a moment*) I could write a letter . . . in a disguised hand . . . a denunciation revealing that during the voyage Dantes and I have just made, he touched at the Isle of Elba. I saw him land there. And, if someone were to denounce him to the king's procurer as a Bonapartist agent . . .

FERNAND

I will denounce him!

DANGLARS

There is a safer and surer way. I could write that Dantes has been entrusted with a letter for the usurper, for I know he has such a letter, and that he is to deliver it to the Bonapartist committee in Paris. Proof of this crime will be found upon arresting him, on his person, or in his cabin on board the *Pharaon*.

FERNAND

And if he is arrested and put in prison?

당글라르

방법이야 찾으면 되지. (*몸을 뒤로 젖히면서 어깨를 으쓱해 보인다.*) 그런데 내가 왜 자네 연애문제에 끼어들어야하지?

페르낭

(*그의 팔을 붙잡으면서*) 당신은 단테한테 개인적 증오심을 갖고 있잖아요. 난 다 알아요! 당신도 나만큼 그를 증오하고 있다면, 그리고 그자식을 체포할 방법만 찾으면, 행동은 내가 할게요.

당글라르

(*잠시 생각에 잠긴다.*) 글씨체를 숨겨서 . . . 내가 쓴 것처럼 보이지 않게 . . . 편지 한 통을, 고발장을 내가 쓰는 거야. 단테와 내가 다녀온 이번 항해 때 엘바 섬에 잠깐 정박했었거든. 그때 단테가 그 섬에 내리는 걸 내 눈으로 보았어. 단테를 보나빠르트 당의 스파이로 몰아서 왕의 시종에게 누가 밀고만 한다면 . . .

페르낭

그건 내가 고발할게요!

당글라르

그보다 더 안전하고 확실한 방법이 있지. 그건 단테가 찬탈자를 위한 위임 편지를 갖고 있다고 내가 편지 하나를 쓰면 되는 거야. 단테가 그런 위임 편지를 파리에 있는 보나빠르트 당원에게 전달하려는 사실을 내가 알고 있으니까. 그를 체포하는 즉시 범죄의 증거가 그의 몸에서든지 파라옹 호 선실에서든지 발견될 테니까.

페르낭

그가 체포돼서 투옥되면?

DANGLARS

You may yet win the hand of your Mercedes, and I will be made captain of the *Pharaon*.

EDMOND

My dearest Mercedes, this joy that I feel affects me strangely. At this moment I am the happiest man alive, and that alarms me.

MERCEDES

How can this be? I have never been so happy, and I am not at all alarmed about anything.

EDMOND

Happiness is like the enchanted palaces we read of in our childhood, where fiery dragons defend the gates and monsters must be overcome in order to gain admittance. I am lost in wonder to find myself about to become your husband, when I feel myself so unworthy. I wonder what monsters I must face before you are truly my own.

MERCEDES

Edmond, you are the worthiest man I know, and I love you!

DANGLARS

(*With a deadly stare across the room*) You do well to have your doubts, Dantes! For you are about to meet a "monster" against which you will have no defense!

당글라르

넌 그럼 메르세데스와 결혼할 수도 있고 난 파라옹 호의 선장이 될 것이고.

에드몬트

사랑하는 나의 메르세데스, 내가 지금 느끼는 이 기쁨이 이상하게 마음에 걸려. 이 순간 난 살아있는 사람 중 가장 행복해야 하는데, 왠지 겁이 나.

메르세데스

그럴 리가 있겠어? 나도 이렇게 행복한 적이 없어. 그런데 난 전혀 겁나지 않는 걸.

에드몬트

행복이란 우리가 어렸을 때 읽던 마술의 궁전 같은 건가 봐. 불을 뿜는 용들이 문을 지키고 괴물들을 막아내야만 궁전에 들어갈 수 있는 그런 곳 말이야. 난 지금 나처럼 별 볼일 없는 자가 네 남편이 된다는 사실이 어리둥절하거든. 네가 진정 내 아내가 되기까지 어떤 괴물들을 내가 막아내야 할까.

메르세데스

에드몬트, 넌 내가 아는 가장 훌륭한 사람이야. 사랑해!

당글라르

(*카페 홀을 가로질러 살기 있는 눈으로 그들을 쏘아보면서*) 단테, 너의 행복을 의심하는 건 잘 생각한 거다! 네가 결코 방어할 수 없는 "괴물"을 곧 만나게 될 테니까!

『하야와사의 노래』(*The Song of Hiawatha*)

헨리 와즈워스 롱펠로 Henry Wadsworth Longfellow, 1807~82

■ 줄거리 요약

백성들의 끊임없는 싸움에 지친 위대한 영(靈)은 인디언의 모든 종족을 불러놓고 비옥한 땅과 풍요한 강과 숲을 주었건만 서로 싸움을 그치지 않는 이들의 어리석음을 비난한다. 예언자를 보내주겠다는 약속과 함께 예언자의 말을 듣지 않으면 망한다고 경고한다.

　　　어느 날 저녁 만월에서 지구로 내려온 아름다운 노코미스는 딸 웨노나를 낳는다. 그 딸은 노코미스가 우려한 대로 서쪽 바람 머드제키위스와 사랑에 빠지고, 둘 사이에 아들 하야와사를 낳는다. 신실치 못한 머드제키위스에게 버림받은 웨노나는 그를 그리워하며 죽는다. 할머니 노코미스의 초막에서 하야와사는 모든 면에 뛰어난 건장한 청년으로 자란다. 아버지의 배신에 대한 얘기를 듣고 하야와사는 복수하러 나선다. 아버지와 아들은 서쪽바람의 땅에서 사흘간 싸우고, 결국 머드제키위스는 아들에게 인간이 아닌 아버지를 죽일 수 없다고 말하면서, 아들의 용기를 흡족해하고 약속된 예언자로 그를 그의 백성에게 돌려보낸다. 집으로 돌아오는 긴 여행길에 하야와사는 다코타 땅에서 한 노인에게 화살촉을 산다. 그곳에서 그는 노인의 아름다운 딸 미네하하를 보게 된다.

그의 백성에게 돌아온 하야와사는 숲속에 초막을 짓고 종족들의 평화를 위해 금식한다. 금식 나흘째 그는 초록빛 노랑 옷을 걸치고 초록 깃을 단 청년을 본다. 그 청년은 하야와사에게 기도가 응답되었다고 말한다. 하야와사는 딱따구리의 도움으로 어려운 전투를 이긴다. 그가 노코미스에게 미네하하와 결혼하겠다고 하자 노코미스는 같은 종족의 여자와 결혼할 것을 종용하나 따르지 않는다. 그는 할머니에게 미네하하와 결혼하면 두 종족이 합쳐질 것임을 확신시킨다. 하야와사는 구혼하기 위해 다코타로 떠난다. 하야와사의 백성은 평화 속에 번성하고 옥수수 수확을 크게 올린다. 종족의 역사보존을 위해서 그는 역사를 설명해 주는 그림을 만든다.

어느 날 하야와사가 노코미스의 오두막 옆에 서 있을 때 세 명의 백인이 다가온다. 그 중 한 명은 신부다. 하야와사는 그들을 반기고 신부가 들려주는 예수 그리스도 구세주의 이야기를 그의 종족들이 듣는다. 그날 밤 하야와사는 노코미스에게 이제 약속을 지키고 떠날 때가 되었다고 말하고 저 세상 땅으로 간다.

■ 해설

하버드 대학의 현대 언어교수였으며 시인이었던 롱펠로의 인기는 대단했다. 미국인들로부터 많은 사랑을 받은 그는 엄청난 인기상승으로 교수직을 그만 두고 글쓰기에 전념했다. 1877년에 맞이한 그의 70번째 생일은 국가공휴일로 하여 대대적인 축하행사를 치를 만큼, 보기 드물게 생전에 이름을 날린 시인이다. 유럽을 널리 여행한 그는 그곳에서도 인기가 대단하여, 1884년 영국인이 아닌 작가로는 처음으로 런던 웨스트민스터 사원의 시인 코너에 흉상이 세워진 유일한 미국 시인이다. 그의 사후 그에 대한 미국학계의 냉정한 평가로 인기는 내려갔지만, 2007년 3월에는 롱펠로 기념우표가 발행되기도 하였다.

롱펠로의 야심은 미국적인 주제와 전설을 유럽전통문학의 형식을 빌려 서사시로 창조하는 것이었다. 그리스의 호머(기원전 10세기 경)와 로마의 버질(70-19 B.C.)의 시를 모델로 하여 쓴 작품이 『에반젤린』이다. 롱펠로는 독자들에게 유럽 문화와 미국의 민담 문화를 알리는 데 노력하였다.

북미 인디언의 민담을 근거로 쓴 『하야와사의 노래』는 강, 숲, 호수를 깨끗이 하고 여러 종족들을 평화롭게 하나로 통일하기 위해서 보내진 전쟁 영웅에 관한 전설과 인디언의 다른 전통적 이야기들을 혼합하고, 거기에 예수 이야기까지 접목시키고 있다. 딱따구리가 빨간 깃털을 갖게 된 민담, 그림 책 소개, 인간에게 내린 옥수수 선물, 평화피리의 기원 등을 담고 있다. 이 설화 시는 어린이 시로 알려져 있지만, 시에 담긴 원주민 영웅 이야기의 서사적 요소들은 아동문학 범주로만 분류할 수는 없다.

CHARACTERS: HIAWATHA, an Indian brave; NOKOMIS, his grandmother; ARROW-MAKER, an old man; MINNEHAHA, his daughter; NARRATOR.

HIAWATHA

As unto the bow the cord is,

So unto the man is woman,

Though she bends him, she obeys him,

Though she draws him, yet she follows,

Useless each without the other!

NARRATOR

Thus the youthful Hiawatha said within himself and pondered;

Much perplexed by various feelings,

Listless, longing, hoping, fearing,

Dreaming still of Minnehaha,

Of the lovely Laughing Water

In the land of the Dacotahs.

NOKOMIS

Wed a maiden of your people!

NARRATOR

Warning, said the old Nokomis.

등장인물: 하야와사, 용감한 인디언 청년; 노코미스, 그의 할머니;
활궁, 나이 많은 노인; 미네하하, 그의 딸; 해설자

하야와사

　활에 줄이 매어있듯

　남자에게는 여자가 달려있지.

　여자가 남자를 휘어도 그녀는 남자에게 복종하고

　여자가 남자를 끌어당겨도 그녀는 남자를 따라가지.

　둘이 나란히 없으면 서로는 서로에게 소용없는 일!

해설자

　그렇게 청년 하야와사는 마음 속으로 말하고 생각했다.

　갖가지 감정으로 혼란한 그는

　그리움과 기대감과 두려움에 젖어, 멍하니

　다코타 여인,

　소리 내어 웃는 물, 아름다운 미네하하를

　못내 꿈꾸고 있다.

노코미스

　너는 네 부족 여자와 혼인해야한다!

해설자

　늙은 노코미스가 손자에게 경고한다.

NOKOMIS

Go not eastward, go not westward

For a stranger, whom we know not!

Like a fire upon the hearthstone

Is a neighbor's homely daughter;

Like the starlight or the moonlight

Is the handsomest of strangers!

NARRATOR

Thus dissuading spake Nokomis,

And my Hiawatha answered, only thus:

HIAWATHA

Dear old Nokomis,

Very pleasant is the firelight,

But I like the starlight better;

Better do I like the moonlight!

NARRATOR

Gravely then said old Nokomis:

NOKOMIS

Bring not here an idle maiden,

Bring not here a useless woman,

Hands unskillful, feet unwilling;

Bring a wife with nimble fingers,

Heart and hand that move together,

Feet that run on willing errands!

노코미스

우리가 모르는 낯선 여자를 찾아

동쪽으로도 서쪽으로도 가지마라!

우리 이웃 집 평범한 딸은

화롯가의 불빛 같으나

낯선 자들의 출중한 미모는

별빛, 달빛과 같으니라!

해설자

노코미스는 그렇게 그를 설득했고

우리의 하야와사는 오직 이렇게 대답했다.

하야와사

좋으신 할머니,

화롯가의 불빛은 정말 기분 좋지요.

그러나 저는 별빛 그리고 달빛을

더 좋아합니다!

해설자

그러자 늙은 노코미스는 엄숙하게 말했다.

노코미스

게으른 계집아이를 데려오지 마라.

손재주 없고 발걸음 무거운

쓸모없는 계집아이는 이곳에 데려오지 마라.

마음과 손이 함께 움직이는 여자,

심부름을 기꺼이 하는 발걸음에

손놀림 가벼운 아내를 맞이해야 하느니라!

NARRATOR

Smiling, answered Hiawatha:

HIAWATHA

In the land of the Dacotahs

Lives the Arrow-Maker's daughter,

Minnehaha, Laughing Water,

Handsomest of all the women.

I will bring her to your wigwam.

She shall run upon your errands,

Be your starlight, moonlight, firelight,

Be the sunlight of my people!

NARRATOR

Still dissuading, said Nokomis:

NOKOMIS

Bring not to my lodge a stranger

From the land of the Dacotahs!

Very fierce are the Dacotahs!

Often is there war between us,

There are feuds yet unforgotten,

Wounds that ache and still may open!

NARRATOR

Laughing, answered Hiawatha:

HIAWATHA

For that reason, if no other,

Would I wed the fair Dacotah,

해설자

하야와사가 웃으면서 말했다.

하야와사

다코타 땅에

여인 중 가장 아름다운 여인,

활공의 딸, 소리 내어 웃는 물,

미네하하가 살고 있어요.

할머니 오두막에 그 여자를 데려올게요.

할머니 심부름도 잘할 여자에요.

할머니의 별빛, 달빛, 불빛이 되고

우리 종족의 햇빛이 될 여자입니다!

해설자

노코미스는 여전히 손자를 설득하며 말했다.

노코미스

다코타 땅에서

낯선 이방 여자를 내 집에 들이지 마라!

다코타 지방 사람들은 성질이 극렬하니라!

우리네와 가끔 전쟁을 하고, 아직도 잊히지 않는,

아물지 않은 깊은 상처와 불화가 있으니,

언제 쳐들어올지 모를 족속이니라!

해설자

하야와사가 웃으며 대답했다.

하야와사

다른 이유가 아니라, 바로 그런 이유라면,

아름다운 다코타 여인과 저는 결혼할 것입니다.

That our tribes might be united,

That old feuds might be forgotten,

And old wounds be healed forever!

NARRATOR

Thus departed Hiawatha

To the land of the Dacotahs,

To the land of handsome women.

At the doorway of his wigwam

Sat the ancient Arrow-Maker

In the land of the Dacotahs,

Making arrow-heads of jasper.

At his side in all her beauty

Sat the lovely Minnehaha,

Sat his daughter, Laughing Water,

Plaiting mats of flags and rushes.

Of the past the old man's thoughts were,

And the maiden's of the future.

Through their thoughts they heard a footstep,

Heard a rustling in the branches,

And with glowing cheeks and forehead,

With a deer upon his shoulders,

Hiawatha stood before them.

Straight the ancient Arrow-Maker

그 여인의 부족과 우리 부족이 서로 하나가 되어

옛적 적대감을 영원히 잊고, 오랜 상처는

온전히 치료받게 할 것입니다!

해설자

그리하여 하야와사는

아름다운 여인들이 살고 있는 그곳,

다코타 땅으로 떠났다.

연륜 있는 활공이

벽옥으로 화살촉을 만들며

다코타 땅

그의 오두막 문에 앉아있었다.

아름다운 딸, 사랑스런 미네하하,

소리 내어 웃는 물이

아버지 옆에 앉아

새의 깃털과 골풀로 돗자리를 꼬고 있었다.

노인은 옛날을 생각하고

소녀는 훗날을 생각하는데,

두 사람 생각 사이로 들리는 발자국 소리.

나뭇가지 사이로 들려오는 바스락 소리.

소리 따라 머릿결 날리며

사슴을 양 어깨에 걸머진 광채 나는 얼굴의

하야와사가 그들 앞에 우뚝 섰다.

연륜 있는 활공은 일하던 손을 멈추고

Looked up gravely from his labor,

Laid aside the unfinished arrow,

Bade him enter at the doorway,

Saying, as he rose to meet him,

ARROW-MAKER

Hiawatha, you are welcome.

NARRATOR

At the feet of Laughing Water

Hiawatha laid his burden;

Threw the red deer from his shoulders.

And the maiden looked up at him,

Looked up from her mat of rushes,

Said, with gentle look and accent:

MINNEHAHA

You are welcome, Hiawatha.

HIAWATHA

(*To ARROW-MAKER*) After many years of warfare,

Many years of strife and bloodshed,

There is peace between the Ojibways

And the tribe of the Dacotahs.

That this peace may last forever,

And our hands be clasped more closely,

And our hearts be more united,

Give me as my wife this maiden,

엄숙한 표정으로 올려다보았다.

미완의 화살을 옆에 내려놓고

문가에서 일어나 그를 맞이하며

들어오라고 하였다.

활공

하야와사, 어서 오게.

해설자

소리 내어 웃는 물 발 앞에

하야와사는 그의 짐을,

어깨의 붉은 사슴을 내려놓았다.

골풀 방석을 엮던 손을 멈추고

소녀는 그를 올려다보며

부드러운 표정으로 친절하게 말했다.

미네하하

어서 오세요, 하야와사.

하야와사

(*활공에게*) 여러 해 동안 치룬 전투 끝에

여러 해 걸친 싸움과 피 흘린 후에

오지브웨이 부족과 다코타 부족 사이에

이제 평화가 왔습니다.

이 평화가 영원하기를 기원합니다.

우리의 손을 더 가까이 맞잡아

우리의 심장이 하나로 더 강하게 뭉쳐지도록

다코타 여인 중 가장 아름다운

Minnehaha, Laughing Water,

Loveliest of Dacotah women!

NARRATOR

And the ancient Arrow-Maker

Paused a moment ere he answered;

Smoked a little while in silence,

Looked at Hiawatha proudly,

Fondly looked at Laughing Water,

And made answer very gravely:

ARROW−MAKER

Yes, if Minnehaha wishes.

Let your heart speak, Minnehaha.

NARRATOR

And the lovely Laughing Water

Seemed more lovely as she stood there.

Neither willing nor reluctant,

As she went to Hiawatha,

Softly took the seat beside him,

While she said, and blushed to say it:

MINNEHAHA

I will follow you, my husband.

NARRATOR

This was Hiawatha's wooing!

Thus it was he won the daughter

Of the ancient Arrow-Maker,

미네하하, 소리 내어 웃는 물,

이 소녀를 저에게 아내로 주시기를 청합니다!

해설자

나이 많은 활공은

대답하기 전에 머뭇거렸다.

소리 없이 잠시 담배를 피우고

하야와사를 자랑스럽게 바라보았다.

애정 어린 눈빛으로 그는 소리 내어 웃는 물을 보며

근엄하게 대답하였다.

활공

좋다. 미네하하가 원한다면.

미네하하, 네 마음이 답하도록 하여라.

해설자

아름다운 여인, 소리 내어 웃는 물이

그곳에 서 있는 모습은 더없이 아름다워 보였다.

기꺼운 마음도 기껍지 않은 마음도 아닌 그녀는

하야와사에게 다가가

그 옆에 조용히 앉아

부끄럼에 얼굴이 발개져 말했다.

미네하하

당신을 따라가겠어요, 내 남편이시여.

해설자

하야와사의 구혼은 이렇게 이루어졌다!

그리하여 하야와사는

다코타 땅에서

In the land of the Dacotahs.

From the wigwam he departed,

Leading with him Laughing Water.

Hand in hand they went together

Through the woodland and the meadow,

Left the old man standing lonely

At the doorway of his wigwam.

And the ancient Arrow-Maker

Turned again unto his labor,

Sat down by his sunny doorway,

Murmuring to himself, and saying:

ARROW-MAKER

Thus it is our daughters leave us,

Those we love, and those who love us.

Just when they have learned to help us,

When we are old and lean upon them,

Comes a youth with flaunting feathers,

With his flute of reeds, a stranger

Wanders piping through the village,

Beckons to the fairest maiden,

And she follows where he leads her,

Leaving all things for the stranger!

연륜 있는 활공의 딸을 아내로 맞았다.

활공의 초막을 나선 하야와사는

소리 내어 웃는 물을 안내하였다.

노인을 홀로

초막 문에 세워두고

두 사람은 숲을 지나, 들판 지나,

서로 손을 잡고 떠났으니,

늙은 활공은

하던 일을 다시 손에 잡고

햇볕 따스한 문가에 앉아

홀로 중얼거렸다. 이렇게:

활공

우리가 사랑하고 우리를 사랑하는

딸들이 이렇게 우리 곁을 떠난다.

딸들이 이제는 노인을 도와줄 나이가 되었는데,

저들에게 의존할 늙은 나이가 되었는데,

젊은 청년이 깃털 흔들며 나타나서

갈대 피리 손에 든 낯선 사나이가

피리 불며 마을을 돌아다닌다.

가장 아름다운 처녀에게 손짓하고

처녀는 그가 이끄는 대로

낯선 자를 따라 모든 것을 뒤로 하고 떠난다!

NARRATOR

Thus it was that Hiawatha

To the lodge of old Nokomis

Brought the moonlight, starlight, firelight,

Brought the sunlight of his people,

Minnehaha, Laughing Water,

Handsomest of all the women

In the land of the Dacotahs.

해설자

그리하여 하야와사는

할머니 노코미스의 거처로

달빛, 별빛, 불빛,

하야와사 부족의 햇빛을 달고 왔으니,

다코타 땅에서 가장 아름다운 여인,

소리 내어 웃는 물,

미네하하를 데리고 왔다.

『하이디』(*Heidi*)

요한나 스피리 Johanna Spyri, 1827~1901

■ 줄거리 요약

아델하이드(하이디)는 부모를 여의고 스위스 마이엔펠드에서 이모 데테와 이모부 손에 자란 고아 소녀이다. 데테 이모는 다섯 살 된 하이디를 알프스 산 초막에 홀로 사는 할아버지에게 데리고 간다. 할아버지는 남의 험담을 일삼는 마을 사람들과 사이가 좋지 않다. 그는 항상 남을 비판하는 이들의 위선을 참을 수 없어 하며, 하나님을 원망하고 산에서 몇 년 동안 은둔생활을 하고 있다. 그는 처음에는 하이디를 내키지 않아했지만 총명하고 명랑한 어린 손녀가 마음에 들어 애정을 갖게 된다. 마음은 너그러우나 성격이 퉁명스런 할아버지는 손녀를 모든 악으로부터 보호하기 위해 학교에 보내는 것도 거부한다. 하이디는 이웃의 염소치기 소년 피터와 들판을 뛰어다니며 즐거운 나날을 보내고, 피터 어머니와 그리고 장님인 피터 할머니와 친구가 된다. 해가 바뀔수록 하이디는 그곳을 점점 더 좋아한다.

　　3년이 흐른 후 데테 이모가 다시 찾아와서, 이제 손녀딸과 정들어 재미있게 지내기 시작한 할아버지에게서 하이디를 떼어 내어, 독일 프랑크푸르트의 부유한 세제만 씨 댁으로 데리고 간다. 그곳에서 걷지 못하는 장애아인 세제만 씨의 딸 클라라와 친구가 되어 글도 배우고 견문을 넓히도록 한다. 클라라는 하이디의 단순한 친근성과 순박함에 매료되고 도시 생활을 모르는 데서 비롯되는 하이디의 우스운 행동으로 즐거워한다. 그러나 세제만 댁의 잘난 척 하는 가정부 미스 로텐마이어는 어수선한 것을 버릇없는 일로 간주하여 하이디를 엄격하게 다룬다. 하이디는 글을 배우지만 부르주아 유산계급 사회에 익숙지 못하고, 회색 빛 침침한 이 도시에서 외롭기만 하다. 고향에 대한 그리움이 커진 하이디는 점점 야위고 창백해진다. 하이디에게 한 가지 기분전환이 되는 것이 있다면 그것은 글을 읽고 쓰는 공부이다. 하이디가 글을 배우고 싶어 하는 큰 이유는 장차 장님인 피터 할머니께 책을 읽어주겠다는 동기부여가 있기 때문이다. 클라라의 할머니는 아이들을 방문하고 하이디의 친구가 되어 그녀에게 그림책으로 독일어를 가르쳐주고, 마음이 울적하고 슬플 때는 하나님께 기도하면 언제든 위안을 구할 수 있다고 기독교 신앙을 가르쳐준다.

　　몇 달이 지나 세제만 씨 집에 유령이 나타났다는 소동이 벌어진다. 클라라의 아버지와 그의 의사 친구가 원인을 알아내기 위해 어느 날 밤잠을 자지 않고 지키기로 한다. 유령으로 알려진 것은 실제로는 잠옷 입고 잠결에 걸어 다니는 하이디이다. 의사는 하이디가 고향에 대한 그리움으로 인한 스트레스로 몽유병에 걸렸으니, 병이 더 커지기 전에 즉시 집에 보내도록 처방한다.

　　곧 하이디는 기쁨에 넘쳐 알프스 집으로 돌아간다. 할아버지께 기도함으로써 얻는 위안을 가르쳐 드리고, 언제든 하나님한테 돌아갈 수 있다면서, 늦지 않았다고 할아버지께 확신시킨다. 손녀의 단순한 가르침에 고무된 할아버지는 마음을 열고 은둔생활을 끝내고 마을로 내려가서 몇 년만에 처음으로 교회에 참석하여 목사와 마을 주민들로부터 대대적인 환영을 받는다.

하이디와 클라라는 편지를 교환하고, 하이디를 방문한 의사는 클라라도 하이디를 방문할 것을 열렬히 권한다. 의사는 신선한 산바람과 친구와의 따뜻한 교제가 클라라의 건강에 큰 도움이 될 것을 확신한다. 이듬해 여름 클라라는 하이디를 방문하여 멋진 여름을 함께 보내고 염소 밀크와 신선한 공기를 마시면서 건강이 날로 좋아진다.

그런데 하이디와 클라라의 우정에 심한 질투심을 느낀 피터가 클라라의 빈 휠체어를 산 아래로 굴러 떨어트려서 완전히 망가트린다. 들판의 꽃들을 보고 싶은 클라라는 휠체어 없이 억지로 걷기를 시도하고 결국 그녀의 강한 열망은 장애를 극복한다. 피터는 죄의식을 느끼고 잘못을 고백한다. 알프스에서 몸도 고치고 정신과 영혼이 건강해진 클라라의 모습을 보고 놀란 아버지와 할머니는, 만약 하이디의 할아버지가 더 이상 하이디를 돌볼 수 없게 되면, 그때는 부유한 세제만 가족이 하이디를 영원히 돌봐줄 것을 약속한다.

■ 해설

1881년에 쓰인 『하이디』는 스위스 작가 요한나 스피리의 가장 잘 알려진 작품이다. 스위스 알프스 산 위에서 도시로 옮겨 살게 된 어린 소녀 하이디는 자유롭게 뛰놀던 고향 산이 그립다. "내 고향 남쪽 바다 저 푸른 물 눈에 보이네." 우리 가곡 가사처럼 "내 고향 알프스 산 저 푸른 하늘 눈에 보이네." 소녀는 매일 밤 가고파를 부른다. 부르다 병이 난다. 할아버지가 보고 싶고, 유일한 친구 피터가 보고 싶고, 친구 가족도 친구 같은 염소들도 모두 모두 보고 싶다. 하이디는 도회지에서 친구 하나가 더 생기고 그녀는 새 친구 클라라의 평생의 은인이 된다.

살다보면 고통스런 뉴스를 접할 때가 많다. 불확실한 상황 아래, 지극히 척박한 세상사에서 어쩌다 듣게 되는 감동적인 아름다운 이야기는 청량제와 같다. 그래서 착한 사람이 보상받고 사랑과 진실이 승리하는 『하이디』는 우리에게 마음 든든한 위안을 주는 작품이다. 현대 독자들에게 절대의 나쁜 것과 절대의 착한 것을 다루는 이 작품은 좀 과장되게 들릴 수 있다. 그러나 이 작품이 전하는 중요한 메시지는 사람들은 서로 사랑하며 함께 일하고, 서로 의지하며 돕고 살아야 한다는 것이다. 하이디는 돈이 생겼을 때 자기 것을 챙기기보다 장님인 피터 할머니를 위해 빵을 산다. 무뚝뚝한 겉모습과 달리 사람에게나 동물에게나 친절하게 대하는 하이디의 할아버지는 손녀딸의 제안에 따라 피터 할머니의 집을 고쳐주지만 고마움에 대한 대가는 일체 거절한다. 클라라의 병이 나았을 때도 "당신 딸이 나은 기쁨에 나도 함께 한다"며 세제만 씨의 대가를 거절한다. 하이디도 자신보다 항상 다른 사람을 우선 배려한다. 클라라의 집에서 고마움의 표시로 선물을 주려할 때에도, 자기를 위한 것이 아닌 할머니를 위한 따뜻하고 부드러운 깃털 침구를 요청한다.

『하이디』는 여러 면에서 작가 자신의 깊은 기독교 신앙이 반영되어 있는 종교적인 책이다. 클라라의 할머니 세제만 부인은 하이디에게 인생 문제와 좌절에 대한 답을 기도에서 찾고 위안 받을 것을 가르쳐주고, 어려운 문제에 대한 도움을 하나님께 간구할 뿐만 아니라 축복에 대한 감사를 가르친다. 등장인물들의 커다란 기쁨은 남을 돕는데서 비롯한다. 이

이야기에 나오는 인물들은 데테 아주머니나 으스대는 미스 로텐마이어를 제외하면 모두 처음부터 착하게 태어난 사람들로 보인다. 다만 질투심 강한 피터가 후에 자기의 잘못을 뉘우치고 고백하는 점에서 유일하게 성격의 발전을 보여주는 인물이다.

　　　오늘날의 독자가 볼 때, 하이디의 문제 해결은 너무 쉽고 단순해 보일지 모르지만, 이 이야기 속 인물들의 문제는 오늘의 청소년들도 겪는 똑같은 보편성 있는 문제들이다. 맹목적으로 대중의견을 따라가는 위험성, 사랑의 필요성, 실망에 대한 대처 등, 오늘의 청소년들도 공감하는 현실적인 관심거리를 다루고 있다. 이 책을 지나치게 교훈적이고, 감상적이고 비사실적인, 시대에 뒤떨어진 내용이라고 비난하는 평자들은 오늘날 청소년들의 고민거리를 묵살하는 것이다.

CHARACTERS: HEIDI, age 8; DETE, her aunt;
MISS ROTTENMEIER, a housekeeper;
CLARA SESEMANN, age 12, an invalid.

SCENE: The reluctant HEIDI and her determined aunt, who does not wish to be responsible for her, arrive at the Sesemann house where they are met by the haughty housekeeper, MISS ROTTENMEIER.

DETE

(*With a curtsy*) Miss Rottenmeier, I have brought the child who has come to be a companion for Herr Sesemann's daughter.

MISS ROTTENMEIER

(*Looking displeased*) Indeed! What is your name, child?

HEIDI

Heidi. (*She looks around the room, curiously*)

MISS ROTTENMEIER

What? That's no Christian name for a child. You were not christened that. What name did they give you when you were baptized?

HEIDI

I do not remember.

등장인물: **하이디,** 8세 소녀; **데테,** 하이디의 이모;
미스 로텐하이머, 세제만 댁의 가정부; **클라라 세제만,** 12세 소녀 환자

장면: 하이디를 책임지고 싶지 않은 하이디의 이모 데테는 결심하고, 다른
곳으로 가고 싶어 하지 않는 하이디를 이끌고 세제만 씨 댁으로 간다.
그곳에서 거만한 가정부 미스 로텐하이머를 만난다.

데테

(*예의를 갖춰 인사한다.*) 미스 로텐하이머, 세제만 씨 따님의 친구 될
아이를 데리고 왔어요.

미스 로텐하이머

(*기분이 좋지 않은 표정으로*) 그렇군요! 네 이름이 뭐냐, 얘야?

하이디

하이디에요. (*하이디는 호기심에 차서 방안을 둘러본다.*)

미스 로텐하이머

뭐라고? 그건 어린애 세례명이 아닌데. 그 이름으로 세례 받은 건 아
니겠지. 세례명이 뭐냐?

하이디

기억 못해요.

MISS ROTTENMEIER

What a way to answer! Dete, is the child a simpleton or only saucy?

DETE

(*Giving HEIDI a poke*) If the lady will allow me, I will speak for the child, for she is very unaccustomed to strangers. She is certainly not stupid nor saucy, for she does not know what it means. She speaks exactly as she thinks. Today is the first time she has been in a gentleman's house and she does not know good manners. But she is docile and very willing to learn if the lady will kindly have patience. She was christened Adelheid, after her mother, my sister, who has died.

MISS ROTTENMEIER

Adelheid! Well, that's a name that one can pronounce. But I must tell you, Dete, that I am astonished to see so young a child. I told you that I wanted a companion of the same age as the young lady of the house, one who could share her lessons and all her other occupations. Fräulein Clara is now over twelve. What age is this child?

DETE

I have lost count of her exact age, but I believe she is ten, or thereabouts.

HEIDI

Grandfather told me I was eight. (*DETE pokes her again.*)

미스 로텐하이머

대답치고는! 데테, 애는 바보요, 건방진 거요?

데테

(*하이디를 쿡 찌르면서*) 이 아이에 대해 제가 한 말씀드려도 된다면, 애는 낯선 사람한테 익숙지 않아서요. 물론, 바보도 아니고 건방진 애도 아닙니다. 그런 게 뭔지 모르는 아이어요. 자기가 생각하는 대로 그냥 말할 뿐이어요. 이렇게 품위 있는 가정에 와보기는 오늘이 처음이라서, 예의에 대해서도 몰라요. 그러나 온순한 아이라서 미스 로텐하이머께서 인내심을 보이면 뭐든지 기꺼이 배울 것입니다. 세례명은 제엄마 이름을 따서 아델하이드에요. 제 동생이 아이 엄마인데 죽었어요.

미스 로텐하이머

아델하이드! 그건 불러줄만한 이름이네. 데테, 그런데 한 가지 말해야겠는데, 아이가 너무 어려서 당혹스럽군요. 이 댁 따님 나이 또래를 원한다고 내가 말했을 텐데. 공부도 같이 하고 다른 일도 어울려 할 수 있는 비슷한 또래의 나이요. 클라라 양은 열두 살인데, 애는 몇 살인가요?

데테

정확한 나이는 잊었지만 열 살 정도 될 거에요.

하이디

할아버지가 나 여덟 살이라고 했어요. (*데테는 그녀를 쿡 찌른다.*)

MISS ROTTENMEIER

What? Only eight? Four years too young! Of what use is such a child to me? And what have you learned, child? What books have you read?

HEIDI

None.

MISS ROTTENMEIER

What? How did you learn to read, then?

HEIDI

I have never learned to read, nor my friend, Peter, either.

MISS ROTTENMEIER

Mercy upon us! Is it possible you cannot read? What have you learned then?

HEIDI

Nothing.

MISS ROTTENMEIER

Dete! This is not at all the sort of companion you led me to expect. How could you think of bringing me a child like this?

DETE

(*Firmly, but respectfully*) If the lady will allow me, the child is exactly what I thought you required, a child altogether different and not at all like other children. Now I must go, but I will come again soon to see how she is getting on. (*Curtsies and hurries out.*)

미스 로텐하이머

뭐? 겨우 여덟 살? 네 살이나 어리잖아! 저런 어린애가 나한테 무슨 도움이 된다고? 애야, 그동안 무얼 배웠니? 어떤 책들을 읽었니?

하이디

읽은 책은 없어요.

미스 로텐하이머

뭐라고? 그럼 읽는 법은 어떻게 배운 거야?

하이디

글을 배운 적이 없어요. 내 친구 피터도 글을 배우지 않았어요.

미스 로텐하이머

기가 막혀서! 글을 모른다는 게 말이 돼? 그러면 배운 건 뭐가 있는데?

하이디

아무 것도 없어요.

미스 로텐하이머

데테! 이런 아이를 데려 오리라고는 생각지도 못했지. 이런 애를 어떻게 이곳에 데려 올 생각을 한 거요?

데테

(*단호하게, 그러나 존중하는 태도로*) 제가 한 말씀드려도 된다면, 이 아이는 미스 로텐하이머가 찾고 있던, 보통의 애들과는 매우 다른, 바로 그런 아이입니다. 저는 이제 가봐야겠습니다. 하이디가 어떻게 지내는지 곧 다시 찾아와서 보겠습니다. (*인사를 하고 서둘러서 나간다.*)

MISS ROTTENMEIER

Wait! Wait! Are you really going to leave her here? Stop! (*She hurries out after her.*)

CLARA

(*Who has watched all this with amusement, now beckons to HEIDI*) Come here to me. (*HEIDI goes to her.*) Would you like to be called Heidi or Adelheid?

HEIDI

I am never called anything but Heidi.

CLARA

Then I shall always call you by that name. My name is Clara. Are you pleased to be here in Frankfurt?

HEIDI

No, but I shall go home again tomorrow and take grandfather some white rolls.

CLARA

Well, you are a funny child! You have come here expressly to stay with me and share my lessons. There will be some fun times, too, since you cannot read, for lessons are often dreadfully dull. Now they will be much more amusing. But why do you not like Frankfurt?

HEIDI

There are only buildings and streets here. I cannot see the mountains. Tomorrow I will go back home again where it is so beautiful. The sky is wide and blue and the sun smiles brightly and the fir trees murmur softly where I live.

미스 로텐하이머

기다려요! 기다려요! 저 애를 그냥 두고 갈 참이요? 잠깐! *(그녀는 데 테 아주머니 뒤를 따라 급히 나간다.)*

클라라

(이 광경을 재미있게 지켜 본 클라라는 하이디에게 손짓한다.) 이쪽으로 나한테 가까이 오렴. *(하이디는 그녀에게 다가간다.)* 널 하이디라고 부를까, 아델하이드라고 부를까?

하이디

누구나 다 날 하이디라고 불러.

클라라

그럼 나도 너를 항상 하이디라고 부를게. 내 이름은 클라라야. 프랑크 푸르트에 오니까 좋으니?

하이디

아니, 내일 다시 집에 갈 거야. 할아버지께 흰 빵을 갖다 드릴 거야.

클라라

너 재미있는 애로구나! 여기서 나하고 공부도 하고 같이 지내겠다는 특별한 뜻으로 왔잖아. 우린 재미있게 지낼 수 있어. 넌 글을 모르지. 공부가 끔찍하게 지루할 때가 있지만, 앞으로는 즐거운 일이 많이 있을 것 같다. 그런데 넌 프랑크푸르트가 왜 싫으니?

하이디

여긴 온통 건물하고 길만 있잖아. 산이 안 보여. 내일 난 아름다운 내 고향 집으로 갈래. 내가 사는 곳은 하늘이 넓고 푸르고 해는 환하게 웃고 전나무들은 부드럽게 속삭이는 곳이야.

CLARA

I think you will learn to like it here, especially when you learn to read.

HEIDI

I don't think I can learn to read.

CLARA

Oh, yes, Heidi! You must learn. Every lady must, and the tutor is very good and never gets angry. He comes every morning at ten o'clock and we will have lessons until two.

HEIDI

I don't think I will like it. Already I miss the mountains and the beautiful valleys.

CLARA

You must tell me all about them, Heidi, for I have never seen mountains and valleys. I have always been ill and have not often been out of doors. I cannot walk, you see, and must sit in this chair, and be carried to my bed.

HEIDI

Then I will help you, and I'll tell you everything about my village and my grandfather, and my friend Peter, and all our goats. They all have names and . . .

MISS ROTTENMEIER

(*Returns, very upset.*) Well, Adelheid, your aunt has gone and you are to stay here after all. There is no help for it. You are not at all what I wished for Clara, but you will have to do until I can write to her father. Come along to your room. (*She exits.*)

클라라

넌 여기를 좋아하게 될 거야. 특히 글을 배우면 말이지.

하이디

난 글 배우는 건 못할 것 같아.

클라라

물론 배울 수 있지, 하이디! 배워야만 해. 숙녀라면 글을 알아야 해. 선생님도 아주 좋은 분이셔. 화내는 법도 없으시고 매일 아침 열 시에 오셔서 오후 두 시까지 가르쳐주셔.

하이디

난 좋아할 것 같지 않아. 벌써 산이 그립고 아름다운 골짜기들이 보고 싶은 걸.

클라라

하이디, 너 사는 곳 경치가 어떤 건지 듣고 싶구나. 난 산도 골짜기도 본 적이 없거든. 아파서 밖에 나가는 일이 드물어. 보다시피 난 걸을 줄도 몰라. 의자에 앉아 있어야만 하고 누군가 옮겨주지 않으면 혼자 서는 침대에 누울 수도 없으니까.

하이디

그럼 내가 도와줄게. 고향 집 우리 할아버지, 내 친구 피터, 우리 염소 들 얘기 전부 해줄게. 염소들도 모두 자기 이름이 있어 . . .

미스 로텐하이머

(*화가 난 얼굴로 돌아온다.*) 자, 아델하이드, 네 아주머니는 떠나버렸 으니 이제 넌 여기 있어야겠다. 어쩔 수 없게 됐어. 넌 클라라를 위해 내가 생각했던 그런 아이가 전혀 아니야. 그렇지만 클라라 아버님께 내가 편지 쓸 수 있을 때까지 네 할 일을 해야겠다. 따라오너라. 네 방 으로 가자. (*그녀는 퇴장한다.*)

CLARA

Don't be sad, Heidi. You and I will be happy together. Miss Rottenmeier is in charge of everything while my father is traveling at his business, but she does everything according to my wishes.

MISS ROTFENMEIER

(*Angrily, from Off-stage*) Adelheid!

CLARA

Run along, Heidi. I will see you again at dinner.

HEIDI

Will there be white rolls for dinner?

CLARA

Oh, yes, and many other good things.

HEIDI

Then I will be there. (*She goes out.*)

CLARA

Oh, she is going to brighten my days! This dreary old house will not be the same now that she is here! I can hardly wait until dinner to see her again!

클라라

　슬퍼하지 마, 하이디. 여기서 너하고 내가 즐겁게 지낼 거야. 미스 로
텐하이머는 우리 아버지가 업무상 여행 중일 때 우리 집안일을 책임
맡고 계신 분이야. 그렇지만 내가 원하는 대로 다 따라 주셔.

미스 로텐하이머

　(*문밖에서, 화가 난 소리로*) 아델하이드!

클라라

　어서 가 봐, 하이디. 저녁 식사 때 보자.

하이디

　저녁 식탁에 하얀 빵이 있니?

클라라

　그럼. 다른 맛있는 것도 많이 나와.

하이디

　그럼 저녁밥 먹을 때 볼께. (*그녀는 나간다.*)

클라라

　오, 하이디가 와서 내 생활이 즐거워지겠다! 오래된 침침한 이 집이 하
이디 때문에 달라질 거야! 빨리 저녁 시간이 와서 하이디를 보고 싶구
나!

『톰 소야의 모험』(*The Adventures of Tom Sawyer*)

마크 트웨인 Mark Twain, 1835~1910

■ 줄거리 요약

톰 소야는 그의 이모 폴리가 자기를 사랑해주고 있음을 알고 편안하게 살고 있다. 그는 이모가 그에게 심한 야단을 하거나 매를 들 때 마음 아파하는 것을 안다. 야단 맞을만한 경우도 있지만 가끔은 그의 이복동생 시드의 희생타일 때가 많다. 톰의 사촌 매리의 임무는 톰이 옷을 깨끗이 입는지 지켜보는 것이고 폴리 이모는 교회에 갈 때 이들이 옷을 깨끗이 입도록 한다.

이웃에 예쁜 푸른 눈의 소녀 베키가 이사를 온다. 이 소녀를 보는 순간 톰은 그동안 그가 에이미 로렌스에게 품었던 연정이 단번에 사라지고 이 소녀에게 헌신하기로 한다. 다음 날 베키는 교실의 여자애들 쪽에 앉아 있는데 그 옆자리가 비어 있었다. 톰은 그 날 지각했고 교장 선생님이 왜 늦었느냐고 할 때 베키 옆의 빈 자리가 눈에 들어온다. 그는 마을의 주정뱅이 아들 허클베리 핀과 이야기하다 늦었다고 고백한다. 주정뱅이 아들인 문제아 헉과 어울린다 하여 톰은 매를 맞고 여자애와 같이 앉아야 하는 규율에 따른 벌을 받아 베키 옆에 앉게 된다.

톰은 처음에 그림을 그려서 베키의 관심을 끌고 "난 너를 사랑해"라고 써서 베키의 얼굴이 빨개진다. 톰은 학교가 끝난 후 만나자고 하여 두 사람의 약혼에 대해 설명한다. 순진한 그녀는 그의 제안을 받아들이고, 톰이 키스를 해야 약혼이 성립된다고 주장하자 베키는 처음에는 저항하나 수줍게 받아들인다. 무척 행복한 톰이 이전의 에이미 로렌스와의 관계를 언급하자 한 순간의 짧은 로맨스의 꿈은 깨지고 베키는 가버린다.

그 날 밤 창 아래서 헉의 휘파람 소리를 들은 톰은 몰래 집을 빠져나와 헉과 공동묘지로 간다. 두 소년은 묘지에서 인전 조(인디언 조의 사투리 발음), 머드 포터, 의사 로빈슨을 목격한다. 두 도둑이 시체를 발굴할 때 그들은 의사와 돈에 대한 언쟁을 벌리는 가운데 포터가 한 대 맞고 쓰러지고, 인전 조는 포터의 칼로 의사를 죽인다. 포터가 깨어나고 자기가 의사를 죽인 걸로 알자, 인전 조는 포터에게 그렇게 믿게 한다. 이 현장을 목격한 톰과 헉은 겁에 질려 그곳을 빠져나온다.

톰은 아프다고 학교에 가지 않고, 베키 대처는 톰을 상심시킨 후 학교에 오지 않았는데 그녀도 아프다는 소문이 있다. 베키는 학교에 왔으나 톰에게 냉담하다. 지루해진 톰은 조 하퍼와 헉과 잭슨 섬으로 도망가서 해적인 척 하며 지내고 헉에게 담배 피우는 것과 욕하는 것을 배운다.

마을 사람들은 사라진 아이들이 물에 빠져 죽은 줄 알고 시체를 찾아 나선다. 그의 죽음에 폴리 이모가 어떤 반응을 할지 알고 싶은 톰은 육지로 몰래 들어간다. 하퍼 부인과 폴리 이모가 장난은 심했지만 마음 착한 아이들이었다며 슬퍼하는 것을 보고 섬에 돌아온 톰은 조와 헉과 계획을 꾸민다.

마을은 슬픔에 차서 장례식이 거행되고 목사는 죽은 소년들을 위해 긴 조사를 읊는다. 장례행렬이 시작하려는 순간 조와 혁과 톰이 교회 통로로 행진해 들어온다. 이 일로 한동안 톰은 마을의 영웅이 되었으나 베키는 여전히 그를 무시한다. 그러나 베키로 인해 책이 찢어지는 일이 생겼을 때 교장선생님이 누구의 소행인지 묻자 톰이 선뜻 자기가 그랬다고 나서서 베키는 고마운 마음에 그를 용서한다.

머프 포터가 살인죄로 감옥에 있을 때 톰과 혁은 그들이 본 것을 절대 발설하지 않기로 약속하고, 몰래 머프에게 먹을 것을 갖다 준다. 그러나 톰은 무고한 노인이 벌 받는 것을 그냥 볼 수가 없어 재판정에서 그가 목격한 것을 말한다. 톰이 말하는 동안 증인으로 나와 있던 인전 조는 창문으로 도망간다. 이제 톰은 그를 영웅시하는 베키가 있어서 세상이 환하다.

혁과 톰은 오랫동안 버려진 집 마루 밑에서 인전 조와 더러운 어떤 사람이 돈 상자를 파내는 것을 목격한다. 톰과 혁은 보물 상자를 찾기로 한다.

대처 판사가 마을 청소년들에게 피크닉을 제공하는데, 아이들이 좋아한 것은 강둑에 있는 동굴에 가는 것이었다. 피크닉 후, 모두들 동굴에 간 뒤에 톰과 베키가 보이지 않았음을 기억한다. 톰과 베키는 동굴에서 길을 잃고 헤매다 동굴 안에 인전 조가 있음을 알고 무서워한다. 동굴은 도둑의 은신처였다. 5일 동안 동굴에서 지낸 후 기적적으로 톰은 퇴로를 발견한다. 톰은 또 다시 영웅이 된다. 베키의 아버지 대처 판사는 위험한 동굴을 잠가버리고, 인전 조는 그 안에서 굶어 죽는다. 톰과 혁은 인전 조가 숨긴 것으로 믿고 있는 황금상자를 동굴에서 발견하는데, 그 안에는 일만 이천 달러가 들어 있다.

　　과부 더글러스 부인에게 입양된 헉은 하루 일 달러 수입으로 평생 은퇴하기로 계획을 세운다. 톰이 해적단을 구성하고 헉을 용감한 해적으로 만들어준다는 약속만 하지 않았다면 헉은 결코 더글러스 부인과 함께 살지 않았을 것이고, 그가 결코 따르고 싶지 않은 그녀의 엄격하고 단정한 생활 방식도 배우지 않았을 것이다.

■ 해설

1876년 출판된 『톰 소야의 모험』은 나이에 상관없이 여러 층의 독자들을 즐겁게 해주는, 특히 소년들에게 인기 있는 작품이다. 트웨인의 소년시절에 대한 평생의 그리움이 이 소설을 쓰게 했다. 미국 황금기의 전원 풍경을 배경으로 보여주는 그의 소년 시절의 세인트 피터스버그는 작가가 이를 기억하고 재창조했을 때는 이미 사라진 풍경이다.

　　마크 트웨인은 그의 소설 『허클베리 핀의 모험』 서문에 "이 책에서 동기를 찾으려는 자는 처형될 것이고 도덕을 찾으려고 시도하는 자는 추방당할 것이고 플롯을 찾으려는 자는 총살당할 것이다"라고 썼는데, 이 서문은 『톰 소야의 모험』에 더 어울리는 듯싶다. 톰 소야의 이야기는 순수하고 단순하고 행복한 "한 소년의 역사"이다. 그러나 이 책은 어린이뿐 아니라 어린 시절의 추억을 그리워하는, "기억을 되살리면 다시 살아나는/ 잊혀 사라진 아름다움"(힐다 컹클린[1910-86]의 시구)을 노래한다.

　　톰은 모든 미국 소년의 원형이라고 할 수 있다. 헉은 독립적이고 교육이 없고 엄마 없는 존재로, 불경스런 짓을 좋아하고 문명을 질색한다. 그런 헉의 성격과는 반대로 톰은 세상사를 잘 파악하고 모험심 있는 리더이다. 술주정뱅이 아버지를 보고 자란 헉과는 달리 톰은 존경할 만한 폴리 이모 밑에서 명예와 영웅심에 관심 있는 소년으로 자란다. 소설이 시작할 때 톰은 헉의 게으르고 자유스런 생활을 부러워하는 말썽꾸러기 소년이다. 그러나 톰의 모험이 진행되면서 그는 어린이답지 않은 성숙한 행동과 책임 있는 결정을 하는 모습을 보여준다. 머프 포터의 재판 장면, 베키가 벌 받지 않도록 대신 나서주는 일, 동굴에서의 길을 찾아 빠져나갈 수 있던 영웅적인 일이 그런 예이다. 소설이 끝날 때 톰은 헉이 과부 더글러스 부인과 함께 살도록 유도하면서 옷도 이제는 깔끔히 입고, 목욕도 하고 식탁예법도 지키고 교회도 갈 것을 권한다. 이와 같이 톰은 어른 세계의 질서를 깨트리고 어른들 속을 썩이는 아이가 더 이상 아니다. 그는 어린 시절의 자유를 희생하고 사회의 관습과 규칙을 포용하는 책임 있는 질서옹호자가 된다. 그래도 베키에 대한 관심과 담배 피우고 술 마시는 헉을 부러워하는 사춘기 소년임에는 변함이 없다.

작가는 미시시피 강가 마을의 유년시절을 낭만적인 것과 사실적인 것, 유머와 페이소스를 균형 있게 어우르며 흥미롭고 유쾌하게 보여준다. 소설 속의 생동감 있는 장면들과 다양한 등장인물들은 미국문학을 풍요롭게 해주는 요인이 되고, 이로써 이 작품은 미국의 이상적 향수를 세계에 알려주는 고전이 되었다.

CHARACTERS: TOM SAWYER, a boy; AUNT POLLY, his aunt; HUCKLEBERRY FINN, his friend; BECKY THATCHER, his girl; ALFRED TEMPLE, a spoiled boy.

TOM

(*Enters, licking his jam-covered fingers and holding an overflowing jar.*) Ummm-mm! Strawberry jam! (*He nods to audience.*) Ain't nothin' Tom Sawyer likes better! That's me, Tom Sawyer. Most likely you've heard of me. I've been around a long time in a story that was written by Mr. Mark Twain. He knew a lot about boys, having been one himself, of course, and a lot of things he remembered in himself as a boy he relived through me. I live with my Aunt Polly in the little town of St. Petersburg, Missouri, on the banks of the great Mississippi River.

AUNT POLLY

(*Enters, looking around.*) Tom! Tom Sawyer!

TOM

Uh-oh! There's Aunt Polly lookin' for me. I'd better hide. (*He ducks down, as AUNT POLLY looks all around, raising and lowering her spectacles.*) My aunt never looks through her spectacles. They are simply for show. She could see through a pair of stove lids just as well!

등장인물: 톰 소야, 소년; 폴리 아주머니, 톰의 이모; 허클베리 핀, 톰의 친구; 베키 대쳐, 톰의 여자친구; 앨프레드 템플, 버릇없는 소년

톰

(*잼이 넘치는 깡통을 들고 잼이 잔뜩 묻은 손가락을 빨면서 들어온다.*) 야미, 야미, 맛있다! 딸기 잼이어요! (*그는 관객에게 고개를 끄덕여 보인다.*) 톰 소야가 딸기 잼보다 더 좋아하는 건 없어요! 내가 바로 톰 소야입니다. 나에 대한 얘기는 이미 들어보셨겠지요. 마크 트웨인 선생님이 쓴 이야기 속에 내가 많이 등장하거든요. 트웨인 선생님은 소년들에 대해서 잘 알고 계셔요. 물론 선생님 자신이 남자 아이였으니까요. 어려서 알았던 많은 기억들을 그분은 나를 통해서 재생시키고 있어요. 나는 미주리 주 거대한 미시시피 강가의 작은 마을 세인트 피터스버그에서 폴리 이모와 함께 살고 있어요.

폴리 이모

(*주위를 살피면서 들어온다.*) 톰! 톰 소야!

톰

에구! 저기 폴리 이모가 날 찾고 있네요. 어서 숨어야겠어요. (*그는 폴리 아주머니가 안경을 올렸다 내렸다 하며 주위를 돌아볼 때 보이지 않게 고개를 숙인다.*) 우리 이모는 안경을 통해서 보는 법이 없어요. 남들한테 자랑하고 싶어서 그냥 걸고 다니는 거지요. 우리 이모는요, 난로 뚜껑을 쓰고도 볼 수 있으니까요.

AUNT POLLY

Tom? Now where is that boy, I wonder? (*TOM slips behind her and follows her about.*) You, Tom! I never did see the beat of that boy! If I ever get hold of him, I'll — (*She catches sight of him behind her and seizes him by the collar.*) There you are! What have you been doing?

TOM

(*Meekly, hiding jam behind his back*) Nothin', Aunt.

AUNT POLLY

Nothing! Look at your hand! And look at your mouth! What is that truck?

TOM

(*Innocently*) Why, I don't know, Aunt.

AUNT POLLY

Well, I know! It's jam, that's what it is! Forty times I've said I'd skin you if you didn't let that jam alone. Hand me that switch! (*She points off.*)

TOM

(*Giving her his most appealing look*) Yes'm. (*He slowly goes off, returns slowly with the switch, and hands it to her. She takes a firm grip on his collar, bends him over, and raises the switch. He cringes and sniffs. She hesitates. He is encouraged and sniffs louder. She hardens her look, raises the switch again and is about to lower it.*) Oh, quick, Aunt! Look behind you! Quick!

폴리 이모

톰? 이 녀석이 대체 어디 있는 거야? (*톰은 살짝 그녀 등 뒤에 숨어서 좇아다닌다.*) 너 어디 있냐, 톰! 이 말썽꾸러기 녀석이 통 안 보이네. 잡기만 해봐라. 내 그냥 — (*그녀 등 뒤에 있는 톰을 발견하고 그의 옷깃을 잡는다.*) 잡았다! 무슨 짓을 하고 있었냐?

톰

(*온순한 태도로 잼을 등에 숨기고*) 아무 짓도 안 했어요, 이모.

폴리 이모

아무 짓도 안 했다고! 네 손 좀 봐라! 입도 보고! 거기 묻은 건 다 뭐지?

톰

(*순진하게*) 아 이거요. 모르겠어요, 이모.

폴리 이모

난 알지! 잼이야, 잼. 잼이란 말이야! 너 잼 건드리면 호되게 얻어맞는다고 마흔 번은 말했겠다! 가서 회초리 가지고 와! (*그녀는 무대 밖을 가리킨다.*)

톰

(*꽤나 호소하는 눈빛으로*) 알았어요, 이모. (*그는 천천히 나가서 회초리를 들고 천천히 들어와 이모에게 건네준다. 그녀는 톰의 옷깃을 꽉 잡고, 그의 몸을 굽혀놓고 회초리를 들어올린다. 톰은 몸을 움츠리고 코를 훌쩍인다. 그녀는 머뭇거린다. 톰은 용기가 생겨 더 큰 소리로 훌쩍인다. 그녀는 표정을 단단히 하고 회초리를 다시 들어 올리고 때리려는 순간이다.*) 오! 빨리요, 이모! 뒤를 보세요! 빨리!

AUNT POLLY

(*Gasping*) What? What's behind me? (*She drops switch, grabs up her skirts, and looks behind her. TOM laughs and runs off.*) Oh, hang that boy! (*Laughs gently.*) Can't I ever learn anything? Ain't he played me tricks enough like that for me to be looking out for him by this time? But, my goodness, he never plays the same trick twice in a row, and how am I to know what's comin'? Ah, well, he's my own dead sister's boy, poor thing, and I ain't got the heart to lash him somehow. Still, I've got to do my duty by him or I'll be the ruination of the child! (*She exits, shaking her head.*)

TOM

My Aunt Polly was patterned after Mark Twain's own mother, Jane Lampton Clemens, who was very good to him. My Aunt Polly was always good to me, in her own way, and took good care of me whether I 'preciated it or not. (*Looks off.*) Here comes my friend, Huck Finn. There's no other boy in the world I'd rather hang around with. (*HUCK enters, swinging a dead cat on a string.*) Huck is the son of the town drunkard and he is cordially hated and dreaded by all the mothers in town because they think he sets a bad example by never going to school or church. He's idle, lawless, and vulgar, and his society is forbidden to us "respectable boys." He goes fishin' or swimmin' whenever he wants to. He sleeps on doorsteps in fine

폴리 이모

(숨을 헐떡이며) 뭔데? 뒤에 뭐가 있어? (그녀는 회초리를 떨어트리고 스커트를 잡고 돌아다본다. 톰은 큰 소리로 웃고 도망간다.) 아이고 고약한 녀석! (부드럽게 웃는다.) 난 정말 배우는 게 없나? 이젠 알아차릴 때도 됐건만 저 녀석한테 밤낮 속다니! 이쯤이면 나도 깨달을 때가 되었는데, 저 녀석은 똑같은 꾀를 두 번 다시 쓰지 않으니, 다음에 무슨 꾀를 필지 낸들 알 수 있어야 말이지? 저 불쌍한 녀석은 죽은 언니 아들이라 내가 맘이 약해서 심하게 다루지도 못하겠어. 그래도 아이에 대한 내 임무는 해야 하니까. 안 그러면 내가 저 애를 망치는 화근이 될 수 있지! (그녀는 머리를 저으면서 퇴장한다.)

톰

우리 이모 폴리는 마크 트웨인 선생님이 선생님의 어머니 제인 램프턴 클레멘스를 모델로 삼아 썼다고 해요. 작가의 어머니는 아들에게 아주 좋은 어머니였어요. 폴리 이모는 저한테 이모 방식대로 항상 잘해 주었고, 제가 고마워하든 않든 상관없이 저를 잘 돌보아 주셨어요. (무대 바깥쪽을 내다본다.) 저기 내 친구 헉이 오네요. 내가 세상에서 제일 친하게 어울리고 싶은 아이지요. (헉은 죽은 고양이 한 마리를 흔들면서 등장한다.) 우리 마을에 사는 술주정꾼 아들인데 학교도 안 가고 교회도 안가요. 그런 애가 이곳 아이들한테 나쁜 영향을 줄까봐 마을 어머니들이 몹시 미워하고 또 엄청 두려워하는 대상이지요. 헉은 게으르고 법도 지키지 않고 무례하고, 헉이 어울리는 사회는 이곳 우리들 소위 "존중받는 남자애들" 세계에서는 금지되었거든요. 헉은 마음 내키는 대로 낚시질도 가고 수영도 하고 언제든지 원 없이 놀아요. 날씨 좋은 날엔 현관 층계에서 잠자고 비오는 궂은 날엔 비어있는 나무 술통 안

weather and inside empty barrels in wet, and he never has to wash or put on clean clothes or wear shoes. He can do everything that makes life precious to a boy and I wish I could be like him! (*As HUCK approaches him*) Hello, Huckleberry!

HUCK

Hello, yourself, Tom Sawyer, and see how you like it!

TOM

What's that you got there, Huck?

HUCK

Dead cat.

TOM

Lemme see him. My, he's pretty stiff. Where'd you get him?

HUCK

Bought 'em off'n a boy.

TOM

What'd you give?

HUCK

A blue ticket and a bladder that I got at the slaughterhouse.

TOM

What's a dead cat good for, Huck?

HUCK

Good for? Why, to cure warts with!

TOM

Is that so? How do you do it?

HUCK

Why, you take your cat and go in the graveyard along about midnight after somebody that was wicked has been buried. Then

에서 자고, 목욕하는 법도 없고, 깨끗한 옷 입는 법도 없어요. 신발도 안 신고 맨발로 다녀요. 헉은 우리 어린 소년들이 인생에서 하고 싶어도 못하는 일들을 뭐든지 하고 살지요. 나도 헉처럼 살 수 있으면 얼마나 좋을까요! (*헉이 그에게 다가오자*) 안녕, 허클베리!

헉

안녕, 톰 소야, 너도 잘 지내고 있지!

톰

너 손에 든 게 뭐야, 헉?

헉

죽은 고양이.

톰

어디 좀 봐. 와, 뻣뻣하네. 어디서 났어?

헉

어떤 애한테 다른 것 주고 바꿨어.

톰

넌 뭘 줬는데?

헉

물고기 도살장에서 얻은 부레하고 파란 추첨권 딱지 한 장 줬지.

톰

죽은 고양이를 어디다 쓰려고 그래, 헉?

헉

어디다 쓰냐고? 그거야 사마귀 떼는 데 쓰지!

톰

그래? 어떻게?

헉

그건 말이지, 네가 고양이를 갖고 한밤중에 못된 놈이 묻힌 묘지로 가는

when it's midnight, a devil will come, or maybe two or three, and when they're takin' the dead feller away, you heave your cat after 'em and say, "Devil follow corpse, cat follow devil, warts follow cat, I'm done with ye!" and that'll cure any wart!

TOM

Sounds right. When are you going to try it?

HUCK

Tonight. I reckon the devils will be comin' after old Hoss Williams.

TOM

But he was buried on Saturday. Didn't the devils get him Saturday night?

HUCK

Why, how you talk! How could a devil's charm work till midnight? And then it's Sunday. Devils don't slosh around much of a Sunday, I don't reckon!

TOM

I never thought of that. Say, Huck, lemme go with you?

HUCK

Of course, if you ain't afraid.

TOM

Me afraid? T'ain't likely! You just "meow" outside my window when it's time to go.

HUCK

All right. You be ready. (*He wanders off.*)

거야. 자정이 되면 귀신이 나올 거고. 귀신은 둘일 수도 있고 셋일 수
도 있어. 귀신들이 죽은 자를 데리고 갈 때 넌 그 고양이를 귀신 뒤에
들어 올리고 이렇게 말하는 거야. "귀신은 시체를 쫓아간다. 고양이는
귀신을 쫓아간다. 사마귀는 고양이를 쫓아간다. 사마귀가 사라진다!"
그러면 어떤 사마귀도 다 없앨 수 있어!

톰

그거 그럴 듯하구나. 언제 해볼 참인데?

헉

오늘밤에. 귀신들이 늙은 호스 윌리엄스를 찾아올 거거든.

톰

그 노인은 토요일에 묻혔잖아. 귀신들이 토요일에 벌써 데리고 가지
않았을까?

헉

모르는 소리! 그 날은 귀신들 주술이 자정까지 맥을 못 추잖아? 자정
이면 바로 주일날이거든. 귀신들은 주일날엔 휘젓고 돌아다니지 않는
단 말이야. 내가 알기로는!

톰

그 생각은 못해봤어. 근데, 헉, 나도 같이 가도 돼?

헉

물론이지. 무서워하지만 않으면.

톰

내가 무서워한다고? 그럴 리 없지! 너 갈 때 내 창에 대고 "야옹" 소리
만 내.

헉

알았어. 준비하고 기다려. (*그는 어슬렁거리고 나간다.*)

TOM

There he goes, off to do what he feels like doin'. But I have to go to school! Being in school is always a dismal time. I'm always wishin' I was fishin' or swimmin' or playin' somewhere out in the woods. 'Course, sometimes school isn't so bad 'cause Becky Thatcher's there. Then I can show off and think about her and wonder who she's thinkin' about. She's the prettiest girl in the whole school. (*BECKY THATCHER enters and sits down on a bench, glancing shying at TOM.*) As I was sayin', Becky is . . . special. (*He crosses to her and sits beside her. For a moment they sit, neither speaking, just idly swinging their legs and looking shyly at each other. Then TOM suddenly blurts out.*) Becky, do you love rats?

BECKY

(*Making a face*) No! I hate them!

TOM

Well, I do, too, live ones. But I mean dead ones to swing around your head on a string.

BECKY

No, I don't care for rats much any way. What I like is chewing gum.

TOM

Oh, I do, too. I wish I had some now. (*More leg swinging and shy smiling*) Say, Becky, was you ever engaged?

톰

하고 싶은 대로 제멋대로 사는 헉이 나갑니다. 나는 그런데 학교엘 가야 해요! 학교에 있는 시간은 정말 재미없어요. 낚시질이나 하고 수영하고 숲속에서 놀며 지낼 수 있으면 얼마나 좋을까요. 물론 학교도 아주 나쁘기만 한 건 아니어요. 베키 대쳐가 있기 때문이지요. 베키 앞에서 저는 잘난 척도 하고요. 베키 생각을 하면서, 베키는 누굴 생각하나 궁금해 하고 말이지요. 베키가 우리 학교 전체에서 제일 예쁜 애여요. (*베키 대쳐가 들어와서 벤치에 앉으며 수줍게 톰을 바라본다.*) 항상 제가 말하지만, 베키는 . . . 특별한 아이어요. (*그는 베키 쪽으로 건너가서 그 애 옆에 앉는다. 둘은 잠시 서로 말을 하지 않고 다리만 흔들흔들 거리면서 각각 수줍게 서로를 쳐다본다. 톰이 불쑥 말을 던진다.*) 베키, 너 쥐 좋아하니?

베키

(*얼굴을 찡그리며*) 아니! 난 쥐 싫어해!

톰

그건 나도 싫어. 살아있는 쥐는 싫어. 그렇지만 죽은 쥐를 끈에 묶어서 네 머리에 얹고 다니면 어떨까.

베키

아니, 쥐는 어쨌든 질색이야. 내가 좋아하는 건 껌이야.

톰

아, 나도 껌 좋아해. 껌이 있었으면 좋겠다. (*다리를 더 흔들면서 수줍게 웃는다.*) 베키야, 그런데 너 정혼한적 있니?

BECKY

Engaged? What's that?

TOM

Why, engaged to be married.

BECKY

No.

TOM

Would you like to?

BECKY

I don't know, Tom. What's it like?

TOM

Like? Why, it ain't like anything! You just tell a boy you won't ever have anybody but him, and then you kiss and that's all. Anybody can do it.

BECKY

Kiss? What do you kiss for?

TOM

Why, that . . . you know . . . is to . . . well, they always do it!

BECKY

Everybody?

TOM

Everybody that gets engaged. Now, I'll whisper something in your ear and then you have to whisper the same thing to me. (*He whispers in her ear. She squirms and looks down.*) Now you whisper it to me. (*BECKY hesitates, then quickly whispers in his ear.*) Now for the . . . (*He quickly kisses her on the cheek.*) Now we're engaged! And always after this you're to walk

베키

정혼? 그게 뭔데?

톰

결혼하기 위해서 하는 약혼 말이야.

베키

아니, 해본 적 없어.

톰

너 정혼하고 싶니?

베키

모르겠어, 톰. 정혼하는 게 어떤 건데?

톰

어떤 거냐고? 그건, 그 어떤 것하고도 다르지! 넌 정혼한 남자애 말고 다른 남자 애하고는 사귀고는 않겠다고 정혼하는 애한테 말하는 거야. 그리고 뽀뽀하면 정혼이 성립되는 거야. 그게 다야. 누구든지 할 수 있는 일이지.

베키

뽀뽀한다고? 뽀뽀는 왜 하는데?

톰

그건, 그건 . . . 너도 알잖아 . . . 그건 누구나 다 항상 그렇게 하는 거야!

베키

누구나 다 그렇게 한다고?

톰

정혼하는 사람은 누구나 다 그렇게 하는 거야. 내가 너한테 귓속말로 속삭이면 너도 나한테 똑같은 말을 속삭여야 한다. (*그는 그녀의 귀에 속삭인다. 그녀는 몸을 움츠리고 눈을 아래로 뜬다.*) 자 너도 나한테 똑같이 속삭여 봐. (*베키는 망설이다 급히 그의 귀에 속삭인다.*) 그래 . . . (*그는 급하게 그녀의 뺨에 키스한다.*) 자, 우린 인제 정혼했어!

to school with me when there ain't anybody lookin', and you choose me and I choose you at parties, and you don't marry anybody but me and I don't marry anybody but you.

BECKY

It sounds nice, Tom. I never heard of it before.

TOM

Oh, it's lots of fun. Why, me and Amy Lawrence . . . (*He breaks off, clapping his hand over his mouth.*)

BECKY

(*Jumping up*) Oh, Tom! Then I ain't the first you've been engaged to! (*Begins to cry.*)

TOM

Oh, don't cry, Becky. I don't care for her anymore.

BECKY

Yes, you do, Tom. You know you do! (*Sobs louder.*)

TOM

No, Becky, honest! I don't care for anybody but you. (*He tries to take her hand.*)

BECKY

(*Slapping his hand*) Tom Sawyer, I think you're just awful! (*She flounces out, still crying.*)

TOM

But, Becky, what did I do? (*He turns away in disgust.*) I didn't do anything so awful. Girls! She'll be sorry some day! (*As he*

앞으로 너는 학교 갈 때, 아무도 보는 사람이 없으면 꼭 나하고 같이 걸어가야 한다. 파티에서는 나를 짝으로 택해야 하고 나는 너를 택하고, 결혼은 다른 사람 아닌 나하고만 해야 하고, 나도 너 이외 누구하고도 결혼하지 않을 거야.

베키

멋지다, 톰. 처음 들어보는 소리야.

톰

아주 재미있을 거야. 그게 말이야, 나하고 에이미 로렌스 하고는 . . . (*그는 갑자기 말을 멈추고 손으로 입을 막는다.*)

베키

(*벌떡 일어나면서*) 오, 톰! 그럼 난 네가 정혼한 첫 번째가 아니구나! (*울기 시작한다.*)

톰

울지 마, 베키. 난 이제 그 애한테 관심 없어.

베키

아니, 너 그 애한테 관심 있어, 톰. 그 애한테 관심 있다는 걸 너도 알잖아! (*소리 내어 흐느낀다.*)

톰

아니야, 베키 정말 아니야! 난 이제 너 이외는 아무도 관심 없어. (*그녀의 손을 잡으려고 한다.*)

베키

(*그의 손을 때리면서*) 톰 소야! 넌 아주 못된 애야! (*여전히 울면서 그녀는 뛰쳐나간다.*)

톰

그렇지만, 베키, 내가 뭘 어쨌는데? (*그는 불쾌해하며 얼굴을 돌린다.*) 난 못된 짓을 한 게 없는데요. 여자애들이란! 참 알다가도 모르겠어요!

turns to leave, ALFRED TEMPLE enters, neatly dressed, wearing shoes and a hat, and looking spoiled and snobbish.) Well, lookee here! The new boy in town, Alfred Temple! (*He and ALFRED eye each other scornfully and suspiciously and walk around each other in a wide circle. Suddenly they move in closer until they are nose to nose.*) I can lick you!

ALFRED
I'd like to see you try it!

TOM
Well, I can do it.

ALFRED
No, you can't, either!

TOM
Yes, I can!

ALFRED
No, you can't!

TOM
I can!

ALFRED
You can't!

TOM
Can!

ALFRED
Can't!

TOM
(*Backs off a moment.*) Say, what's your name?

베키는 언젠가 후회할 거에요! (*그가 자리를 뜨려는 참에 옷을 말끔히 입고 깨끗한 구두에 모자를 쓴 앨프레드 템플이 버릇없는 태도로 거만하게 들어온다.*) 야, 이게 누구냐! 우리 마을에 새로 등장한 앨프레드 템플이라는 녀석이로구나! (*톰과 앨프레드는 조롱하는 표정으로 의심스럽게 서로 노려보고 상대방 주위를 원을 그리면서 빙빙 돈다. 갑자기 코와 코가 맞닿을 만큼 가까워진다.*) 난 널 호되게 갈겨줄 수 있어!

앨프레드
 어디 네가 칠 수 있는지 보자!

톰
 할 수 있지.

앨프레드
 아니, 넌 할 수 없어!

톰
 아니, 할 수 있어!

앨프레드
 할 수 없어!

톰
 널 칠 수 있어!

앨프레드
 못 쳐!

톰
 칠 수 있다고!

앨프레드
 칠 수 없다고!

톰
 (*잠시 뒤로 물러서서*) 그래, 네 이름이 뭐냐?

ALFRED

T'isn't any of your business, maybe.

TOM

Well, I'll make it my business.

ALFRED

Well, why don't you?

TOM

If you say much, I will.

ALFRED

Much-much-much! There now!

TOM

Oh, you think you're mighty smart, don't you? I could lick you with one hand tied behind me, if I wanted to.

ALFRED

Well, why don't you do it?

TOM

Well, I will, if you fool with me! Smarty! What a hat!

ALFRED

You can lump that hat if you don't like it. I dare you to knock it off, and anybody that'll take a dare will suck eggs!

TOM

You're a liar!

ALFRED

You're another!

TOM

Say, if you give me much more of your sass, I'll bounce a rock off'n your head!

앨프레드

네가 그건 알아서 어쩔 건데.

톰

알아야겠어.

앨프레드

네가 알아보렴.

톰

네가 말을 많이 하면 알 수 있지.

앨프레드

많이—많이—많이! 됐냐!

톰

너 꽤나 잘난 척하는 녀석이로구나. 그렇지? 난 손이 하나 등에 묶인 채로도 널 때려눕힐 수 있어. 내가 원하기만 하면 말이다.

앨프레드

그럼 지금 그렇게 해보시지?

톰

그래, 네가 날 놀릴 때 때려주지! 잘난 체하는 자식! 그 모자 꼬락서니하고!

앨프레드

이 모자가 네 맘에 안 들어도 참아라. 내 모자를 건드려 떨어트리기만 해 봐. 톡톡히 본 떼를 보여줄 테니!

톰

넌 거짓말쟁이야!

앨프레드

너도 거짓말쟁이야!

톰

이봐, 너 자꾸 건방지게 까불면 네 골통을 깨줄 테다!

ALFRED

Oh, of course, you will!

TOM

Well, I will!

ALFRED

Then why don't you do it? Or are you afraid?

TOM

I ain't afraid!

ALFRED

You are!

TOM

I ain't! Go away from here! (*Shoves him.*)

ALFRED

Go away yourself! (*Shoves him back.*)

TOM

I won't!

ALFRED

I won't either!

TOM

(*Draws a line in the dust with his toe.*) I dare you to step over that line, and I'll lick you till you can't stand up! Anybody that'll take a darc will steal sheep!

ALFRED

(*Stepping over the line*) Well?

TOM

Don't you crowd me now. You better look out!

앨프레드

　오, 행여나 그러겠다!

톰

　못 할 줄 아냐!

앨프레드

　그럼 어디 해보시지 그래? 겁나서 못하겠냐?

톰

　난 겁 안나!

앨프레드

　너 지금 겁내고 있어!

톰

　겁 안 난다니까! 여기서 꺼져버려! (*그를 밀어낸다.*)

앨프레드

　너나 꺼져버려! (*이번에는 톰을 밀어낸다.*)

톰

　난 여기서 꼼짝 안 할 거야!

앨프레드

　나도 안 비켜!

톰

　(*흙 위에 발가락으로 선을 긋는다.*) 이 선 안에 발을 들여 놓는 날엔
네가 일어나지 못할 만큼 늘씬하게 두들겨 줄 테다! 간 큰 놈 있으면
나와 보라고 해!

앨프레드

　(*선 안으로 발을 들여놓으면서*) 자, 어쩔래?

톰

　너 자꾸 귀찮게 굴래. 조심하는 게 좋아!

ALFRED

Well, why don't you lick me?

TOM

By jingo! For two cents I will! (*ALFRED smirking, takes two pennies from his pocket and holds them in front of TOM's face. TOM smacks the pennies out of his hand and jumps on ALFRED, knocking him to the ground. They roll and tumble, pounding and groaning, until finally TOM gets astride him and holds him down.*) Holler 'nuff!

ALFRED

(*Struggling*) Let me up!

TOM

Not till you holler 'nuff!

ALFRED

(*Furious, but helpless*) Let me up! Let me up!

TOM

Holler 'nuff!

ALFRED

(*Choking it out*) 'Nuff! 'Nuff!

TOM

(*Lets him up.*) Now that'll learn you! Better watch out who you're foolin' with next time!

ALFRED

(*Sniffling brushing off his clothes*) You just wait! I'll get you next time! (*As TOM makes a rush at him, he dashes out, squealing.*)

앨프레드

자, 왜 날 때리지 못하냐?

톰

정말이지, 이게! 2센트면 널 갈겨 준다! (*앨프레드는 씨익 웃으면서 주머니에서 동전 두 개를 꺼내어 톰의 얼굴에 들이댄다. 톰은 찰싹 소리를 내며 잽싸게 동전을 취하고는 덤벼들어 그를 바닥에 눕힌다. 둘은 서로 엎치락뒤치락 밀치고 치고 박고 신음소리를 내며 싸운다. 결국 톰이 앨프레드 몸 위에 걸터앉아 그를 누르고 있다.*) 항복한다고 해!

앨프레드

(*일어나려고 애쓰면서.*) 그만하고 비켜!

톰

항복한다는 말 듣기 전에는 넌 못 일어나!

앨프레드

(*화가 치밀지만 어쩔 수 없어 한다.*) 비키라니까! 그만 치워!

톰

그럼 항복한다고 해!

앨프레드

(*목을 켁켁하면서*) 항복! 항복!

톰

(*그를 일으켜 세운다.*) 자식, 이제 깨달은 바가 있겠지! 다음엔 네가 까불 상대가 누군지 알고나 덤벼!

앨프레드

(*끙끙거리며 옷의 먼지를 턴다.*) 두고 봐! 다음엔 내가 이긴다! (*톰이 그에게 덤벼들려 하자 그는 비명소리를 내며 달아난다.*)

TOM

Guess I showed him! Whew! What a day! I'm all tuckered out. You can see how hard it is to be a boy — and this is only a sample of what Mr. Mark Twain put in his book about me. You'll just have to read the rest for yourself. Now, where did I leave that strawberry jam? (*He looks around, spots the jam jar, scoops it up, and runs off.*)

톰

내가 본 때를 보여줬지요! 아이고! 힘든 날이군요! 전 녹초가 되었어요. 소년이 된다는 게 얼마나 힘든지 보셨지요 ― 오늘 보신 건 마크 트웨인 선생님이 나에 대해 쓰신 책에서 일부분만 예로 보여 드렸거든요. 더 아시려면, 여러분 스스로 이 책을 끝까지 읽으셔야 합니다. 그런데 내가 잼을 어디 두었더라? (*그는 주위를 살펴보며 잼 통을 발견하고 집어 들고 달려 나간다.*)